你里头的光

王彪 著

浙江出版联合集团

浙江文艺出版社

他们以黑夜为白昼，
说："亮光近乎黑暗。"

——《圣经·约伯记》17:12

目 录

第一章

这会儿，陈米海终于如愿以偿。

竟然还是在高红梅自己家里。老实说，那张床很糟，席梦思的弹簧坏了，他抱住高红梅躺下时有塌陷的幻觉，恍若陷身于某个致命的泥沼。可以想见这些年高红梅过得怎样，跟她那张一本正经的脸相差无几吧，表面上总是端庄光鲜，皮肤的内里却松了。但陈米海知道自己非常满意，他真是个有耐心的人，为了这一天，他足足花费了二十五年漫长时光。

他的亢奋就显得悲喜交集。也是这当口，他突然感觉鼻子一阵酸麻，好像冥冥中被人在鼻梁上迎面打了一拳，火辣辣地疼，眼泪鼻涕都出来了。他怔愣片刻，没看到床边有什么人出现，齐国耀阴沉的笑脸挂在对面墙上的相框里，这凌空一拳显然非他所能及。但齐国耀的目光不知什么时候暴怒起来，那模样像是要从相框里跳下来。"总有一天老子弄死你！"齐国耀真的这样对他说过。

陈米海心里发虚，隐约有不祥之感。他光着身下了床，走到墙边把相框摘下，背过来，倒扣着挂回墙上。

高红梅仰起身子，看着他古怪的行为，表情幽暗地说了句："何苦呢？你以为他会回来吗？"

陈米海有点尴尬,辩解说:"我不是怕他,我只希望就我们两个人,谁也别来插一脚。"

仔细回想起来,在陈米海与高红梅的关系中,一直有齐国耀存在,或者换句话说,在齐国耀与高红梅的关系中,也一直有他陈米海存在。围绕高红梅,他和齐国耀互为第三者,只不过他先追的高红梅,后来高红梅却与齐国耀结了婚。有趣的是他笑到最后。此刻他把高红梅搂在怀里,而齐国耀惶惶如丧家之犬,正在数百公里外的小城过着东躲西藏的逃亡生涯。陈米海心里释然,那个突如其来又具超自然意义的迎面一拳被他忽略过去,他想他不该这么神经过敏,那不过是他为自己二十五年的艰辛努力而感动得热泪盈眶罢了。从高中时代的青涩少年,到如今功成名就大腹便便的中年男,他的爱好、理想、人生目标,包括生活习惯,甚至口味都变了,唯独对高红梅的痴情始终如一。坚持到如今他是多么不易,这期间经历的甜酸苦辣可谓一言难尽。

他重新投入到欲望的狂潮中,睁着双眼,要去看真切高红梅脸上的表情。高红梅的那张脸属于"文化大革命"年代银幕上女一号的标准审美,轮廓饱满,棱角分明,浓眉大眼。平常不苟言笑,尤其是严肃的时候显得铁面无私,正气凛然。这也是当年陈米海特别迷恋的,那样的面容几乎就是"正确思想路线"的代名词,神圣而庄严。多少年了,陈米海眼里的高红梅一直就是这副面孔,哪怕她最落难的日子,这位前团支部副书记脸上的正经劲儿都没有涣散。以至于在官场混成了油子的陈米海情不自禁想一窥真相——到了床上的高红梅是否还是那个"圣女"模样,虽然这样想时他觉得自己多少有点卑鄙。

很遗憾,高红梅仍然是严肃的,或者说,她的表情跟往常一样一本正经。这使得陈米海莫名其妙勇猛起来,仿佛他征服的是全世界最令人肃然起敬的女人。记忆再次被唤醒,二十五年前向阳农场那个难忘的夜晚,十几个男生拥挤在潮湿的通铺上,他第一次在彻夜难眠的煎熬中臆想过高红梅的身体,滚烫的青春伴随秘不可宣的念头,把爱的渴望纠结进犯罪的愧疚,羞耻难当又欲罢不能。就这样,他失控地叫出了声,现实和往事在他高潮来临的顶峰骤然贯通,那个触点的能量像一枚炽热爆炸的原子弹。

床单上洇开一片汗渍,呈辐射状,有如那枚原子弹的余波,宣告他最终的胜利。陈米海心满意足,虽然他看出高红梅并不怎么开心,生活让这个昔日的校花忧虑重重。他顾不上理会这些,作为赢家何不享受这得胜之后的欢愉呢?他靠着床头抽了根烟,然后摊开四肢,任由自己慵懒地进入半醒半睡的倦怠。

这中间,他奇怪地想到自己的名字。父亲种了一辈子庄稼,却饿怕了,最大的梦想是把家里的米缸填满,他大哥叫米仓,二哥叫米河。到他出生的年代,正是三年困难时期,路边的树皮都被啃光了,哪还有大米吃?父亲饿昏过去,居然梦见白花花的大米的海洋,他像一条鱼儿在那里游动,拼命吃啊吃,吃到米饭从喉咙里喷出来,把父亲给笑醒了。父亲说这是他最幸福的时刻,大米变成了汪洋大海,全是他的。他将这个超级震撼的美梦送给了饥荒时呱呱坠地的小儿子,希望他一生都不愁吃的。回想这一切,陈米海体会到了父亲当年绝望中的满足感,有点类似于他等待了二十五年才拥有的身边这个女人……

陈米海兀自笑起来,高红梅有点莫名其妙,问他笑什么。陈米海兴致勃勃说起了自己名字的故事,来自父亲的梦,一条饥饿的鱼儿游进大米的海洋,多少有点另类的意象,却含意深刻,象征了他一生的好运。高红梅听出他话里的意思,这个男人正为自己占到便宜而自鸣得意,她忍不住想刺他一下,一撇嘴说:"你们男人就会想得美,什么鱼儿游进大米的海洋,通也不通。照我说,一条米虫掉进米缸里还差不多,嘻嘻。"

高红梅被自己的话逗笑了。陈米海愣了一愣,突然有点败兴。从高红梅的眼光看，他赤身裸体躺在床上的样子，是不是就像一条胖乎乎的令人恶心的米虫？陈米海下意识地用被单裹住脂肪堆积的肚腩。也许一切早有预兆，后来他不止一次想到，他们的好事儿其实一开始就被那冥冥中的迎面一拳搞砸了。

这个初夏的午后，天际翻腾着隐约的雷声，不安的闪电掠过后，电话铃发出刺耳的惊响，好像终于要报告一个意外的消息。陈米海看到高红梅下床接起电话，刚说了两句，她赤露的身子打了个寒战，白晃晃的后背像一把刀刃刺破闷热湿润的空气。她似乎突然害怕了，惊恐地拖过一条床单裹住自己，仿佛从电话里头出来的不是遥远的声音，而是一群目光灼灼的闯入者，一下子把她暴露在光天化日之下。

电话是警察打来的，数百公里外，她丈夫齐国耀打工的小城。那是个噩耗，齐国耀死了，就在两小时前。死因颇为荒唐，警察说，他偷了一双皮鞋，跑到楼顶，想跳到另一栋房子逃命，结果他摔了下来……听着话筒里简短的叙述，陈米海脑子里忽然闪过奇特的念头，两小时前，不就是他鼻子上凌空挨了那莫名一拳的时候吗？难道恰巧也是齐国耀摔下楼去的那一刻？这太不可思议了！

陈米海听说过，人死了灵魂是不死的，他要是在异乡，一定会回家来看看。为了迎接他，死人的家属通常在路上打起灯笼，撒着纸钱呼喊：魂兮归来，魂兮归来！魂是会归来的。倘若这话确凿，那么，齐国耀沉重的肉身从楼顶坠下，跌落到工房的臭水沟前，他的灵魂会不会顽强地挣开死去的躯壳腾空而起，飞越数百公里，然后悄然穿堂入室，成为一个恰逢其时的捉奸者，给压在高红梅身上的陈米海打出最猛烈而无形的一拳？

陈米海的脊梁骨顿时阴森森的，像有一条蛇爬上来。

高红梅带着儿子齐梦飞去给齐国耀收尸。一路上，齐梦飞都没哭。他开始拔高的身体细长、紧绷，显出与年龄不相称的僵硬。这个十六岁的少年看上去比同龄人单薄，但发育良好，仔细看的话，他的喉结已坚硬突起，脖子倔强有力，肌肉结实紧绷，走路和转身的样子有点笨拙，似乎有意要把青春期的自我跟这世界的不协调给表露出来。

高红梅起先没太留意儿子，她被齐国耀的意外死亡弄得措手不及，虽然她早料到齐国耀会有这一天，但没想到来得这么快。长途汽车上，她终于可以把这些年的生活回想一遍，想着想着她哭了。儿子在边上无动于衷，好像这事跟他没任何关系。高红梅越哭越伤心，去拉儿子的手，却被儿子推开了。这时候高红梅看见了儿子的眼神，阴冷中带着厌恶。高红梅止住了哭泣，心里的悲哀化作无底洞，深到没有尽头。

全中国的小城千篇一律，拥挤混乱，到处都是建筑工地。高红梅带着齐梦飞穿过尘土飞扬的马路来到派出所，警察给他们看一份笔录，是事发当天目击者的讲述。齐国耀确实死得挺冤也挺滑稽。他去建筑工地送一批建材，在工房的窗台看见一双新皮鞋，便顺手牵羊，鞋子的主人刚巧回来，吆喝着追赶他。齐国耀慌乱中奔上工房，引来众多的捉贼者，他们高声呐喊，把楼道挤得水泄不通。齐国耀走投无路，拎着那双皮鞋爬到楼顶，跳过一栋相邻的工房，又奋不顾身奔向另一栋居民楼。

"偷一双皮鞋也算不了啥，他为什么这么慌乱？大家叫他别跑，他只需把拎着的皮鞋扔下来就没事了，可你猜他怎么着？他居然脱下自己的破皮鞋，换上偷来的新皮鞋，跑得更快了。"警察停顿片刻，看看高红梅的反应，接着直截了当地说，"我们后来查到，他是有案底的。他曾经是风光人物吧？身家上亿！谁能想到为了一双皮鞋，他把命丢了。"

警察的叙述把高红梅带到事发现场，她看到那个穿着偷来的新皮鞋在屋顶狂奔的齐国耀。有风吹着他，他好久没理的长发飘起来，在阳光里涂成金色。他的身子却是阴郁的，像房顶上的一团乌云。他这么聪明的人，怎么会犯这样的糊涂？难道他真以为脚上的这双鞋子变成了孙悟空的步云靴，让他一个筋斗翻回家来？而在家里，他会看到什么呢？他老婆正跟他恨之入骨的男人躺在一起，翻云覆雨。

高红梅一念及此，不由得悲从中来，为齐国耀，也为她自己。

后来处理齐国耀留在出租屋的遗物，高红梅发了一把狠，通通将之烧毁。其实齐国耀也没什么东西，除了他写的一大叠举报信。齐国耀在寂寞的逃亡生涯里变成了疯狂的告密者，他什么人都举报，从市里的领导到身边的朋友，包括齐国耀在高中桃园结义，后来都混得不错的几个兄弟，他一个也不放过，举报最多的当然是死对头陈米海。举报的内容五花八门，贪污腐败，行贿受贿，搞女人，资产阶级生活作风，说谎，整人，玩弄权术，官商勾结，等等。齐国耀在举报信里无一例外地呼吁，再来一场运动，把这些腐败分子抓起来通通枪毙！高红梅恍然看到了高中时代的齐国耀，他可是那个年代接二连三政治运动的受害者，他悲剧的命运也是从那时埋下的祸根，没想到现如今却是他这个倒霉蛋来呼唤暴风骤雨的革命运动再次降临。

高红梅真有时空错乱、造化弄人之感。她心里无限悲凉，边烧边哭，纸灰在狭小的空间飞扬，像来自阴间的舞蹈。高红梅的哀痛克制不住，终至号啕。儿子齐梦飞还是置身事外的样子，他坐在火盆边，低着脑袋，不知是在想什么，还是什么也没想，一脸的麻木。高红梅的悲哀化作了愤怒，她抓住齐梦飞的胳膊，使劲推搡，歇斯底里喊着："你爸都死了，你就不哭一声吗？"

齐梦飞垂着头任凭高红梅推搡，一直到高红梅把他的头发揪起来，他才瞪了高红梅一眼。那一眼太阴太冷了，看得高红梅都打了个寒噤。她突然想起，这样的眼神是她熟悉的，齐国耀当年就是这样看人，有点斜视，眼白比眼黑大，那里面射出的光很冷，像冰，更像刀子。

真是齐国耀的儿子！高红梅一下子泄了气，甩开齐梦飞，捧着脸哭了。高红梅不知道，就在她抱头痛哭的时候，齐梦飞的眼圈红了，泪光在他眼眶里闪烁,但他没让眼泪掉下来,他转开脸站起来走了。

齐梦飞一个人走到门外,他手心里攥着一个小本本,这是齐国耀留下的,齐梦飞趁母亲不注意偷偷藏了起来。小本本里记满了齐国耀搜集到的材料,都是他写举报信的内容,最频繁出现的那个人的名字就是陈米海。

齐梦飞永远记得,那天他得到父亲的死讯,是在这个男人离开自己家以后。他发现母亲房间里父亲的照片被倒扣在墙上,然后他看到凌乱的床单,母亲在卫生间哭泣。齐梦飞的心被猛刺了一刀,羞辱和激愤使他泪流满面。后来他认为,他已经为父亲哭过了,他再也不会哭了。

高红梅在齐国耀遗体火化时又哭了一场。从冰柜里抬出来的齐国耀身体僵硬,面目狰狞,衣衫破旧,唯一光鲜的是那双偷来的新皮鞋。也许皮鞋主人觉得这鞋已穿在死人身上,拿回去晦气,就免费赠送给了他。高红梅认出这双皮鞋还是前些年有点名气的"老爷车",难怪齐国耀会去偷,他一直喜欢这个牌子,他和高红梅结婚时,借钱买了双"老爷车"穿到婚礼上。那时他对鞋子就有特别的见解,他说看男人的品位得看他穿的鞋子。其实"老爷车"也就中档而已,后来齐国耀身家上亿,仍然喜欢穿"老爷车",他说他喜欢这个牌子的味道,他一再强调他是个怀旧的人。

高红梅捧着那双"老爷车"泣不成声,齐国耀的遗体反而被她忽略了,仿佛她哀悼的是这双皮鞋。齐梦飞躲得远远的,不知是害怕直面父亲的尸体——死亡总是让人恐惧,何况对一个十六岁的少年,还是根本就是冷漠,他把自己隔绝了起来。高红梅恨得咬牙切齿,儿子怎么这么不争气!气恼之下她做出了过激的举动,把齐国耀身上的那双新皮鞋脱下来。但齐国耀刚从冷柜里抬出来不久,浑身冻得僵硬,脸上都挂着冰霜,高红梅费了好大的劲,无论如何脱不下齐国耀脚上的鞋子。那脚和鞋子肯定是冻在一起了,悲愤中的高红梅丧失了理智,越脱不下来她越要脱。当年她可是班里有名的犟脾气,她认准的事情非坚持到底不可。现在,儿子的畏缩和冷漠加深了她那种执拗的孤独感,更让她有孤军奋斗到底的决然。她使出全身的力气去掰鞋子,只听到咔嚓一声,鞋子掰下来了,高红梅差点摔倒在地,她惊恐地发现,被她掰下来的还有齐国耀的一个脚指头。

高红梅一阵哆嗦,双腿发软,眩晕中带着恶心,她虚脱了。儿子这时候才有了反应,叫了一声:"妈——"那表情也是惊慌失措。

高红梅反倒恢复过来,她举着那只"老爷车"皮鞋对儿子说:"我不要你爸穿着偷来的鞋子去见阎王爷!"

高红梅说是这样说,却不敢再去脱齐国耀的另一只鞋子。殡仪馆一切都很简陋,谈不上什么服务,遗体火化还要家属自己推到焚尸炉。两个焚尸工把齐国耀抬起来扔进炉膛,齐国耀头朝里脚朝外躺在里面,那景象真的滑稽,因为他一只脚穿着皮鞋,另一只脚却光着。

大概从来没人是这样离开人世的,连焚尸工都有点愤愤不平了,他对高红梅说:"你这样让他怎么走路?"

高红梅说:"他死都死了还走什么路?"

焚尸工用力关上炉膛的铁门,摆摆手,像是对高红梅又像是对齐梦飞说:"黄泉路可不好走喽!"

炉膛的铁门上有一块玻璃,可以看见焚烧的景象。柴油喷射出来,烈焰滚滚,齐国耀被烧得吱吱作响。高红梅害怕去看,扭头转向窗外。

窗外是荒凉寂静的院子,阳光强烈,投在围墙上,把院子分割成黑白两半,像生与死一样界限分明。有一只麻雀在院墙上跳跃,远看是一小团灰色影子,却模糊了这道黑与白之间的界限。院墙之上天色瓦蓝,一朵白云兀自改变着形体,像个没有观众的魔术师。也许更像人的灵魂,上升着,变幻着,游游荡荡不知去向何处……

就在这时,高红梅感觉有一只手在拉她,是儿子。儿子冷着脸,依旧没有任何表情,却有一股蛮力,要把她拽往炉膛前。高红梅不知道儿子为什么要这样做,是让她看齐国耀最后一眼吗?她勉强看了一眼,这一眼令她肝胆俱裂。躺卧在炉膛里的齐国耀被烈火包围,突然坐了起来。他伸着双手,那模样像一具僵尸忽然复活了,要从焚尸炉里冲出来。高红梅吓得不轻,踉跄着后退几步,差点跪下去。尽管她以前听说过,死人在焚烧时会蜷缩,严重的会坐起来,但事到临头,她早把这些忘了。她完全被眼前的景象震慑——仿佛浑身冒火的齐国耀真的活过来,要扑上来抱住她。

如果不是儿子拽着她,高红梅早跑掉了。原来是儿子非要她看这一幕,当高红梅意识到这一点时,她比任何时候都要恐惧。她顿时明白了儿子眼神里那种阴冷的东西,那是仇恨和惩罚,它仿佛在说:"害死他你也有份!"高红梅尖叫起来,逃也似的甩开了儿子。

齐梦飞没再理她,他一脸肃穆,目不转睛地盯着炉膛里被烧得卷曲起来的齐国耀。这个十六岁的少年没有一点害怕,甚至看得入神。他死死咬着嘴唇,眼睛斜睨着,就像在看砖窑里一块红彤彤的烧透了的巨大砖头。

齐国耀的葬礼办得马虎潦草,一是高红梅没了心力,她实在筋疲力尽了;二是齐国耀的债主太多,按照习俗办的话,送葬的路上不知会有多少人上来讨债骂街,齐国耀的骨灰盒都有可能叫人当尿壶尿了。但葬礼过后的那顿豆腐饭高红梅不敢马虎,她在望海楼大酒店订了十桌,齐国耀的亲朋好友都请了。

死者长已矣,活着的还要活下去,这是中国人最明白的智慧,所以,葬礼的悲痛很快过去,代之以活着的人相聚的狂欢——虽然是以死人的名义。

酒喝得热闹极了,最热闹的要算陈米海那一桌,都是高中老同学,彼此知根知底,说话也就没什么遮拦。本来该用在追悼会上的悼词全用在这里了,大家感叹齐国耀死得可惜,也死得冤枉。不过,像他这样的性格,命运大抵也就如此,不是轰轰烈烈出人头地,就是凄凄惨惨身败名裂,还好,他两样都做到了。

齐国耀成名很早,他读高一的时候,在学校里拉帮结伙,搞了个名震一时的"兄弟帮",那年他十六岁。过了一年,他被打成反革命小团伙头目,更是引得全县教育界轰动。高中临毕业被开除出校,他两次考上大学,两次政审不合格。为"兄弟帮"平反奔走了三年,最终获得成功,却发现平反的结果毫无价值。他贩卖过盗版磁带,走私过录音机,开过大卡车,摆过水果摊,经营过建材公司,有一段时间,他摇身一变成了成功商人,身家上亿。然而好景不长,他苦心组织的"宝塔会"雪崩似的坍塌,他从当地最有名望的富豪一转眼堕落成千百人追债的穷光蛋……无论怎么说,他这半辈子是真够精彩的。

酒喝多了,跟齐国耀关系最铁的江涛突然一拍桌子,指点着围坐一圈的同学说:"你,你,还有你! 你们瞧瞧,今天这不就是'兄弟帮'聚会吗? 一个不落全到齐了,够义气!"

还真是的,当初的"兄弟帮"成员王顺、王祖贵、赵军、李卫、吴朝阳、张大民、杨雷都在,加上齐国耀和江涛自己,他们一共是九个人。于是,这九个人中的八个围着桌子一齐举杯,为"兄弟帮"创始人也是带头大哥的齐国耀离世而干杯。江涛动了感情,说:"咱们的兄弟情是经过血与火考验的。"说得悲壮极了,大家无不动容,纷纷把酒一饮而尽,仿佛当年歃血为盟的场景。

只有陈米海没动,他说:"我可不是你们'兄弟帮'的人。"

江涛马上说:"陈书记,你不光不是'兄弟帮'的人,你还是'兄弟帮'的死对头,当初你把我们都害惨了。"

陈米海马上笑说:"不是我害的,是'文化大革命'害的。"

王顺霍地站起来,粗着脖子说:"陈米海你少装蒜,要不是你把我们往死里整,我们结拜个兄弟能成反革命吗?"

一番争吵惊动了边上一桌,当年跟陈米海同一阵营的许良、林素兰、周元都过来了，帮着陈米海说话，但挡不住"兄弟帮"人多势众，陈米海一方落了下风，那情形与二十五年前由陈米海主持的批斗"兄弟帮"大会差不多，只是批斗的对象倒了个个儿。好像经过时光洗涤，现今的陈米海成了罪魁祸首，齐国耀则是落难的英雄，他的所有不幸都非算在陈米海账上不可。

高红梅坐在一旁，什么也没说，还有一位同样不说话的女同学叫阮霏。当年她和高红梅并称两大校花，只是阮霏的漂亮完全是另一种味道，如果说高红梅是那个时代银幕上浓眉大眼一身正气的女英雄，那阮霏就是柔媚妖娆嗲声嗲气的女特务。很奇特的是，这两大风格迥异的校花却都是齐国耀生命中最重要的女人。但这两个女人对"兄弟帮"的话题与争吵毫无兴趣，甚至不乏反感。阮霏兀自喝了口酒，说了句："你们都有病啊！"站起来就走。

正是她的离去，让陈米海、王顺等人闹了个大没趣，大家马上偃旗息鼓。这以后到结束，再也没人提齐国耀，仿佛这是个跟他没任何关系的最平常不过的酒宴。但江涛、王顺他们对陈米海还是不肯放过，总是找机会奚落他几句，弄得陈米海脸上越来越挂不住。

陈米海闷头喝酒，终于熬到曲终人散。高红梅结完账，酒席上只剩他们二人。陈米海醉醺醺的，开车把高红梅送回家，进了房间就把门反锁了，借着酒劲，心里窝着的火发作出来，他不由分说把高红梅扔到床上。高红梅骂他，反抗他，踢他，咬他，陈米海一点也没手软。他扒开高红梅的衣裳，狠狠地说："妈的，他居然一直举报我，你知道吗？今天纪委还接到举报信，是齐国耀临死前去寄的，这王八蛋恨不得把我弄进监狱！他光盯我干吗？要报仇谁也别放过，当初搞他齐国耀你也有份！"

高红梅的身子一下子软了，好像身体里的一个开关被陈米海关闭，她动弹不得，放弃了抵抗。

陈米海着了魔似的，在床上折腾高红梅，也折腾自己，他气喘吁吁地诉说着往事，时而充满愤怒，时而又自鸣得意。他说："当年要不是我疯了似的追你高红梅，弄出事情被学校处分，他齐国耀绝不会想到成立'兄弟帮'。而齐国耀成立'兄弟帮'，不是为了你高红梅，他是为了阮霏。阮霏才是他一生中的梦中情人。你高红梅压根儿就不是他的菜！"

可陈米海心里明白，高红梅却是他的菜。这真是个悲剧，当初他喜欢高红梅，高红梅喜欢齐国耀，齐国耀喜欢阮霏，阮霏什么人也不喜欢。他们四个人就围着前面那个人打转转，如同猫围着它的尾巴转圈——这条尾巴在那个时候被他们称之为"爱情"。

那是他们这群十六岁少年听到就会耳热心跳的字眼，因为课堂上和生活中都不许这个词出现。因此，"爱情"就显得朦胧神秘，带点隐秘的感觉，是藏在暗处的那份暧昧，一旦公开出来，却是羞耻的。它通常在偷偷传阅的禁书、悄悄吟唱的情歌，还有寝室熄灯后吞吞吐吐的交谈里出现，又像贼一样一闪而逝。但唯其如此，它更显魅力，它的魅力是致命的。

陈米海为这致命的魅力神魂颠倒，像发了热病，只要高红梅出现，他就心头撞鹿，手心冒汗。悲惨的是，他有这些剧烈反应时还没跟高红梅私下说过一句话。他们那时男女生是不说话的，从小学到高中，"文化大革命"的一次次大批判不知为何把男女界线弄成一条贞节带，谁要是多看女生两眼，或是哪个女生对男生说上几句，就像通奸抓了现行，立刻招来班级里的集体讨伐。通常由齐国耀带头起哄，他手下的江涛、王顺那几个跟屁虫跟着附和，把那对男女生的关系演变成声势浩大的黄色事件，迅速在校园流传，成为一个耻辱故事。

陈米海从心底里厌恶齐国耀的流氓习气，但他又不得不默认齐国耀所代表的革命和圣洁，而且，他自己身为班级的团支书，在这方面更不可越雷池半步。陈米海真是太痛苦了，他无论白日黑夜，脑子里被高红梅的形象充满，却不能跟她稍微表露一下。

有天晚上，陈米海和同学们步行六公里到雷达部队看电影，是期待已久的故事片《决裂》。操场上人山人海,银幕如同海上的一面孤帆。陈米海挤不进去,与同学们转到银幕背面去看,这个角度却意外让他发现,那个演女主角李金凤的演员太像高红梅了。饱满的脸庞,浓浓的眉毛,黑亮有神的大眼睛,皮肤黑里透红,笑起来那样明亮爽朗。陈米海看得心猿意马,仿佛高红梅就在眼前。他完全被吸引进去,竟然不知不觉上前去搂抱银幕上的那个人影。同学们被他的异样惊动,却不知他要干什么。就在他的荒唐举动差点要原形毕露时,老天爷救了他,一道闪电从天而降,然后是雷声和雨滴同时降临,操场上人群大乱,他被挤到一边,像海浪抛出的漂浮者远离了那面白亮的孤帆,他恍惚中与高红梅的拥抱也就失之交臂。

这件事让他害怕,也让他下了决心,他一定要追到高红梅。他制订了一个看起来非常完美的计划,他要买一本精装的笔记本送给高红梅,作为他发出的第一个求爱信号。对小镇中学的高中生来说,送一本硬封面的精装笔记本是十分奢侈也十分时髦的事,城里来的知青谈恋爱都不过如此。接下来,他准备买一本高红梅喜欢的书,他知道高红梅最爱唱歌,如果送她新出版的《战地新歌》,她肯定喜出望外。第三步最关键,有点定情的意思了,那就送一块女孩子用的绣花手绢。什么花他都想好了,送给高红梅的当然是梅花,最好手绢上面有毛主席的诗词《咏梅》。多有意境啊,"待到山花烂漫时,她在丛中笑"。那时候,高红梅的笑容一定美丽极了。

可惜,这个完美的计划没有成功的可能性,因为陈米海根本就没一分钱。他家里太穷了,一家子吃了上顿没下顿,连他的学费都是每年申请困难补助给填补的。陈米海苦恼万分,寝食难安。那几天他焦虑到一种程度,双眼直盯着地上转,盼望着就在路边捡到一两分钱。他撞到村头的大树上,额头肿了个红包。饶是如此,他还是一分钱也没捡到,光收获了几个烟屁股。不抽烟的陈米海情急之中把那几个烟屁股全抽了,嘴唇都起了燎泡。

陈米海的反常引起村里两个二流子的注意,他们赌博输了钱,正打算偷卖大队的稻种,无奈谷仓的钥匙在陈米海父亲手里。这一下来了机会,两人怂恿陈米海把父亲日夜不离身的钥匙偷出来,在一个月黑风高之夜神不知鬼不觉地打开谷仓,挑了四担稻种去黑市上卖。卖来的钱两个二流子拿走大部分,余下一点点分给陈米海。陈米海也不多问,攥着钱就去百货公司买了一本当时最豪华的精装硬封面笔记本。

这本笔记本实在令陈米海爱不释手,也令他踌躇再三。写什么字在上面送给高红梅呢?当然,最好的莫过于他在心里诉说了千百遍的"送给心爱的红梅",但万一高红梅不接受,闹将起来,那他就难堪了。以高红梅铁面无私的脾气,当着全班同学的面骂他一下流氓,是绝对做得出来的。陈米海想了半夜,还是不敢冒险,只得工工整整地在笔记本扉页摘抄了一段当时他们最流行的赠词:"人的一生应当这样度过:回忆往事,他不因虚度年华而悔恨,也不因碌碌无为而羞愧;临死的时候,他能够说:'我的整个生命和全部精力都献给了世界上最壮丽的事业——为解放全人类而斗争。'"这是奥斯特洛夫斯基在《钢铁是怎样炼成的》里说的,已经是他们的座右铭,符合这个年代的战斗友谊,献给身为团支部副书记的高红梅最恰当不过了。

但末了陈米海仍然心有不甘,他凌晨起来,又在第二页补抄了一首歌词。那是他偷偷从一个城里来的知青那里听来的。

> 在那遥远的地方,有位好姑娘
>
> 人们走过她的帐房
>
> 都要回头留恋地张望
>
> 她那粉红的笑脸,好像红太阳
>
> 她那活泼动人的眼睛
>
> 好像晚上明媚的月亮
>
> 我愿抛弃了财产,跟她去放羊

每天看着那粉红的笑脸

和那美丽金边的衣裳

我愿做一只小羊,跟在她身旁

我愿她拿着细细的皮鞭

不断轻轻打在我身上

　　这首情歌当时被列为黄色歌曲,是被禁止的。陈米海记得那个知青唱这首歌的时候,高红梅和阮霏等几个女同学刚好经过,高红梅当即涨红了脸,骂了声不要脸,然后拉着阮霏她们急匆匆跑走了。

　　现在回忆起来,陈米海觉得这个场景仍历历在目,高红梅涨红的脸有那么点恼怒,但也似乎夹杂了一丝娇羞,那是一种非常矛盾的状态,一方面不无厌恶,另一方面却好像又很喜欢,喜欢这种被触及隐秘所激起的兴奋。女人真是捉摸不透,也许她们真实的心思常被掩藏在一本正经的外表下,使她们在拒绝的同时又暗潮涌动。正像一本书上说的:"哪个少年不钟情,哪个少女不怀春?"十六岁的陈米海简直是无师自通地洞悉了女人的秘密,第一次出手就充满智慧,在革命誓词的掩护下来一个突袭,直奔主题。

　　他在上学路上追上高红梅,故意把笔记本从书包里掉出来,掉到高红梅跟前,高红梅却只看了一眼,没有理会,脚步从笔记本边上绕过去。

　　陈米海把笔记本捡起来,喊了一声:"喂!"

　　高红梅说:"叫我吗?"

　　陈米海说:"给你。"

　　高红梅说:"不是我的。"

　　陈米海的脸红了,他低头看着自己的鞋子说:"是我送你的。"

　　说完后,陈米海把笔记本往高红梅手里一塞,拔腿就跑。

　　高红梅收下了笔记本。那段日子陈米海紧张极了,遇见高红梅,正眼都不敢看,他怕高红梅当众把笔记本还给他,或者报告老师。但这些事情都没发生,高红梅没有任何回应,一切都是无声无息。陈米海忐忑了几天,终于确定自己的第一次行动成功了,高红梅什么也不响,那就说明她接受了,默认了!

陈米海激动坏了,他躺在床上都在笑,嘴里哼着《在那遥远的地方》,想象着高红梅粉红的笑脸,真像红太阳一样!他被阳光照亮了,觉得自己是世界上最幸福的人。他盘算着实施第二步计划,不等他去找那两个二流子,他们先找上门来。他和他们又合作了一次,这一次从他父亲管理的仓库偷出了六担稻种,分给他的钱他买了两本《战地新歌》,一本给高红梅,一本留给自己。

但事情在他们快把谷仓偷空时败露了,此事被列为破坏生产案件,惊动了公安。大队书记陪着公安人员上门,搜查了他住的房间,把他刚买的还没来得及送给高红梅的花手绢没收了。要不是大队书记是他亲戚,极力保他,说他一向表现良好,出身贫农,这次犯事是受了那两个二流子的骗,而且年龄还不满十六周岁,应当从宽处理,他的结局会很惨,公安也许当场就把他带走了。

事情传到学校,团总支书记严英才老师找高红梅谈话,刚刚说了陈米海的情况,还没追问赃物的下落,高红梅就主动把笔记本交了出来,那本《战地新歌》据她说弄丢了。也许是怕案子牵连到自己,她受到的惊吓不小,眼泪汪汪的,在严老师面前只是抽泣。严老师费了好大的劲,才搞明白她与陈米海真的没任何往来,只是收下笔记本和书而已。

高红梅获得严老师的同情,不再被追究,陈米海挨处分则是逃不掉的。严老师的意思是,陈米海的团支书肯定当不成了,会不会给个警告,要交由学校党支部来研究决定。

陈米海在团支书的位置上岌岌可危,却不可思议地引发了另一场变故。

"兄弟帮"事件的主角齐国耀就在这样的背景下登场。而落难中的陈米海又被暗地里踹了一脚，只是他当时不知道，高红梅喜欢的不是他，她心里早就有人了，那人正是齐国耀。陈米海送给她的那本《战地新歌》其实没有丢，被她送给了齐国耀。齐国耀又把这本书送给阮霏。那是后话。

"为了你我都愿意犯罪，那时候我让我父亲多伤心你知道吗？他本来对我寄予厚望的，出了这样的事，他头发一夜白了。"陈米海回想当年，心里还是愤慨。他想跟高红梅痛痛快快清算一下，但高红梅突然捂住了他的嘴，目光惊恐地看向窗帘缝隙。刚才他心急火燎，没把窗帘拉严，那儿留了一道口子。这会儿，有一只眼睛出现在口子后面。

那是怎样的一只眼睛？斜睨的，眼白多眼黑少，射出来的光像一把刀。陈米海感觉到一层寒意，他迅速跳下床，奔过去猛地拉开窗帘——那只眼睛却不见了。陈米海定了定神，再次确认自己的感觉，是的，这只眼睛是他熟悉的。但那是绝对不可能的事，烧成灰的齐国耀能回来吗？

陈米海推开窗户，透过楼道往下俯瞰。不一会儿，他看到一个细长瘦弱的身影从楼下奔出，以一种生硬的姿势穿过街道，很快消失。

从这个十六岁少年的背影，陈米海恍然认出了二十五年前的齐国耀，那时候，他也是十六岁，也是以这种姿势与陈米海一同奔跑在迷乱的青葱岁月。

反击右倾翻案风，批邓运动，电影《决裂》《春苗》，学工学农，黄色歌曲《在那遥远的地方》，手抄本《一双绣花鞋》《恐怖的脚步声》……变幻莫测的政治风云和私底下流传的情歌禁书构成了1976年春天齐国耀与他同学们的生活景象，肃杀一片，却又孕育着一些暧昧不明的变异，让人的心充满萌动。齐国耀当然是敏感的，他嗅到了一丝气息，他感觉他的身体胀胀的，痒痒的，青春的血液在喧响，他必须要做点什么。

像陈米海一样,齐国耀也有他暗恋的女生,校花阮霏。虽然有相当多的男生认为高红梅也是校花,一段时期,小镇中学流传有双校花的说法,但齐国耀坚决认定只有阮霏名副其实,因为阮霏有那个时代不一样的美。她长得白皙柔媚,丹凤眼,尖下巴,樱桃小口,似乎都是高红梅的另一种极端。这正是齐国耀最痴迷的地方。在阮霏身上,他看到了小镇女人所没有的味道。那是来自大城市的味道。

阮霏的父亲是一名军官,转业后回故乡小镇安家,阮霏跟着他从省城转学过来。齐国耀记得清清楚楚,阮霏第一次出现在教室里的情景。

高一下半学期开学已有一个多星期,班主任沈老师领着一个苗条的女生走进教室,说:"我给同学们介绍一下,这位是新来的阮霏同学。"

齐国耀习惯性地带头起哄,故意把手掌拍得山响,这是他们给新同学的下马威。江涛像接到命令一样站起来,盯着那新同学,怪声怪气地发问:"嗨,脸红什么?"

不等新同学回答,王顺吆喝一声:"精神焕发。"

全体同学大笑。

江涛接着问:"怎么又黄了?"

王顺油腔滑调地答:"防冷涂的蜡。"

这是他们从样板戏《智取威虎山》里学来的段子,屡试不爽,每次全班同学都笑岔了气,那新来的同学被弄得脸红一阵黄一阵,既像精神焕发又像防冷涂了蜡,好不尴尬。

但这一回齐国耀失算了,他们没取得预期效果,阮霏面对这样的欢迎仪式若无其事,她面不改色地走到自己的座位前坐下,不卑不亢地瞟了齐国耀一眼,这一眼高傲而冷漠,却如雷灌顶一般,让自鸣得意的齐国耀魂飞魄散。

我的天!齐国耀后来回忆说:"你不会想到一个女孩子的眼神这么幽静,又这么勾人,没沾染一丝儿这个世俗小镇的土气,好像来自另一个世界。"

当时,齐国耀的脑袋嗡一声响,心里像被捅了一刀,捅出一个窟窿,又痛又透亮。他从这一刻起无可救药地爱上了这个美丽清高的女孩,几近痴狂。但他们两人的距离实在太大了,阮霏出身干部家庭,城镇户口,吃的是国家供应的商品粮,毕业后还可安排工作,一辈子生活有保障;而齐国耀祖宗三代都是农民,农村户口,毕业后只能回到广阔天地,一辈子面朝黄土背朝天。这两者是天壤之别,所以,齐国耀一开始就明白,他其实连做梦梦见一下跟阮霏在一起的资格都没有,如果他聪明一点,应该根本就不要做这样的梦。

齐国耀就是个爱做梦的人,那段时间他痛苦地沉浸在梦里难以自拔。他的脑子里像放一部电影,全是阮霏的镜头,都是特写,那一颦一笑,如此美不可言、百转千回。他和她说了无数的话,每一句都刻骨铭心……可在现实生活中,他跟她说过的话不会超过十句。他感觉,其实阮霏对他不无好感,当他在班级里吆五喝六,踢一脚江涛,拍一把王顺,开几句玩笑,出一下风头时,阮霏也会不经意地笑一笑。只是他们之间的交集太少,阮霏的清高把她自己跟女生都孤立开来,更别说与男生有什么交往了。

齐国耀真是绝望了。他怎么也没想到,这忽儿陈米海突然出事了,事后去想,真是命运开启的一扇门。如果不是陈米海出事,他不会想到取代陈米海的团支书职位;如果没有得到团支书职位的可能性,他也不会想着用介绍入团的方式接近阮霏;而如果没有非把阮霏拉到团组织里的野心,他也不会去结拜什么"兄弟帮"来加强自己的势力。如同多米诺骨牌的效应一样,他推倒了第一块牌,他就必须为最后倒下的那块牌负责。

陈米海的处分还没下达,学校就接到上级指示,以实际行动来反击右倾翻案风,像《决裂》里那样到农村接受再教育,高一年级全体学生都去向阳农场参加劳动,为期一周。

向阳农场建在海涂边的盐碱地,种植大片柑橘,是"大跃进"年代填海造田的成果。齐国耀和同学们背起背包步行好几公里来到农场。这个农场太大了，每个班分成两三个居住点，男女同学都是通铺，条件真的艰苦。

齐国耀和同学们积极性非常高，以为他们来到广阔天地会受到贫下中农热烈欢迎。可惜事与愿违，农场里的贫下中农对他们这些中学生很是冷淡，私下的谈话中透露出你们不来才好，你们来了更糟的意思，把齐国耀们的热情狠狠打击了一番。

这个季节需要给橘树除草培土施肥，在密不透风的橘园里，干这活也不是轻松的事儿，贫下中农可能本来对他们就没指望，也没下达指标，随他们干多少算多少。这样干了三天，原本热火朝天的同学们都失了劲，一个个无精打采，感到无聊。加上伙食极差，天天青菜、大头菜，没有一点油水，光在清水里煮一下，吃得人人胃里泛酸水。大头菜的甜味尤其令人恶心，听说阮霏看到大头菜就直接吐了。

阮霏和齐国耀不在一个居住点，这让齐国耀加倍思念起阮霏，胃里的寡淡把思想的饥渴激发出来，使他恨不得长出翅膀飞到阮霏那里。机会在一个雨天来临，农场没有安排劳动，让同学们歇一天。齐国耀想出一个主意，他鼓动大家说："我们去看看严老师，听他有什么指示。"校团总支书记严英才老师是这次学农活动的领队，他年轻活跃，跟同学们很合得来，与齐国耀的个人关系也挺不错。齐国耀从心底里是有点崇拜严老师的，因为据说严老师当过侦察兵，这让他的身份有了神秘感。革命样板戏《奇袭白虎团》里的英雄排长严伟才也是侦察兵，跟严老师的名字只一字之差，虽然完全是两个人，但严伟才光辉的银幕形象无疑加深了齐国耀对严英才老师的仰慕。他和同学们常常把严老师当作榜样谈论，就当时的情况来说，严老师的人生确实顺风顺水，他从部队复员，马上被生产队推荐为工农兵学员去上大学，毕业时主动要求分配回家乡，成了又红又专的典型，上过好几次报纸，是全县广为人知的学毛选标兵。有消息说，他在小镇中学当团总支书记只是个过渡,很快就会高升。

这天下午,齐国耀与他最要好的江涛、王顺、王祖贵、赵军等几个同学一起冒雨走了两公里左右的泥泞小路,来到严老师所在的那个居住点,这里是全年级的总部,条件却跟他们一样艰苦。齐国耀见到了严老师,也见到了原本就在这个居住点的陈米海和班长许良。严老师特别高兴,把齐国耀等人招呼进自己的住处,刚坐下没谈几句,听见女生宿舍一片欢呼,原来是高红梅和阮霏两人从另一个居住点赶过来了,严老师忙领着齐国耀他们过去看望。

这是喜出望外的相见,如同在梦中一般,齐国耀真切看见了阮霏的笑容,闻到了她身上淡淡的香味。他肯定那不是香水,是阮霏身上所特有的,因为那香味如此幽深,直透肺腑,令他忍不住打战。

也许农场的这几天劳动过于寂寞,严老师爱热闹的年轻人本性得到机会可以发挥一下,他招呼齐国耀、高红梅他们先别走,晚上一块儿吃饭。这个决定再次赢得了一片欢呼,这次是男女生一同发出的。

食堂传来坏消息,晚餐跟平常一样,只有青菜和大头菜。不知是谁说了句:"要不我们出去找找,看看能不能找点好吃的。"

高红梅笑了,她大包大揽地说:"不用找了,跟我来吧,我有办法。"

这时雨刚停歇,晚霞出来了,映在海洋那么浩瀚的橘林里,全是望不到边的墨绿色和金色。湿漉漉的泥路表面像雨后春笋似的,突然冒出大片黑乎乎绿茵茵的地衣,仿佛一朵朵肥硕的黑木耳。高红梅说的就是这东西,乡间不可多得的美食,营养特别丰富。难得的是在这人迹罕至的橘园路边,地衣生长旺盛,遍地都是。同学们发出一阵阵惊呼,随即分散开来采摘。

齐国耀有意无意地跟在阮霏边上,他看到了另一个阮霏。这个阮霏不像平时那么清高,她叽叽喳喳开心极了,一会儿奔这边,一会儿跑那边,手里捧着满满一把地衣。泥地太湿了,她的鞋子沾满了泥巴,她索性把鞋子脱掉,裤腿卷得高高的,赤脚在泥路上跑,那两条白皙的小腿亮得晃眼。

有一次她差点摔下路基,齐国耀忙过去提醒她。"小心!"他这样对她喊。

她却咯咯笑着,朝他仰起脸。齐国耀看到她灿烂的笑容,脸和头发都弄脏了,采摘来的地衣多到没地方放,她就撩起衣襟兜着,那模样完全像个乐坏了的小丫头。晚霞把她的整个身影涂上金色的轮廓,像烫金一样烙进了齐国耀的心,这一刻令他永生难忘。

高红梅还让同学们采了好多野葱,晚上的地衣宴颇为丰盛,有凉拌地衣,有热炒地衣,有醋熘地衣,还有地衣野葱羹,那是齐国耀吃过的最鲜美的菜肴,虽然这些菜都没放一滴油。男女同学借着这次机会,破天荒地互相说起话来,弄得每个人都像打了鸡血一样兴奋。

夜深了,高红梅、阮霏要回她们的居住点,齐国耀主动提出送送她们,得到严老师批准。毕竟这荒郊野外的,万一出事那就麻烦了,严老师心里也不踏实。齐国耀招呼了江涛、王顺、王祖贵等那几个男生,簇拥着高红梅、阮霏上路。奇怪的是,一旦离开了刚才热闹的场景,男女生间的鸿沟再度出现,一路上他们谁也没说话,都埋头走路,只听见鞋子摩擦地面的嚓嚓声。

橘园黝黑深邃,好像没有边际,小路在其间蛇行,路两旁伞状大橘树的暗影重重叠叠投在地上,仿佛织出一张浓密的黑网,将远处的星光都遮掩了。脚步声显得空寂,就有害怕悄悄爬上心头,故意将脚步踩得响一点,却听到古怪的回音。这情景使他们想起刚看过的手抄本《恐怖的脚步声》,一个无头人提着自己的脑袋哐哐走来,每个人的汗毛都竖起,想说又不敢说,心里越发紧张恐惧。

这样走了好久,橘林深处有几点微光出现,淡绿色,在无风的空气中飘动,他们原先以为是萤火虫,很快发现不对。那幽光多起来,三三两两浮动,忽远忽近。

王祖贵说了一声:"鬼火!"

阮霏吓得哆嗦一下,拉住高红梅的手不敢走了,大家心里也都毛毛的。

齐国耀这时候的胆子比谁都大,他说:"哪有什么鬼火,不要迷信了,不就是磷火嘛。"

胆小的王顺战战兢兢地说:"有磷火那也说明这儿有坟地,有棺材,有死人啊……"

阮霏又吓着了,双眼惊惧地盯着渐飘渐近的磷火,本能地往后退却。她的身体碰到了边上的齐国耀。这是他们第一次身体接触,阮霏的肌肤热烘烘的,那是青春少女真实生动的肉体,齐国耀浑身的毛孔都张开了,贪婪地吮吸着从阮霏身上散发出来的气味。有这样的女孩在边上,他应该死都不怕的。

齐国耀热血沸腾,带头朝磷火走去,结果什么也没发生,他们顺利通过了,甚至根本就没看见有什么坟堆。

他们上到大路上,农场的几栋房子隐约可见,夜空也明朗起来,脚下的路泛出白光,大家的脚步越走越轻快。只是夜太深了,静谧中的一丝神秘似乎仍在前方,也许这仅仅是齐国耀的心理,他希望这个夜晚一直继续下去,直到东方拂晓。

意外就在这时发生,几乎是在他们完全没有防备的情况下,一阵窸窸窣窣的声音突然从四周响起,不等他们看清,野地里忽地蹿出十几条黑影,对着他们狂吠。原来是野狗!十几条野狗龇着白牙,围成圆圈逼过来,绿莹莹的眼睛跟刚才的鬼火一样闪烁,呼哧呼哧的鼻息都喷到他们的裤子上。真是太恐怖了,王顺带着哭腔叫起来:"我的天,我们要死了,快跑吧。"

大家哆嗦着腿想跑,还是王祖贵比较有经验,他说:"别动,现在跑我们真就死定了!"

王顺哭了,说:"那你们说怎么办?怎么办?"

齐国耀也不知道怎么办，他的牙齿在打战，发出咯咯的响声，这是他遇到的最可怕的事情。

野狗更猖狂了，缩小包围圈，把他们逼向路边。有一条狗扑上来咬住了阮霏的裤管，阮霏尖叫着后退，一把抓住齐国耀的手。这一回阮霏的手冰冷，花容失色，魂飞魄散。齐国耀也抓紧了阮霏的手，极度的恐惧使他没有逞英雄，而是选择了与野狗僵持。他叫大家都站着别动，这一招起了作用，野狗们咆哮着，龇牙咧嘴的，看上去很凶猛，却没敢扑上来。这样过了几分钟，齐国耀的心踏实下来，他知道野狗们被唬住了。接下来他又做了个在后来看来无比正确的决定，他们面朝咆哮的野狗，一小步一小步慢慢后退，朝农场宿舍楼那边挪移。大约过了十分钟，他们成功退入了大门。那群野狗对着围墙狂吠一阵，忽然又呼的一声，全都消失在黑夜里不见了。

这一夜的经历对阮霏和高红梅影响深刻，高红梅更加狂热地爱上了齐国耀，阮霏对齐国耀也有了好感，她的清高冷淡在他面前不见了，当他们在路边或者校园里不期而遇时，她会对他嫣然一笑，好像在说，我们是有过交情的。

把阮霏、高红梅送进宿舍，齐国耀他们还要回自己的居住点，他们每人拿了一根棍子，预备遇见野狗可以对付，但那群野狗像是有预感似的，再也没有出现。这使得每个人遭遇惊险后孕育出来的激情无处发泄，于是就在路上讨论起阮霏和高红梅，又从高红梅身上讨论到将要受处分的陈米海。江涛说他最看不惯陈米海，当一个团支书有什么了不起的。王顺说等陈米海倒台了，班级里应该齐国耀说了算，虽然齐国耀只是副班长，但他讲义气，比班长许良能干多了。众人纷纷附和，齐国耀的心里顿时生出一股豪气，他就是在这一刻有了结拜兄弟的想法。他说我们现在在学校，将来到社会上，都需要互相帮衬，不如抱成团，那就谁也欺负不了咱们了。江涛、王顺、王祖贵、赵军几个听了都立马赞成。

后来名震一时的"兄弟帮"的酝酿过程就是在这段黑黝黝充满鬼气的荒凉土路上完成的,有人说这是个不祥之兆,可当时的齐国耀才不管这些,青春的热血在他身上涌动,他和江涛、王顺、王祖贵他们挥舞着打狗棍,大声唱起了革命歌曲,从《没有共产党就没有新中国》到《无产阶级文化大革命就是好》,从《红星照我去战斗》到《万泉河水清又清》,后来又从革命歌曲唱到黄色禁歌,《在那遥远的地方》《莫斯科郊外的晚上》《红莓花儿开》,他们唱得意气风发,仿佛明天的世界一定是他们的。

陈米海却在这一夜痛苦不堪地失眠着。高红梅的到来使他惊喜,更使他痛苦,他发现高红梅的目光时不时落在齐国耀身上,而且,她和齐国耀他们一起采地衣,一起烧菜吃饭是何等开心,他们叽叽喳喳,说说笑笑,男女生间的界线一下消融得无影无踪,其亲热程度比黄色小说里写的还严重。

他因此非常不快。是的,他承认,他嫉妒了。这滋味真不好受,像有虫子在啃咬他的心,把他的心吃得空洞洞的。黑暗中,他辗转反侧,恨不得揪住高红梅把她摔到地上,给她应得的惩罚。真是奇怪,在那夜的怒火中烧里,罪魁祸首的齐国耀被他遗忘了,他的愤怒和屈辱全都冲着高红梅,以至于他迷迷糊糊睡着后,他感觉自己强暴了高红梅。他兀然醒来,内裤那儿一阵潮热。

向阳农场学农结束回来,齐国耀把那几个他觉得可以做兄弟的同学叫到一起,在东方红小饭店聚了次餐。钱是王顺主动要求出的,包括齐国耀在内的这几个同学,只有王顺有点小钱,不过他这钱来得非常不易。他父亲是畜牧站的配种员,特别热爱自己的工作,年年都是生产标兵。他爱屋及乌,从王顺十三岁起就带着他赶着种猪出去配种。想一想,那是怎样的场景,一个孩子赶着公猪干这档大人都难为情的事儿,要多羞耻就有多羞耻,这样的场景还常常被同学们看见。

那头公猪真是巨大,浑身雪白,叉着腿晃动着红肿的阴囊,大摇大摆地走在街上,王顺握着根细竹竿走在旁边,在同学异样的嬉笑声里落荒而逃。尤其是遇到女同学,王顺的脸涨得通红,咬着牙挥动细竹竿,一路小跑,恨不得让自己和公猪都立刻找个地洞钻进去。

王顺好多次扔下细竹竿不干了,他得到的是父亲的一顿暴揍,父亲脾气暴躁,说不上三句就动拳头,王顺被打得鼻青脸肿。父亲过后觉得后悔,拿出几角钱给王顺,所以王顺始终没搞明白,他拿的这些钱是赶公猪配种的工钱,还是挨揍的补偿。但这往往不重要了,重要的是王顺成了班级里极少数有钱的学生。

饶是如此,王顺还是被人看不起,有人说他的手脏,有人说他身上有气味,还有人说得更难听,说那是骚味,爱洁净的女生看到他都绕着走,这使王顺很受伤。好在齐国耀对他不错,觉得他虽然看上去猥琐,但脑袋瓜子活络,是派得上用场的角色。

严格说起来,"兄弟帮"就在这次聚餐中诞生了,总共是九个人:齐国耀、江涛、王顺、王祖贵、赵军、李卫、吴朝阳、张大民、杨雷,他们按出生年月的大小排了座次,年龄最大的是王祖贵,本来他是大哥,但大家公认还是齐国耀来当大哥。这一夜他们好不兴奋,好像突然间有了属于自己的组织,可以有福同享,有难同当,将来在社会上混出个人样。每个人都说了自己的梦想,王顺说他要出人头地,当个大领导,叫他爸看见他像孙子一样,再也不敢赶他去给猪配种了;江涛说他家祖宗八辈子都是农民,他一定要当工人,城市户口,吃商品粮;赵军说他要上大学,做一名光荣的工农兵学员;王祖贵说他要开拖拉机;李卫说他要天天吃红烧肉。齐国耀拍了李卫一巴掌,骂他没出息。大家都笑了,看着齐国耀,等着他来说自己的理想。

大家都觉得齐国耀是能干大事的,他讲义气,聪明,有魄力,组织能力强,将来是可以像严英才老师一样走一走仕途。却不料,齐国耀只说了件眼下的事儿,他说等陈米海靠边站了,我们要把团支部的权力夺过来,首先解决阮霏的入团问题,像阮霏这样的女同学,早就应该是团员了。兄弟们有什么合适的人选,都提出来一块儿解决。

这一直是齐国耀隐秘的心事,自从他喜欢上阮霏,始终找不到正当理由跟她接近。陈米海追高红梅的事曝光出来以后,曾经让他震撼非常,他很佩服陈米海的勇气,那样直截了当的方式对他也是个极大刺激。他想过应该不惜代价来表明自己的决心,但冷静下来后他放弃了,毕竟他和阮霏的家庭、地位相差太大,盲动的话等于自找绝路。他只有从陈米海的教训里吸取经验,先从正常的班级工作着手,以介绍入团的名义来与阮霏单独接触。要是阮霏心里有了他,那一切都好办了。

一旦明白了齐国耀的打算,大家的梦想也马上现实起来,王祖贵、赵军提出了自己的人选,他们提的都是江涛,江涛自己也同意了。王顺不是团员,见江涛要入团,他也要求齐国耀把他拉进团组织,还特意强调说,他要高红梅来找他谈话,做他的介绍人。原来,王顺暗恋着高红梅。大家看着王顺都笑,王顺长得獐头鼠目、歪瓜裂枣,两条短腿,要是跟高红梅站一起的话,高红梅都比他高出一头。齐国耀觉得离谱,劝王顺别自讨苦吃。为安慰王顺,齐国耀说高红梅又不好看,你何必就盯着她。但王顺人矮心气却高,他坚持说他就认为高红梅是全校最漂亮的,连阮霏都比不上。这话让齐国耀很不舒服,只是没当面表露出来。

那时他们懵懵懂懂知道点结拜兄弟的规矩,要歃血为盟,但每个人割破手指流血太夸张了,王顺到饭店厨房讨了小半碗鸡血,滴到酒里,大家一起喝了,"兄弟帮"算是正式成立了。

齐国耀是非常有组织能力的,他参考《水浒传》,立了几项规矩,给每个兄弟配了防身武器,主要有短棍、小匕首、弹弓等,每星期都在一起练一下。他们不主动去惹别人,但要是别人惹他们,那就叫他们尝尝厉害。

一开始,"兄弟帮"的活动范围局限在他们九个人里面,并没公开,班级和学校对这样一个新产生的组织一无所知。其间,严英才老师分别找班干部和团员谈话,征求对陈米海的处理意见,严老师发现大部分人的意见基本一致,就是免去陈米海的团支书职务,由副班长兼团支部委员齐国耀接任。

学校党支部会议上,严老师把这个意见做了汇报,也谈了自己的看法,除了免去陈米海团支书一职,他建议给予陈米海严重警告处分。学校一把手刘建东书记支持严老师的意见,但丁文浩校长跟刘书记是两派,矛盾很深,凡是刘书记赞成的他都反对,就说对一个初犯的学生严重警告太重了,应改为警告。双方僵持不下,也不是什么大事,就拖在那里。

不料这时北京爆发了声势浩大的"四五运动",形势一下严峻起来,学校两派的领导都很紧张,忙于配合运动,把处理陈米海的事交给了严老师。严老师鉴于情况的不确定性,临时在班级团支部会议上宣布,由齐国耀暂代团支书履行职责。这样一来,他们班里的情况就很古怪,陈米海依然是团支书,而团支部的工作则由齐国耀来主持负责。

但不管怎样,对齐国耀和"兄弟帮"都是件大好事,齐国耀抓紧时机召开团支部会议,讨论发展新团员。他提出了几个考察名单,王祖贵、赵军积极支持,阮霏、江涛、王顺作为新团员考察对象获得通过。名存实亡的团支书陈米海弃权,班长许良本来就是和事佬,倒向齐国耀一边,持反对态度的只有副书记高红梅,她孤掌难鸣,最后不得不服从大家的决定。

那是齐国耀最快活风光的一段日子,他被梦想照亮,走路都笑出声来。

这天放学后,他名正言顺地找阮霏谈话,鼓励她入团,两人站在操场的沙坑边说话,齐国耀一开始很紧张,翻来覆去地说入团很重要,你应该追求进步。阮霏显得若无其事,等齐国耀结结巴巴地说了半天,她笑说:"入团是很好啊,可我还没想过呢。"一句话说得齐国耀有点蒙了。他当然知道,阮霏是班级里有名的逍遥派,对政治、运动什么的毫无兴趣,学习成绩也挺一般,除了漂亮和清高,她没有特别突出的地方。

齐国耀一时找不到话说,心却怦怦狂跳,他紧张之中仰脸看见了沙坑边上的单杠,就跳上去做了几个引体向上。阮霏看他这样突兀而笨拙的样子,不知是觉得好玩还是滑稽,忽然嘻嘻一笑,转身跑开了。齐国耀手一软,跌落在沙坑里,把脚给崴了,疼得厉害。更疼的是在心里,他这么为她的入团着急,而她居然一点都无所谓。

齐国耀是有韧性的人,一次的失败当然不会让他放弃。他又去约阮霏,要跟她再谈一谈,但阮霏以家里有事为由,匆匆背上书包走了。这是阮霏当众的拒绝,他看到有几个同学哄笑的表情,高红梅鄙夷又幸灾乐祸地瞟了他一眼,跟着阮霏走了。

三天后,是星期天,阮霏从家里出来,忽然被王顺截住。王顺鬼头鬼脑地对她说:"有人找你有事。"

阮霏问:"谁?什么人?"

王顺说:"你去了就知道了。"

阮霏本来不想去,但看到王顺那副神秘兮兮的表情,忍不住想去看个究竟,就跟着王顺过去。

弯过一个街口,王顺不见了,有一个人影站在拐角,转过身来,是齐国耀。阮霏这才明白又是入团的事。这一次,齐国耀有了准备,说话流畅多了,除了把入团的重要性、程序说了一遍,连怎么写入团申请书都说了。

阮霏听完后,仍然没有心动的意思,她轻描淡写地说:"我觉得我还是不够团员的标准吧。"

齐国耀说:"你怎么不够标准?我觉得你完全符合标准。"

阮霏笑笑,又想离开。

齐国耀急了,说:"你放心,这事包在我身上。"

阮霏愣了一下,似乎没听明白为什么入团可以包在齐国耀身上。这时,齐国耀转过身，潇洒地打了个响指，立刻，从弄堂里出来几个人，是江涛、王顺、王祖贵、赵军、李卫、吴朝阳、张大民、杨雷，这八个男同学站在齐国耀身后，齐刷刷地一字排开，像他的坚强后盾。

这一下，阮霏想笑而没笑出来。

齐国耀觉得达到了震撼效果，他展现了江湖上的那种大哥形象，拍了拍胸脯说："我实话告诉你，阮霏，你别怕有人跟你作对，这事我说了算，我说你是团员你就是团员了！"

阮霏真的递交了入团申请书，后来她说，她是被齐国耀烦死了。他手下的那几个人一天到晚在她家附近晃荡，那个鬼头鬼脑的王顺更是见到她就趸过来，嬉皮笑脸地问她："哎哎，申请书写好了没有？"她父母都看见过两三回，问她这几个人是谁，来干什么。她又怕又讨厌，但想想人家也是好心，不就写张申请书嘛，写就写呗。

齐国耀心花怒放，他看见梦想的大门打开了，立即召开团支部会议进行表决。但这次他遭遇了料想不到的阻力，阮霏的入团申请书一拿出来，高红梅就跳起来反对，说阮霏不求上进，清高骄傲，追求资产阶级生活方式，跟团员的要求差距太远。许良和陈米海都附和高红梅的意见，把齐国耀弄得很尴尬也很恼火。他原本以为这种情况下陈米海是不会得罪自己的，没想到他公开与高红梅联手，两人又勾搭在一起，连带着把江涛、王顺的入团申请也给否了。齐国耀气得想强行通过，可他的人数不够，团支部总共有六名团员，他和王祖贵、赵军是一种意见，陈米海、高红梅、许良是另一种意见，刚好三比三，旗鼓相当。最后只得提交学校团总支，由严老师来决定。

齐国耀去找严老师，严老师正准备"五一"结婚，忙得不可开交。本来没这么紧张，中间出了"四五天安门事件"，形势一片肃杀，严老师被抽到镇上的专案组工作，婚事筹备给耽搁了。所以齐国耀跟严老师汇报团支部里的纷争，严老师都没时间来开会调解。但他对齐国耀说的陈米海与高红梅又搞在一起，穿一条裤子，合伙反对齐国耀非常反感，觉得陈米海的目标是针对齐国耀背后他这个团总支书记的。严老师表态说他支持齐国耀的工作，具体情况等他婚礼后再解决。也许是严老师看到受打击后的齐国耀有点沮丧，他热情邀请齐国耀带几个同学来参加他的婚礼。"你们来热闹热闹，到时我们再谈谈。"严老师说。

走了一个多小时的泥泞小路，1976 年五一节夜晚，齐国耀和他的"兄弟帮"成员出现在严老师农村老家的新房里，那时候，婚宴的酒席已经结束了，一帮年轻人正在闹洞房。由于齐国耀他们的到来，闹洞房进入高潮，那些年轻人把新娘子压在床上，从她的屁股底下摸出一只只红蛋，然后欢呼说："生了生了生了！"

大家哈哈哈的都笑疯了，新娘子满脸绯红，但还是配合年轻人们从屁股底下生出一只只红蛋。

新房里烟雾腾腾，每个人都在抽烟。严老师也给齐国耀发了两包大前门牌香烟，他说这是喜烟，给同学们分分吧。齐国耀见严老师没把他当学生，而是当作成人和朋友看待，深受感动，他拍着胸脯说："严老师你有用得着我们的地方，我们兄弟几个随叫随到。"他在严老师面前第一次提到了"兄弟"这个词。

严老师听了也没反对，他说："好好，那我谢谢你们了。"

闹洞房结束已是深夜，严老师把齐国耀他们送到村口的晒谷场，跟他们谈了几句，意思是叫他们不要急，现在形势复杂，班级里有斗争，学校里也有斗争，斗争是正常的。从严老师的话里，齐国耀听出，学校领导的两派斗争非常激烈，对怎么处理陈米海有不同意见，那同样意味着对他齐国耀的上任也有不同意见。

严老师回新房后，齐国耀还不想走，他想起严老师给的那两包喜烟，掏出来分发给各人，这是他们第一次抽烟，都觉得味道怪怪的，但没人放弃，心底里似乎不约而同地认为，他们都是"兄弟帮"的兄弟了，抽烟喝酒找女孩，那是天经地义的事，否则他们还混什么呢？

晒谷场上的夜静谧深邃，他们坐在草垛上，闻着草香，头顶是浩瀚星河。齐国耀的心在激荡，他跟"兄弟帮"的兄弟们说了自己的设想，一定要把阮霏、江涛、王顺弄进团组织，这是第一步；第二步改组团支部和班委，让"兄弟帮"的每个兄弟都当上班干部或团支部委员。到毕业之前，整个班级都归我们说了算。

齐国耀说得慷慨激昂，连着抽了好几根烟。他怎么也没想到，他让烟抽醉了。晕晕乎乎的，他从草垛上栽了下来，天地都在旋转，那个滋味太难受了。兄弟们忙把他抬起来，问他怎么样了。他睁开眼，没看见兄弟们的脸，却看见了阮霏的笑容。

在炫目的星空下，阮霏的笑容也在旋转，忽隐忽现。齐国耀喃喃说了一句："哦，你也加入我们了！"

阮霏的笑容就变成一朵洁白的云彩，停留片刻，倏忽消失了。

齐梦飞从父亲留下的小本本里看到一段记载。其实也不是记载，是父亲画的一张草图，有街道、河流和拱桥，在小镇的西边。那座拱桥叫庆丰桥，顺着草图指示的箭头，齐梦飞没费什么周折就找到那儿。

拱桥的桥洞宽大结实，当年真是个好地方，如今破败了，堆满垃圾。齐梦飞挖开几块砖头，果然露出一个黑洞，那里藏着父亲的宝贝。齐梦飞一阵激动，那一刻，他觉得这是父亲专门为他准备的。

这确是一段命里注定的奇遇，两个世纪的邂逅，让一个十六岁的少年找到了另一个十六岁的少年；换一种说法，就好比是 2001 年找到了 1976 年，虽然它们是如此不同，但某些方面却又似曾相识。

父亲留下的东西包括他的笔记本、申诉材料、信件，还有几本书籍，都是齐梦飞感到陌生的，像《战地新歌》《钢铁是怎样炼成的》《沸腾的群山》《艳阳天》，手抄本《恐怖的脚步声》《一双绣花鞋》《第二次握手》。齐梦飞读不进那些书和手抄本，他很奇怪，父亲当年怎么会为这些味同嚼蜡的故事和口号热血沸腾？但他很容易就被父亲的日记吸引住了，在这些断断续续的文字里，父亲记录了"兄弟帮"好多事情，真的有趣。

比如，父亲他们兄弟几个都有绰号，排有座次，效仿的是《水浒传》里的人物。江涛脑袋瓜子活络，足智多谋，像个军师，排在二号，绰号"智多星"；王祖贵讲义气，喜欢打头阵，就叫"豹子头"；赵军有文有武，脖子边上长了块胎记，绰号"九纹龙"；李卫脾气火爆，就称他为"霹雳火"；吴朝阳是个胖墩，喜欢剃光头，"花和尚"非他莫属；张大民黑乎乎的一根筋，绰号当然就是"黑旋风"；杨雷在社会上跟人打过架，动不动用拳头解决问题，大家都称他"拼命三郎"；王顺爱偷鸡摸狗，叫他"鼓上蚤"最合适，但这个形象不太光彩，王顺不干，他说你们不是老说我长得矮吗？那我就叫"矮脚虎"吧。

齐梦飞从日记里看到父亲的记述，他祖露了自己的心思，他说他不同意。齐国耀是在为将来考虑，将来阮霏肯定也要加入到他们当中，就像《水浒传》里的梁山泊聚义一样，到那时候，阮霏的角色是什么呢？总不能叫她"母大虫"吧？齐国耀思来想去，觉得只有漂亮的"一丈青"最合适。但"一丈青"扈三娘是嫁给"矮脚虎"王英的，这可不是什么好兆头。齐国耀为了这个缘故，宁愿让"矮脚虎"的绰号空缺，也不能给王顺。结果，在王顺的一再抗议下，大家还是把"鼓上蚤"的绰号按在了王顺的头上。

至于齐国耀自己，他是大哥，理应稳坐"及时雨"宋公明这把交椅，可宋江的形象并不怎么光鲜，居然是个黑胖子，后来还当了投降派——那时刚"批《水浒传》"不久，人人都记得毛主席说的"宋江投降，搞修正主义"，齐国耀决不当投降派，他选了"晁天王"晁盖。晁天王英年早逝，有点晦气，但比起宋江老婆阎婆惜跟人通奸，给他戴绿帽子要光彩多了。齐国耀还有一个心思，他是宋江，那阮霄岂不成了阎婆惜了，那是万万使不得的。

齐梦飞也有一帮兄弟，这天放学回家路上，他们在肯德基碰头。跟父亲齐国耀那个清贫年代不同，现在齐梦飞他们每次在一起都有吃有喝，不用担心没人买单。齐梦飞啃着鸡腿，很大方地把"小旋风"的绰号给了周永兴，在《水浒传》里，"小旋风"柴进最有钱也最舍得花钱，白白胖胖的周永兴家里开着工厂，符合这个条件。果然，周永兴高兴坏了，一个劲儿说等会儿请大家到网吧玩个痛快。

齐梦飞的"兄弟帮"是在网吧里成立的，每个人也排了座次，封了绰号。齐梦飞当仁不让当上了"及时雨"宋公明，他才不像父亲那样有那么多顾忌，以下的几个兄弟有"玉麒麟"，也有"智多星"，反正拣好听的叫。但有趣的是，齐梦飞这里也有一个"鼓上蚤"，看来这个角色无论在哪个年代都必不可少。

聚会结束，齐梦飞说："那咱们就来干一票，怎么样？"

大家都以为齐梦飞要找人打架，这之前，齐梦飞的情绪不大好，好像有谁惹了他。大家跟着齐梦飞到了街上，天已黑了，路灯亮起来，春天的风凉爽湿润。他们排成一排，故意像螃蟹那样横着走，这一招非常奏效，好像打出"横行霸道"的广告，路人心领神会，都不敢招惹他们，自动躲得远远的。

齐梦飞在一栋大楼前停下，这栋楼是市政府宿舍，当地有权有势的人居住的地方。这二十多年间，小镇变化巨大，因它就在县城边上，改革开放以后，房子越造越多，与县城逐渐连成一片。县城迅速膨胀，不以城市命名似乎不足以显示其现代化步伐，于是撤县建市，小镇又变成市区的一部分。这栋宿舍楼在原小镇的地盘，现在却是城市的高尚地段了。

齐梦飞是在等人，等一个人现身。过了几分钟，他要等的那人从宿舍楼大门出来了，是个女的，戴一副近视眼镜，推着自行车，背着书包，年龄跟他们差不多。周永兴叫出来："这不是陈小安吗？原来老大你看上的是她啊！"

他们都认识陈小安，因为她是他们的同班同学。这让兄弟们很是不解，甚至为老大抱屈。理由太多了，第一，陈小安长得一点都不漂亮，黑皮肤，平胸，脸上全是青春痘，还戴墨水瓶底一样厚厚的近视眼镜；其次，陈小安一点都不好玩，她就会死读书；第三，陈小安的学习成绩实在太好了，只有书呆子才会这么好。所以，按兄弟们的标准，老大齐梦飞是不该看上这种女孩的，要多没意思就多没意思。

他们都想岔了，老大齐梦飞发布了命令，他要他们上去教训陈小安一顿。兄弟们恍然大悟，原来齐梦飞不是看上陈小安，而是要寻她开心。"鼓上蚤"邱成和"小旋风"周永兴自告奋勇，拦截住正要骑上自行车离开的陈小安，两人流里流气地跟陈小安打招呼，见她不答，便拿她的青春痘和平胸调笑她。一个叫她"痘痘"，一个叫她"飞机场"，差点把陈小安气哭了，骂两人是小流氓。

邱成嬉皮笑脸的，说："你骂我们是小流氓，那你知不知道你爸是大流氓！"

陈小安眼里噙满了泪水，她咬咬牙，骑上自行车想走。邱成和周永兴竟然举起拳头高呼口号："陈米海大流氓！""打倒王八蛋陈米海！"

陈小安从没见过这样的场面，赶紧落荒而逃。老大齐梦飞出手了，他捡起一块石头，对着自行车前轮砸去，自行车被砸得晃了一晃，陈小安猝不及防，猛然摔倒在地。这一跤摔得不轻，陈小安的膝盖擦破了，血流了出来。她愤怒地爬起来，似乎鼓足勇气要找扔石头的凶手算账，但当她的目光接触到齐梦飞的脸，陈小安怔愣住了。她不敢相信似的看着齐梦飞，然后低下头去，默默转身，扶起自行车，一瘸一拐地推了几步，好不容易骑上去，慢慢骑走了。

"这个陈小安，还挺犟的。"邱成说。

"她是根本就没把咱们老大放在眼里。"周永兴说。

齐梦飞冷冷一笑，说："你们懂什么，好事才刚开始呢，这小妞身上，以后有咱兄弟们玩的。"

半个小时以后，齐梦飞和他的几个兄弟出现在晚自修的教室里，陈小安早就坐在她自己的课桌前了。她埋头做功课，似乎什么事也没发生。老师发现她瘸着腿，问她怎么回事，她回答说是自己不小心摔伤了，瞧都没瞧齐梦飞一眼。

在齐梦飞看来，陈小安的这个态度就是对他的宣战。她压根儿看不上他的这些小把戏；或者说，压根儿就看不上他这个人。齐梦飞就是在这时候下了决心，他在心里对自己说："好吧，那你等着，陈小安，我会让你和你那个流氓老爹尝尝我齐梦飞的厉害！"

齐梦飞知道要让陈小安和陈米海尝尝他的厉害就必须有实力，这方面又是父亲的日记给了他启示，他也土法上马，建立起了自己的武装力量。虽然微不足道，甚至有点可笑——他们的武器不过就是几把小匕首和自制的弹弓，但实际的威慑力却并不小。

第一次对陈小安家实施武装打击，是在一个深夜，齐梦飞带几个兄弟埋伏在陈家宿舍楼对面的树丛里，陈家的窗户在五十米开外，一片漆黑，想来他们都已进入了梦乡。齐梦飞手一挥，两个兄弟手里的弹弓应声而出，只听得砰砰两声脆响，陈家的两扇玻璃窗碎裂了，那响声在深夜分外瘆人。

陈家卧室的灯马上亮起来，接着过道和客厅的灯也亮了，有人影出现在房间里，邱成瞄准那人影就要拉弹弓，齐梦飞异常镇定，他冷静地说："等等。"

这人影不是陈米海，是陈米海老婆，她像是咋咋呼呼喊叫着什么，很快又出来一个人，那才是陈米海。

齐梦飞笑了，发出命令："把屋里的灯灭了。"

手下兄弟三箭齐发，砰砰砰三声，卧室、过道、客厅的灯全灭了，房间再次一片黑暗。可以看见陈米海在这黑暗中茫然地站了片刻,然后他奔向窗户,对着窗外大喊:"你们是谁?想干什么?我要叫警察了!"

这一回是齐梦飞亲自动手,他瞄准陈米海,把弹弓拽得满满的,呼一声,石子飞奔而去,发出尖厉的哨音,准确地击中陈米海的脸。陈米海"啊呀"叫唤一声,捂着脸跌倒在地。接着是陈米海老婆和陈小安的哭喊声,整栋楼都被惊动了,门口的保安有冲上楼的,有往外面搜寻的,一下子人来人往,热闹非凡。

齐梦飞带着手下兄弟全身而退,没人发现他们,这次袭击大获成功。齐梦飞因此更敬佩自己的老爹齐国耀,冷兵器如果使用得当,效果同样出色。当然,他很聪明,夜袭干部宿舍楼可不是闹着玩的,陈米海伤得不轻,公安已在调查,他不能依样画葫芦再干这一手,他必须想别的法子给陈米海更沉重的一击。

陈米海的受伤变成一个笑话,很快在社会上流传,因为一直有人举报陈米海,所以这次怪诞的袭击被定性为报复行为。至于为何报复,那就众说纷纭,像所有的谣言经过一定程度的发酵,然后都要演变成男女情事一样,陈米海脸上的那块久久没有愈合的伤疤,被当作他与某个女人通奸而受到其丈夫惩罚的证据,让城里的人在背后指指点点了好些日子。

在学校里,陈小安沉默寡言多了。她总是低头从齐梦飞面前经过,好像有一丝畏缩和胆怯,但偶尔,等齐梦飞一转身,却看见她正深深地看他一眼,那眼神是幽怨的,灼亮的,像是要在他身上挖一个洞,又像是要狠狠烫他一下,齐梦飞冷不丁悚然一惊,他心底里突然有一个念头升起:陈小安难道已经知道那事是他干的?

齐梦飞恼火极了,他受不了这种眼神,他终于对他的手下兄弟说出了那句后来酿成大祸的话:"妈的,老子有一天干死她!"

高红梅一直被儿子齐梦飞阴阳怪气的态度困扰。她猜想儿子是知道了自己和陈米海的关系，这些天有关陈米海被人报复的事儿传得沸沸扬扬，与陈米海偷情的女子也被传说得有鼻子有眼，高红梅每次听到都胆战心惊。那个藏身于众人口舌间的淫妇真的跟她很像，漂亮，能干，与丈夫关系不好，贪图陈米海的权力，如此等等，不一而足。高红梅感觉所有的群众都长着火眼金睛，虽然他们不知道她的名字，却早已在飞短流长的议论中把她剥得精光，赤条条暴露在光天化日之下。这使她心烦意乱，甚至有点躲避儿子，也因此忽略了儿子的种种可疑之处，比如他翻找齐国耀留下的东西，偷偷藏起弹弓，购买管制刀具，与同学鬼混而夜不归宿，更想不到袭击陈米海的罪魁祸首就是儿子齐梦飞。

她越来越不安了。有一天夜里，她梦见火葬场里的情景，儿子把她拽向正在熊熊燃烧的炉膛口，让她透过玻璃门看到齐国耀的尸体烧得坐起来，恐怖的一幕就在那时发生，齐国耀浑身冒火，呼一声从炉膛里爬出来抱住她。她全身着火，却感觉到齐国耀的尸体是冰冷的，一边是烈火的炙烤，一边是冰山般的寒冷，她恐惧到极点，死命挣脱齐国耀，把他摔在地上。齐国耀的尸身被她摔得四分五裂，像一块块炭火掉落到地面。她拔腿就逃，可一转身，却被儿子挡住去路，儿子像地狱里冒出来的判官，手拿一支朱笔，指着她叱喝一声："高红梅，哪里跑！你这个没良心的，是你出卖了你老公齐国耀！"

高红梅拼命尖叫："我没有，我没有，不是我干的！"她叫着叫着把自己叫醒了，儿子不在身边，身上全是冷汗，被子都湿透了。高红梅一骨碌坐起来，回想梦里的情景，心里一阵绝望。她原本以为齐国耀死了，以前的事也就结束了，没想到死去的是齐国耀的肉体，他的阴魂并没有散去，而且还讨债似的缠着她不放。

如果是别人也就罢了，比如陈米海，他把她推到在床上时，就恶狠狠地对她说过：当初搞他齐国耀你也有份！这她认了，她与陈米海一同从那个年代走过来,他们有着纠缠不清的恩怨。但这回替齐国耀讨债的是她的亲生儿子齐梦飞,她把他生下养大,好像就是为了等到有这一天,让他来宣判她的罪孽!

人可以遗忘历史,可是历史没那么容易就翻过去,它总是以另一种方式跟你不期而遇——现在,高红梅明白了,她与齐国耀的儿子齐梦飞就是他们那段历史留给今天的果子。她要亲口尝一尝这个果子的滋味了。

1976年6月,在彻底清查"天安门事件",深入展开反击右倾翻案风运动的狂风暴雨中,有人告发了齐国耀与他的"兄弟帮",他们被当作反革命小团伙揪了出来。这个告密的人不是别人,就是单恋着齐国耀的高红梅。

那时候的齐国耀意气风发,陈米海靠边站,阮霏的入团问题即将解决,他在班级和学校里威风凛凛,走到哪儿都有一帮手下兄弟前呼后拥。齐国耀的形象越光鲜,高红梅就越被吸引,她发觉她爱齐国耀都快发疯了,但齐国耀对她还是像以前一样不咸不淡,他的心思完全被阮霏占据了。

起先高红梅还想努力,她觉得齐国耀与阮霏是不切实际的,他们两人的差距太大,不是齐国耀配不上阮霏,是齐国耀的农村户口身份和农民家庭决定了这一切,你本事再大,你就是孙悟空大闹天宫也翻不出如来佛的手掌心。当时的农村户口和农民出身真的就是如来佛手掌心里的孙悟空,任谁都只有认命。高红梅跟齐国耀却是般配的,家庭与身份方面没有一点障碍,所以高红梅没有把齐国耀追阮霏太当回事,谁都看得出这是剃头挑子一头热,等齐国耀碰几次壁,他就明白自己的斤两了。但高红梅低估了齐国耀的固执,他认起死理来九头牛也拉不回来。

高红梅是有主见的人,她决定主动出击,在一次团支部会议结束后,她借口有事跟齐国耀商量,单独留了下来。她谈了自己对阮霏的看法,主要是阮霏的小资产阶级生活作风,她提醒齐国耀说,阮霏这样干部家庭出身的城里人,跟我们是不一样的。她相信齐国耀听得懂她话里的意思,果然,齐国耀回应了她，他笑嘻嘻地跟高红梅说，他也觉得阮霏身上有"娇""骄"二字。高红梅一阵兴奋，把陈米海给她的那本《战地新歌》拿出来，当场送给了齐国耀。

几天后，高红梅看到了她最不愿看到的场景，她送给齐国耀的那本《战地新歌》出现在阮霏手里，阮霏兴冲冲地翻到里面的一首歌，要跟高红梅一起学唱。高红梅第一次在阮霏面前失态，她把书往地上一推，急赤白脸地喊着说："要唱你自己唱，我才不要！"说完扭头就跑。跑出校门，她的眼泪下来了。

高红梅的努力没收到效果，齐国耀像喝了迷魂汤，为了阮霏可以不顾一切，高红梅从失望变成绝望，又从绝望变成了嫉恨，胸中的那把火将她烧得冒烟，她终于走出了那一步，她要狠狠教训一下齐国耀，把他从春风得意的幻觉里拉下来，叫他清醒清醒。

高红梅的揭发信是直接寄给县教育局革委会的。当时的教育系统，该打倒的都已打倒，找不出新的革命对象，上级又要求狠抓阶级斗争新动向，头头脑脑们冥思苦想抓典型的时候，正好，揭发信来了，一看是学生拉帮结派搞小团伙，虽然小儿科了一点，但多少是撞到枪口上来了。这还了得，马上追查，看看后面有没有反革命后台，一定要深挖出来。

上面的指示一级级传达下来，到了学校，成了头等大事。校党支部决定由团总支书记严英才老师负责调查，严老师虽然跟齐国耀关系不错，还请他们参加过自己的婚礼，但运动来了，谁能抵挡得住？他也只有公事公办，一切都按上级的指示精神进行。

那几天，学校的气氛忽然神秘起来，肃穆起来，班里的同学一个个被叫到严老师的办公室接受问话。严老师用了一点技巧，最先叫去的是班级里的普通同学，再慢慢轮到班干部，再到"兄弟帮"成员，最后才是齐国耀。

这样由外围进入到核心的调查方法非常奏效，严老师很快就掌握了事情的真相,无非是几个同学称兄道弟拉帮结派,想在学校出出风头,赢得漂亮女生的青睐,其实并没什么严重后果,跟路线斗争那真是风马牛不相及,与右倾翻案风什么的也搭不上边。严老师如实向校党支部汇报,党支部书记刘建东听了很不满,批评严老师政治观念薄弱,他说,学生搞小团伙夺班级里的权,怎么可能没后台?

严老师这才恍然大悟,刘书记是要抓老师里的后台,再一查,果真查出问题,"兄弟帮"里的赵军跟丁文浩校长是亲戚。赵军多次跟人说,有他姨父在,他们在学校里怎么闹都没关系。这句话成了处理"兄弟帮"的关键,刘书记非常高兴,他对严老师说:"你看看,丁校长的黑手够长的,他在学生中培植势力,为资产阶级教育路线翻案。"

原本刘建东书记与丁文浩校长实力相当,僵持不下,这一次刘书记抓住了丁校长的把柄,一阵穷追猛打,真的把以丁校长为首的几个右倾翻案分子揪了出来。罪名包括执行资产阶级教育路线,走白专道路,抵制学工学农,在教师和学生中拉帮结派,反对以刘书记为代表的革命路线的正确领导,等等。学校开了批斗会,丁校长这一派倒台了,"兄弟帮"也跟着被取缔,幸好严老师同情齐国耀,给他的处分比较温和,让他和"兄弟帮"成员自己写检讨,也写批判丁校长的文章,作为幡然醒悟将功赎罪的证据,更证明丁校长这一派是多么不得人心。这样一搞,齐国耀的罪状轻了许多,最后给了一个警告处分,放入档案,其余的成员只是口头警告,全都过关。

这是不幸中的大幸,但齐国耀还是遭遇沉重打击,他和"兄弟帮"成了非法组织,虽没上纲上线,名声却臭了,特别是他拿入团来追阮霏的事,变成一桩大笑话,使齐国耀在同学们面前抬不起头来。这些人中,最受伤的是阮霏,她毫不知情地扮演了齐国耀的女朋友,其角色却好像老电影里的女特务,是个妖娆风流的坏女人。面对平白无故泼上来的脏水,阮霏每每横眉怒目与之相向,更是对齐国耀恨之入骨。

也有人得利，比如陈米海，他原本要被免去的团支书一职保住了，还把齐国耀打压了下去。似乎以前偷稻种卖钱追高红梅的事，跟齐国耀一比，就不算什么大不了的。刘书记把他放到正确路线这一边来看待，他是受丁校长和齐国耀排挤，进行打击报复，所以必须予以平反。

本来还有一个得利的人，就是高红梅，这也是她自己期待的。眼看齐国耀的"兄弟帮"土崩瓦解，转眼间朋友离开，爱情毁灭，呼风唤雨的齐国耀形影相吊，孤家寡人，高红梅是幸灾乐祸的，有说不出的高兴。她知道这时候只要自己稍稍表示一点意思，落难中的齐国耀一定感激涕零。这一幕真像她从小在外婆嘴边听烂了的公子落难小姐送情的戏文故事，无非今天轮到她上场扮演小姐角色而已。

高红梅密切关注齐国耀的动静，精心挑选了一个日子，在周末放假的那个下午，她好像是不经意地出现在齐国耀常去的地方——小镇西边的一座拱桥，齐国耀出事后喜欢独自坐在这座"庆丰桥"的桥洞里发呆。高红梅发现齐国耀很会挑地方，桥洞宽大幽静，凉风习习，脚下河水流淌，景色优美而且特别。这就是齐国耀吸引她的所在，他的境界总是比别的同学高出一大截。

齐国耀对她的到来反应冷淡，等了半天，还是高红梅先开口，她一时放不下架子，板着脸，身子斜着，眼睛也不看齐国耀，说话的腔调像班级批斗会上的发言。她说："想不到你会做这种事，你的资产阶级思想是该好好反省反省，要不，你这样下去很危险的。"

齐国耀冷笑一声，似乎不屑回答。

高红梅继续说下去："学校对你的处理是帮助你，希望你端正思想认识，与资产阶级那一套一刀两断，彻底决裂。"

齐国耀还是冷笑，高红梅有点恼了，问："你笑什么？"

齐国耀说："我笑天下可笑之人！"

高红梅愣了一愣，不知道齐国耀说的是什么意思。

齐国耀说："我是资产阶级思想，那陈米海呢？他偷生产队的稻种卖钱，给你买笔记本和《战地新歌》，他就不是资产阶级思想了？看他神气活现的，我最讨厌这副样子，就你们永远正确！"

高红梅没想到齐国耀直截了当把矛头对准陈米海的时候捎带上自己，这下还怎么谈得下去？高红梅当即红了脸，说："你别把陈米海和我扯一块儿，我跟他根本就不相干！"

齐国耀不听她解释，充满敌意地说："你们想怎样就怎样吧，我不在乎。"

高红梅急了："你这人怎么这样？我心里想的你还不知道吗？"

齐国耀抬头看了高红梅一眼，像是一无所知地说："你想什么？"

高红梅的脸又红了一下，血涌上来，心怦怦跳，空气都似乎变得稀薄了，呼吸困难。

过了好一会儿，她费力地喘口气，把眼睛看着鞋尖，吞吞吐吐说："我是为你好，希望你振作起来，过去的事都过去了，哪里跌倒，哪里爬起来吧。"

本来她是想说几句温柔一点的话的，却不知道怎么说，结果说出来的都是平常在学校里通用的言语，好像背书一样。齐国耀皱皱眉头，显然没听进去。高红梅一咬牙，想把心里话说出来："傻瓜，难道你就没察觉我对你的情意吗？我把陈米海送我的《战地新歌》送给你，那就是我的心意啊！"

但她只来得及在心里面说了一遍，还没开口，齐国耀突然一把抓住了她的手，这让高红梅吓了一跳，随即又幸福得浑身发抖。她以为齐国耀回心转意来向她求爱了，却不料齐国耀是因为太冲动而抓住她的手，他接下去说的话简直让高红梅目瞪口呆。

齐国耀说："我知道是有人向教育局告发我，你知道这人是谁吗？"

高红梅胡乱摇头，说："我……我哪知道……"

齐国耀瞪着她，脸色极其可怕，咬牙切齿地说："总有一天我会把这个阴险小人找出来。高红梅你听着,我发誓,妈的要是不弄死这种人,我齐国耀就是狗娘养的!"

高红梅永远不会忘记齐国耀说这句话时脸上的杀气,他的眼睛斜着,眼白多眼黑少,有一种阴狠冷酷的味道。高红梅忍不住打了个哆嗦,心底里升起一股寒气,突然对自己和齐国耀的关系有了不祥的预感。

当初告发齐国耀的时候,高红梅是匿名的,她用颤抖的手署上了所有匿名信中最常用的署名——"一个革命群众"。真是绝妙,一个革命群众,无数革命群众中的一员,却代表了所有革命群众的正义与凛然,如同大海里的一滴水映照出大海的无穷浩瀚。"一个革命群众"带来的震撼果然非同寻常,教育局革命委员会决定借此展开清查运动,他们发了红头文件,又把高红梅的匿名信转给学校党支部,事情于是一发而不可收拾。

刘建东书记确定了斗争目标,拿"兄弟帮"来整他的死对头丁文浩校长。为了先摸摸底细,刘书记让严英才老师暗地里追查写匿名信的是谁,有什么背景。严老师仔细检查班级里的作业,辨认字体,没费多少功夫就圈定了高红梅。后来严老师找高红梅谈话,跟她核实匿名信里写的情况,高红梅才发现想用"一个革命群众"的方法隐藏自己而没采取别的措施是很幼稚的。她非常害怕,恳求严老师为她保密,她嘴里说是担心"兄弟帮"的人打击报复,实际上是怕齐国耀知道了,那他们之间就永远完了。

在严老师的办公室,高红梅说着说着就哭了。严老师本来还想动员高红梅主动站出来揭发齐国耀和"兄弟帮",后来见高红梅哭得这样伤心,严老师心软了,答应高红梅,不把她揭发者的身份说出去。

从后来的情况看,严老师是说到做到,他的保密工作做得相当出色,学校里的人都不知道这事是她高红梅干的。但同样,这世上没有不透风的墙,人人也都心知肚明有个揭发者存在,除了"兄弟帮",没人有兴趣弄个水落石出罢了。

齐国耀不同，他是最大的受害者，他非要把这个人给揪出来。这次见面之后，高红梅接二连三做噩梦，梦见齐国耀最终发现了她，他怒火中烧，狠狠甩了她一记耳光，骂她贱货。高红梅从梦中惊醒，越想越恐惧，硬着头皮去找严老师，想打听点情况，是不是走漏了消息，却在严老师的办公室撞见鼻青脸肿的陈米海。原来，齐国耀四下打听，觉得揭发"兄弟帮"是陈米海干的，他选了个比较冷清的地点，是晚自修后陈米海回家的必经之路，带着江涛、王顺、王祖贵、赵军那几个，逮住陈米海痛打一顿，黑咕隆咚中把陈米海推下水田，弄得一身污泥。高红梅听见陈米海在严老师的办公室嚷嚷，他高声说："齐国耀说我揭发他，他这种流氓，我不光在学校里揭发他，我还要到派出所去告他！"气愤中的陈米海词不达意，主动把揭发者的身份套在自己头上，以致后来学校里的所有人都认为真是陈米海干的这事儿。

高红梅亲耳听见了陈米海的话，那一刻她对陈米海充满了感激。她没有迈进门去，笑着离开了严老师的办公室，心情轻松至极。她想这一关她算是过去了，她的心血不会白费，等齐国耀对阮霏彻底死心，她会再次出现在他面前，她有把握赢得齐国耀的信任、感谢，甚至爱。

第二章

　　高红梅没能等来那一天。进入 1976 年秋天，形势急转直下，先是"四人帮"被粉碎，接着是"揭批查运动"，清理紧跟"四人帮"的帮派分子。从教育局到学校，都是风起云涌，一直被当作正确路线代表的刘建东书记被打倒了，成了"三种人"，而刚刚被刘书记打下去的丁文浩校长东山再起，要来彻底清算刘书记在学校犯下的反革命罪行。严英才老师首当其冲，他是刘书记的得力干将，就是他借着"兄弟帮"事件给丁校长套上右倾翻案分子的帽子，差点置之死地。

　　刘书记和严老师很快被隔离审查，单独关押起来，每天都有人来审讯他们，让他们写交代材料。刘书记比较狡猾，态度恭敬，却避重就轻，严老师年轻气盛，仗着自己根正苗红，一开始还跟审查组讲理，审查组当然不给他好果子吃，他们用车轮战术来对付他，房间里日夜开着一盏一百瓦的大灯泡，二十四小时连续不断地审讯他。没过几天，侦察兵出身的有着钢铁意志的严英才老师崩溃了，他承认自己和刘书记一样都是紧跟"四人帮"的"三种人"，是"四人帮"安插在学校里的黑爪牙。

　　时间过去了好几个月，已经是 1977 年的年初，严老师交代的罪行还就这几句话，这使得审查组非常恼火，他们认为严老师是想顽抗到底，不把最要害的问题交代出来。审查组继续施压，不给严老师睡觉，要他揭发刘书记和刘书记后台的滔天大罪。审查组里一个工人出身的师傅看见严老师几个月没理发，头发比较长，就因地制宜地发明了一种审讯工具，他用一根绳子系住严老师的长头发，绳子的另一头拴住屋顶的横梁，叫严老师站到一张窄窄的条凳上。严老师因为连续几天没睡，双眼红肿，哈欠连天，整个人摇摇欲坠，他一站到条凳上就忍不住打瞌睡，但他头一歪，绳子马上把他的头发扯一下，疼得他龇牙咧嘴。他要是站立不住晃一晃，那就更惨，窄窄的条凳侧翻滑倒，他整个人凌空，身体的重量全挂在头发上，感觉头皮都要被掀起来。

那个工人师傅非常得意，他嘲笑严老师说："哼什么哼？你不是秀才吗？你们秀才个个都是悬梁刺股练出来的，现在有的是时间，你慢慢练吧。"

严老师赶紧讨饶，挖空心思想自己的罪状，这时候恨不得罪状越多越好。但几个回合下来，严老师该说的都说了，该编的也都编了，再也没什么可交代的了。

那天，严老师又一次从条凳子上摔下来，身子凌空被吊在半空，疼得大喊大叫，系在他头发上的绳子滑脱，扯下他一绺头发，他扑通一声摔在地上。严老师头皮上全是血，尽管疼得厉害，他却再也不想爬起来了。

审查人员硬把他架起来，严老师却像个耍赖的孩子一样在地板上扭来扭去，说什么也不肯站到条凳上。他哀求他们说："你们让我再想想不行吗？让我再想想再想想……"

结果严老师躺在地上拼命想起来的，是齐国耀和"兄弟帮"的兄弟到他家参加婚礼的情景，他给齐国耀他们发了两包大前门牌香烟，齐国耀感动坏了，拍着胸脯说严老师你有用得着我们的地方，我们兄弟几个随叫随到。严老师听齐国耀第一次提到了"兄弟"这个词。后来在村口晒谷场，齐国耀提出尽快处理陈米海，再后来齐国耀要求解决阮霏入团问题……这些事情在清查"兄弟帮"时都说明白了，处理齐国耀的档案上也是白纸黑字，写得清清楚楚。但现在从严老师嘴里添油加醋说出来，情节严重了几百倍，俨然演变成有预谋有计划的反革命篡党夺权事件了。

严老师自我揭发说，这些都是他自己一手策划的，他是个阴谋家野心家，早想把学校党支部的权夺过来。要夺党支部的权，必须先夺班级里团支部的权，自下而上进行反革命政变。因此他拉拢齐国耀这些小流氓，组织"兄弟帮"，把团支部的权给夺了，凡是自己的人都拉进团内。丁校长坚持正确路线，反对他的做法，他就说动刘书记把丁校长打倒，实现了罪恶目的。

审查组的人听了都来了精神，觉得案情有重大进展，"兄弟帮"绝非这么简单，它是严英才严密策划组织的，那在严英才的后面，肯定是刘书记这个后台，刘书记后面呢，是不是还有更大的后台？如果联系起来考虑，这个反革命团伙显然是非常庞大的，也许根深叶茂，一直通到北京的"四人帮"那里。

审查组的人决定深挖下去，逼着严老师交代谁是黑后台，严老师却无比轻松、一脸幸福地说："我就是黑后台啊！我都交代完了，现在该让我睡了吧？"

说完，扑通一声，严老师的脑袋歪倒在桌子上，呼噜呼噜睡死过去。

严老师的揭发交代让"兄弟帮"再次浮出水面并进入审查组的视野，齐国耀等人的所有言行也都与"四人帮"的篡党夺权挂上了钩，这可是杀头的罪名！转眼之间，上演了一场乾坤大挪移，在反击右倾翻案风中定性为被丁文浩校长利用的非法学生组织，现在变成刘建东书记和严英才老师阴谋策划的"四人帮"线上的反革命团伙，性质之严重，在历届学生中绝无仅有。齐国耀这个为首分子随即被逮起来，享受与刘书记、严老师相同的隔离审查待遇。

严老师本来以为把罪状都堆到自己头上就完了，他可以免于"悬梁刺股"的待遇了，但他高估了自己，在审查组眼里，他的地位太低了，一个学校的团总支书记想篡党夺权,跟"四人帮"的关系还是远了点,再怎么着,也要把这条黑线从刘书记身上连到镇政府和教育局,连到县委甚至省委。所以严老师又连续被"悬梁刺股"了好几天,让他交代谁是大后台。严老师虽然肯承认自己是罪魁祸首,但要他诬陷刘书记,他死也不干。他觉得刘书记是他的恩人,他不能恩将仇报。

审查组非常恼火,把刘书记、严老师送往镇里的榨菜厂,不是叫他们去做榨菜,是办学习班。这学习班的名字好听,其实是临时的监禁场所,集中了全镇的"四人帮"帮派分子。他们每天在榨菜池发出的难闻的酸味里诵读毛主席语录,聆听报刊社论,接受批斗和审讯。有人受不了去跳楼上吊,也有人跳榨菜池子。只是池子太浅,人没死,却跳断了两条腿。

齐国耀没被送去榨菜厂,他是学生,留在学校,仍由审查组审查。一直到最后,他都不能相信是严老师害了他,他拒绝交代任何问题,更不承认"兄弟帮"是严老师授意成立的,为了配合严老师、刘书记的反革命活动,有预谋有计划地篡夺团支部权力。这时候齐国耀十七岁,审查组面对他的死硬也没什么办法,榨菜厂那边出了人命,他们不愿学校里也死人,与齐国耀的僵持慢慢缓和下来,直到严老师突然出事。

审查组在严老师身上还费了许多心思,那个心机灵巧的工人师傅又发明了好几种刑具,却再也没能撬开严老师的嘴。就在审查组快要无计可施之时,刘书记这边取得了突破性进展。刘书记交代的一个情况令审查组的人异常兴奋,他们知道,彻底击溃顽固分子严英才的时机到了。

这天夜里,他们把严老师带进一间审讯室,没给他"悬梁刺股"的待遇,也没审讯他,而是满怀同情地讲述了刘书记的恶行。严老师把刘书记当作恩人,其实呢,刘书记是个畜生,他利用严老师对他的信任,心怀叵测出入严老师的家,暗暗把魔爪伸向严老师漂亮的新婚妻子。

严老师听到这里,果然坐不住了,站起来问:"叶美丽她怎么了?"叶美丽是严老师新婚妻子的名字。

审查组的人把严老师按回到椅子上，说："你别急，你妻子出了点事，你要冷静。"

严老师哪里冷静得了，又站起来问："她出了什么事？你们告诉我，快告诉我。"

审查组的人说："她让刘书记给睡了。"

严老师愣了好一会儿，瞪着审查组的人，眼神迷茫，道："你说什么？"

审查组的人重复说："你新婚老婆叶美丽，她让刘书记给睡了。"

严老师摇头，喃喃说："这不可能，不可能。"

审查组的人说："你还拿刘书记当大恩人，可他睡了你老婆！"

严老师说："这不可能。"

审查组的人说："常言道，兔子不吃窝边草。你看看这个刘书记，你对他这么好，他偏偏先吃窝边草，把你老婆给睡了，他这还是人吗？"

严老师还是摇头，声音却低下去，说："我不信，我老婆不是那种人。"

审查组的人火了，一拍桌子："你他妈的也太顽固了，难道你老婆的裤带在你手里揣着吗？她睡个男人也要你同意？"

审查组这一骂人，反而让严老师有了底气，他把头抬起来，说："我知道我老婆，她不会做对不起我的事。"

审查组的人被他说得又气又恼，哭笑不得。他们商量了一下，决定给不知好歹的严老师一个沉重打击，彻底灭掉他的威风。

第二天晚上，他们又把严老师带出来，给他换了一身衣服，披上军大衣，戴上帽子，围上围巾。天气冷了，这些都是严老师的新婚妻子叶美丽送来的，那条围巾还是叶美丽亲手所织，严老师围上的时候，每每感觉到妻子的体温。他这一打扮，不像是接受审查的罪犯，反倒像审查组的人。这让他很惶惑，审查组的人看他这样子都笑了，说："你觉得你像我们审查组的人，那今晚就让你冒充一回,你亲眼看一看,亲耳听一听,到时候就真相大白了。"

他们去的是间巨大的房子,原先榨菜厂的大礼堂,这个房子空荡荡的,只有角落摆了张桌子,几把椅子,两盏一百瓦的大灯泡像探照灯照着被审讯的人的脸。严老师进去后被那气场震慑了一下,发现这是他见过的最让人害怕的地方。广大的黑暗空洞而无边,角落里两束白光更令你感觉孤立无援、渺小卑微,你瑟瑟发抖,脑子里一片空白。严老师看到的刘建东书记正是处在这样的情景里——他此刻被那两束白炽灯光牢牢聚焦着,脸上的汗毛都纤毫毕露。

审讯已经开始了,严老师在审查人员后面的椅子上坐下,那是灯光照不到的暗处,而刘书记在明处,他根本就不知道他会到来,更不知道他就坐在对面,半眯的眼睛暗淡无光,几乎一动不动,显然已丧失了探究周围世界的兴趣。

严老师认真地打量了刘书记一眼,这个往日里神气活现的一把手,如今显得呆板麻木,有问必答。那一刻,严老师竟然忘了自己来这里是干什么的,心里涌起同病相怜之感。

但几秒钟后,严老师就要为他可笑的同情心后悔莫及了。因为他很快听到叶美丽这个名字。

审查人员问:"你跟严英才老婆是什么关系?"

刘书记回答说:"噢,你说叶美丽啊,我跟她交往不多。"

审查人员说:"刘建东,你老实交代,你是怎样勾搭上严英才老婆,把她弄上床的,有什么反革命目的?"

刘书记结结巴巴地说:"我没目的,我就是管不住自己,叶美丽她……她太漂亮了,我该死。"

严老师身上一阵发冷,有一种不祥的预感像冰冷的水从头浇下,沁入他的骨头里,使他忍不住发颤。

审查人员继续盘问："严英才老婆太漂亮了你就想睡她？你看看你这肮脏的灵魂，资产阶级腐朽思想都暴露了吧？把你的罪行全交代出来，不许有任何隐瞒。"

"是是，我不敢，不敢隐瞒。"刘书记说，带着点委屈，"可这事也不能都怨我，是叶美丽她先要我帮忙给她安排工作。"

审查人员突然一拍桌子，大喝道："不老实！你不是说你跟她交往不多吗？交往不多她会请你帮忙安排工作？"

刘书记赶紧点头："是是，一开始是严英才请我帮忙，我觉得为难，没有答应。有一次我去他家，叶美丽当着严英才的面向我诉苦，说严英才太老实死板了，不会走门路搞关系，她到现在还是个代课老师，其实她的要求不高，只要当一个正式的民办老师就满足了……"

严老师听着，心被刺了一下，思绪回到新婚后的那些日子。叶美丽的代课工作即将宣告结束，因为那个去生孩子的老师就要回来上班，她开始焦虑不安，他们的新婚欢乐中夹杂进一些难以驱除的烦恼，他硬着头皮找过刘书记，当时学校刚好有一个民办老师名额，但刘书记很为难，他说县教育局有位领导的亲戚需要解决，让他再等一等，下次有名额一定给叶美丽。刘书记说得信誓旦旦，回到叶美丽面前，望着她热切的眼睛，严老师突然犹豫了，他不忍心击碎她的梦想，便吞吞吐吐篡改了有关下一次的遥远应许，变成刘书记已经答应，正在研究办理中。他记得，叶美丽高兴坏了，当场抱着他亲了几口。

以后叶美丽曾多次问过他事情的进展，他都以正在研究作答。叶美丽终于生气了，跟他吵了几回，说他看上去能干，其实很无能，嫁给他这个老公有什么用。他无力回击，心里觉得委屈，却没想到叶美丽忍不住了，竟然在刘书记来家里找他谈工作的时候直接请刘书记帮忙，弄得他尴尬极了，而刘书记也满口答应。不过，过后刘书记又没了消息，叶美丽仍然充满期待。

"说说你是怎么勾搭上她的?"审查人员单刀直入。

"我坦白,我不是故意的,那天我去找严英才,他出去了……"刘书记回忆说,"他家的门没关,我推门进去,看见叶美丽在洗头发,她背对着门,把头埋在脸盆里,头发上全是肥皂泡泡。我一见这样子,本想退出来,可就在这时,叶美丽说话了。"

"她说什么?"审查人员问。

刘书记说:"她以为是严英才回来了,说:'哎,帮我倒一下热水。'我一看脸盆旁边果然有一壶水。我当时就上去了,站到她边上,但我提起水壶,却不知道该怎么做。"

审查人员冷笑说:"哼,你是动坏脑筋了吧? 难道你连倒水都不会?"

"我该死!"刘书记惶恐起来,脸都红了,"我站在叶美丽身后,看见她细长的脖子,特别白净,往上一点是乌黑的头发和白花花的肥皂泡,从她身上飘出一股香皂的气味,好闻极了,我当时就愣住了,脑子里一片空白。叶美丽用臂肘撞了我一下,说:'愣着干吗? 傻瓜,快倒水啊。'她还是把我当严英才了。

"我回过神来,什么也没说,拎着水壶往她头发上倒热水。哗哗哗地,热水把头发上的肥皂泡冲走了,露出她又黑又亮的长头发。她又吩咐了一声:'毛巾。'我拿起毛巾给她,她直起身,依然背对着我,身子往我身上靠,嘟嘟哝哝地说:'你帮我擦嘛。'我像个听话的白痴一样拿着毛巾替她擦头发。

"我擦得很慢,她刚洗的头发真好闻啊,垂到半腰,把她的整个脸都遮住了。我又在她身后,她一定看不见我。她的身子柔软发烫,我的心突然乱了。这不怨我,她实在太漂亮了,我这样对自己说。我就用力抱了她一下。她的乳房还真丰满! 她嘻嘻笑了,撩开长发转过身来,她看到是我,一下子蒙了,脸涨得通红。'你怎么这样?'她说。我说:'是你叫我做的。'她的脸更红了,她说:'对不起,刘书记,你快走吧。'

"我不想走，都到了这份儿上了，我走我不真是傻瓜吗？我急中生智，对她说：'我来是要跟你商量工作安排的事儿，我手头又争取到一个民办教师名额。'她一听眼睛亮了，说：'刘书记那太谢谢你了，你请坐。'可我等不及了，坐下的时候搂住了她，我把她搂在了床上。他们家的房间太小了，一转身就会坐到床上……"

严英才听着，心如刀割，他想张开嘴喊叫，却发不出声音，想冲上去揪住胆大妄为的刘书记，却被身边的两个审查人员死死按住。他实在错看了刘书记，他把他当成自己的恩人，原来他是这样一个卑鄙小人！

刘书记根本就不知道他的故事是讲给严英才听的，在审查人员的追问下，越到关键的时刻，他越讲得绘声绘色了。他说："我把叶美丽搂到床上，我就克制不住自己了，我去脱她的衣裳。叶美丽一开始不愿意，使劲反抗，可她的反抗只会激起我的欲望。大概我弄疼了她，她哭了，恳求我说：'你别这样，这事要是严英才知道了，他会杀了你的。'我觉得自己疯了，我将她压在身下，说：'我把你的工作安排好了，他不光不会杀我，他还会感激我的。'说完，我撕开了她的胸罩，她乳房赤露，好像突然觉到了寒冷，她抱住胸脯，闭上眼睛，放弃了抵抗。"

审查人员听得入神，都忘了问话，过了好一会儿，他们问："这……就完了？"

刘书记垂下头去，嗫嚅地辩解说："我没强奸她，是她自愿的。事后我也觉得不可思议，她为什么会这样？突然就不抵抗了，那模样是随我怎么弄她……我说的是真的，不信你们去问她……"

刘书记话没说完，突然听见一声野兽似的号叫，接着，一个人影扑过来，一头把他撞倒在地上，那人的手紧紧掐住他的脖子，恨不得把他掐死。刘书记认出是严英才，吓得要死，严英才怎么会在这儿？他刚要张嘴呼救，一口气没上来，差点把他憋昏过去。

刘书记想他就要死了,严英才非杀了他不可,他那双当过侦察兵的手粗壮有力,像铁钳一样,完全可以把他的脖子掐断。刘书记死命蹬腿,脸憋得发紫,审查人员像看笑话一样站在边上,他们此刻的心态,一定希望他和严英才狗咬狗打起来,两败俱伤,或者同归于尽。

刘书记绝望了,如果这时候能开口说话,他会不顾廉耻地恳求严英才饶命。严英才面目狰狞,嘴里吼着:"你不是人!你不是人!你不是人!"吼声带着哭腔,接着眼泪掉下来了,看上去比刘书记还绝望。

然后就发生了不可思议的一幕,严英才松开刘书记的脖子,他痉挛的双手抓住自己的脑袋,往地上撞去。严英才像个自残者,恨不得把自己的脑袋撞破,审查人员好一会儿才反应过来,赶紧架起严英才。严英才满脸是血,推开审查人员,自己往门外走去,走了几步,他一个踉跄扑倒在地上,像个孩子那样号啕大哭起来。

齐梦飞一直记着自己说的那句话:"妈的,老子有一天干死她!"当他在兄弟们面前重复这句话时,这话就变成了誓言。

兄弟们响应说:"老大发誓了,妈的咱们不干死陈小安这妞就是狗娘养的!"

干死陈小安变成了齐梦飞的人生目标。当然,事后回忆,齐梦飞的"干死"并没杀害陈小安的意思,他是要惩罚她,侮辱她,出她洋相,让她无地自容。他的巴掌打在陈小安脸上,痛在陈米海心窝,还叫他哑巴吃黄连——有苦说不出。

一开始齐梦飞的惩罚计划进行得颇为顺利,但效果并不理想。陈小安这个人太怪了,她对所有来自齐梦飞的打击都默默忍受,一笑了之。她的课桌发现毛毛虫,她的书包跳出一只青蛙,她的校服沾满黑墨水,她的头发上爬着一只蜗牛,她的作业本被画得乱七八糟,她的名字被写在男厕所门口,成了一个臭名昭著的小流氓的女友……凡此种种，陈小安照单全收。她也有被吓哭的时候，但回过神来后，她马上泰然处之，并且像没发生一样忘得一干二净。

齐梦飞百思不得其解，陈小安吃了这么多亏，她都没声张，也没像别的女生那样动不动就去报告老师，难道这个陈小安真是铁打的？百毒不侵？齐梦飞沮丧的同时，也不得不从心底里佩服陈小安的顽强，他有一种棋逢对手的感觉。他对自己，也仿佛对着陈小安说："好吧，那咱俩算是耗上了，看谁笑到最后。"

这之后，像是两人间有了约定，凡是要搞一下陈小安，齐梦飞都亲自动手，不再让手下兄弟代劳。这使他们之间形成了颇为特别的关系，既是仇人，又像心照不宣的同谋。比如有一次齐梦飞把陈小安的语文作业本偷走了，害得陈小安当着全班的面挨了老师一顿狠批。齐梦飞看着陈小安眼里含着泪水从讲台那儿下来，脸上充满得意的冷笑。第二天，陈小安把作业补上，得到老师表扬，叫她站在讲台上宣读这篇作文。陈小安念完后下来，特意看了齐梦飞一眼，那一眼里竟然也含着笑意，那意思像是在说："我知道是你干的，我才不怕你！"

齐梦飞气得牙痒痒的，也在想象里回了一句："那好啊，咱俩就走着瞧吧！"

但事情的发展出现了意外，几个来回之后，两个人的战争提前结束了。那天齐梦飞被请进老师办公室，班主任沈老师阴着脸警告他，他要是再在学校里搞小流氓那一套，胡作非为，学校马上开除他，请他滚蛋！

齐梦飞当时就愣在那里，他真傻啊，他以为陈小安不会告诉老师的，这是他们两人之间的恩怨，他们自己来解决。可事实并非如此，陈小安可能一直都在告密，对，她就是个卑鄙的告密者，跟她爸陈米海一样。

齐梦飞真后悔自己的幼稚，他让这个相貌平平、智商超高的女孩给耍了,之前她在他面前的表现不过是掩饰,他居然被她麻痹了。这实在是奇耻大辱,齐梦飞恨不得抽自己的耳光。

他把兄弟们都招聚起来,以前发过的那句毒誓脱口而出:"妈的,老子有一天干死她!"

周永兴马上说:"老大,那还等什么?咱们动手啊,现在。"

齐梦飞犹豫了一下:"现在?"

手下那几个兄弟一阵鼓噪:"现在现在!老大你要是不想出马,我们几个替你办了她。"

邱成说:"老大都发过誓了,哪有说话不算数的。"

齐梦飞踢了邱成一脚:"谁说我说话不算数?走,老子干死她!"

其实在齐梦飞带着手下兄弟去找陈小安的时候,他都没想明白怎样办她怎么干死她,脑子里只是模糊的冲动。正值黄昏,天还没黑,学校外面的大路上行人稀少下来,终于,等到陈小安出来了,她一个人骑着自行车,像一只失群的孤雁。真是天赐良机,用不着齐梦飞下令,周永兴已骑着自行车冲上去,后座上坐着邱成。一分钟后,周永兴的自行车撞上了陈小安的自行车,两辆自行车都翻倒在地。

陈小安摔疼了,坐在地上一时没爬起来,邱成上去扶起她的自行车,却没还给她,自己骑上就走。陈小安顾不得疼,爬起来去追邱成:"邱成你这个坏蛋,你干吗骑我的车?你停下,停下!"

邱成就是不听,骑得更快了。

追过两个转弯,是一段荒僻的巷子,邱成不见了,陈小安有点发慌,大声喊叫:"邱成,邱成,你在哪里?你给我出来!"

邱成没有一点回音。陈小安快急哭了,她再次喊起来:"邱成,邱成,你不出来,我就去告诉老师了,你欺负我……"

她话没喊完,巷子两头冒出几个人来,是齐梦飞和他的"兄弟帮",邱成也在里面，只是自行车不见了。

齐梦飞走到陈小安面前，脸色凶狠："陈小安，别说我冤枉你，你妈的就是个打小报告的卑鄙小人！"

陈小安怔了一怔，目光越过齐梦飞，看着邱成说："我的自行车呢？你把自行车还我。"

齐梦飞冷笑一声："陈小安，你别装蒜了！"

他从口袋里掏出一包烟，抽出一支叼在嘴里，立刻有手下兄弟给他点烟。齐梦飞吸了一口，把烟吐到陈小安脸上，说："你有本事，去报告老师啊，我齐梦飞不光抽烟，还玩女人。"

齐梦飞说着，伸手拧了一把陈小安的脸。

周永兴在边上怪声怪气地叫起来："哎哟，好丑啊！老大，这样的女人白玩我也不玩。"

兄弟们哈哈大笑。

陈小安的脸涨得通红，泪水夺眶而出，但她强忍着，没让眼泪掉下来："把自行车还我，我要我的自行车！"

"我抽你！"齐梦飞说，他抬起手给陈小安一记巴掌。

这记巴掌很响，陈小安被打蒙了，那副镜片像墨水瓶底那么厚的眼镜差点掉在地上。她扶扶眼镜，难以置信地看着齐梦飞。

齐梦飞从没打过女人，这一巴掌下去后心里也有点发毛。难道他说的要干死陈小安就是打她几下耳光？齐梦飞怅然若失，下意识地把手收回来。

"老大，抽她！抽死她！"兄弟们在呐喊，一个个兴奋得满脸通红，跃跃欲试。

齐梦飞恢复了潇洒："你们上吧。她归你们了，爱怎么着就怎么着。"

齐梦飞靠在墙上，抽着烟，看着兄弟们为他出气。他们下手都不算重，除了周永兴，这小子使坏，掐了陈小安一把，陈小安的脸颊出现一道血痕。

轮到邱成,他没上去抽陈小安的耳光,而是掏出一盒烟,竖在陈小安头上,一手举起弹弓,后退几步,瞄准了陈小安的头顶。

始终咬牙忍受的陈小安再也扛不住了,她突然哭出来:"这到底是怎么了?我哪得罪你们了?你们为什么这样待我啊?"

"哎,你别动,你动一动我就打到你眼睛了。"邱成说。

陈小安看着邱成手里拽开的弹弓,胆战心惊的,果然不敢动了。

邱成好不得意,卖弄说:"我是吓唬你一下,你还当真了。要说我这把弹弓,指东打东,指西打西,打你鼻子绝不打你眼睛。想当初打你家的灯泡我是一枪一个准。"

该死!邱成这笨蛋怎么说起这个来了?齐梦飞想制止都来不及,陈小安已叫起来了。

"原来我家的玻璃是你们打破的,我爸是你们打伤的。"陈小安不顾一切地跳起来,转身就跑,一边跑一边喊,"你们是凶手,警察会来抓你们的!"

这下坏了,要是陈小安去派出所报案,齐梦飞和手下兄弟非被抓进去不可。陈米海与市府宿舍楼遭袭事件已在市公安局挂号,列为要案,一旦被抓,绝没好果子吃。看着陈小安跑走,齐梦飞的脑海里掠过一个念头:完了!

手下的兄弟也慌了,周永兴在喊:"老大,她跑了。"

齐梦飞打了个激灵,清醒过来:"快给我追回来,让她跑了,我们就死定了。"

他们几个在巷子口追上了陈小安,把她扑倒在地。陈小安拼命挣扎,这一回,齐梦飞豁出去了,用一顶帽子塞住陈小安的嘴,不让她喊出声来。陈小安很快被制服了,他们把她拖到角落,不让人看见。

但接下来的事情是齐梦飞之前没想到的,他们现在抓住了陈小安,又不能放她回家,那要把她怎么办呢?这真是个伤脑筋的问题。

齐梦飞恨不得踹邱成几脚,这小子见自己惹了祸,一副猥琐相,为了将功赎罪,他鬼头鬼脑地说了一个地方,离这儿不远有一栋废弃的蘑菇房,他们可以把陈小安弄到那里去。

周永兴搞了辆三轮车,他们把陈小安的手捆住,搬上车子,边上坐几个兄弟当掩护,真的像一伙绑匪似的。好在暮色已深,这一带又很偏静,没什么行人,他们神不知鬼不觉地把陈小安弄到了蘑菇房。到了那里一看,齐梦飞松了口气,原来是一大片拆迁房,住户都搬走了,留着几十栋破破烂烂的房子,蘑菇房就在最里边。这么隐蔽的地方,好像是老天爷专门为他们准备的,谁也想不到他们会把人藏在这儿。

这天晚上,齐梦飞留下邱成与他一起看守陈小安,叫别的兄弟都回家去了。为防万一,他把陈小安捆在蘑菇房的一根柱子上,嘴里依然塞着那顶帽子。实际上,陈小安就是要喊叫,估计外面也没人听得见。陈小安非常不安,整个晚上都没睡着。齐梦飞也没睡着,他坐在陈小安边上,一直在思考事情怎么会变成这样,往后他该怎样收场。想到天都快亮了,他还是没想出结果来。倒是那个罪魁祸首邱成什么心事也没有,在蘑菇房的水泥台子上睡得直流口水。

天蒙蒙亮时,齐梦飞打了会儿瞌睡,迷迷糊糊中感觉身边窸窸窣窣响,努力睁眼去看,是陈小安。她一脸的焦灼,扭动身子想挣开捆绑的绳索,却怎么也挣不开,这使她越发焦急。见他醒了,她嘴里发出呜呜的声音,眼神里有祈求之意。齐梦飞明白过来,她不是想跑,她是想上厕所。自从带她到这里,他都没给她方便过,她一定受不住了。

齐梦飞意识到这点,绷紧的神经松弛下来,反而有一种舒展畅快的感觉。他看过父亲齐国耀的申诉材料,是在八十年代初期写的,要求为加在自己头上的"反革命小团伙首犯"罪名平反。齐国耀说,当年"揭批查"运动中,他被非法拘禁、审讯,审查组虽没刑讯逼供,但为了让他交代问题,通宵不给他睡觉,也不给他上厕所,以至于他把小便拉在了裤子里。而当时被审查组请来帮忙，临时看管他的就是他的同学陈米海。所以，他有理由认为，是陈米海使用了这种下作手段来对他进行打击报复。

齐国耀在申诉这件事的时候，看得出心里仍充满悲愤，什么"反革命小团伙"，陈米海才是反革命，迫害狂，没人性，而他是真正的受害者。齐国耀没有记述自己的羞辱，把小便拉在裤子里是什么感受。现在齐梦飞回想这段历史，还是替父亲难过，他心里突然生出了一个恶毒的念头——假如让陈小安也把小便拉在裤子里，那是什么感觉？

齐梦飞被自己的这个念头震了一下，整个人完全清醒过来。但他并没去回应陈小安可怜巴巴的眼神，心里那个念头很阴暗也很顽固，似乎在最里面生了根，想拔也拔不出来。

齐梦飞扭过头去，不看陈小安。他相信这时候陈小安就要哭了。果然，过了几分钟，他听见陈小安嘤嘤的哭声，他慢慢转过脸，那一刻真是令他永生难忘。陈小安埋着头，抽泣着，泪水滴滴答答滴下来，滴在地上，她的裤子已经湿了，从裤裆顺着裤腿，尿液也滴滴答答滴下来，滴在地上，散发出一股臊味。强烈的羞耻感使她夹紧了双腿，整个人躬起来，恨不得找个地洞钻进去。

齐梦飞笑了，如果这会儿自己的父亲齐国耀在场，他会不会笑出声来？他的耻辱和冤仇竟然由他儿子用这样的方式替他清算回来。但最让齐梦飞忍俊不禁的是，如果陈米海亲眼目睹这一幕，他又该露出何种表情？

齐梦飞琢磨了一个晚上的难题，忽然就在这一瞬间解决了。既然陈小安落在了他手里，那就让他好好折腾折腾她，就像当年她爸陈米海折腾他爸齐国耀一样，老天爷是公平的，给他这个机会，不就是让他替父亲讨回那二十五年前的不公吗？

打定了主意，齐梦飞站起来，踢了踢邱成，把他弄醒。邱成平常一副偷鸡摸狗的德行，鼻子特别灵，还眯着眼就闻到了尿臊气，说："谁在屋子里撒尿了？妈的真臭！"

陈小安死死夹着双腿，跪在地上。

邱成凑过去看了看，笑说："陈小安，原来这么臭的是你啊，你一个大姑娘把尿撒在裤裆里，这算什么事呀？"

陈小安浑身哆嗦，顶在角落的脑袋转过来，猛地朝邱成撞过去，扑通一声响，猝不及防的邱成被撞翻在地。

齐梦飞看见，陈小安的那双眼睛血红血红的，那张脸惨白惨白的，特别可怕。

女儿一夜未归，陈米海一夜未眠。他都快急疯了，这是绝无仅有的事情，女儿平常回家都很准时，即使外出去同学家，或者学校有事，也一定跟他说一声。她是那样听话、懂事，从小就不用他操心，他常常觉得这个女儿是他上辈子积的德，叫他这辈子来享用。但一夜之间，事情就变化了，一向头脑冷静的陈米海清楚地意识到，如果女儿有什么意外，那他这辈子别说享用，余下的年月只会生不如死。

陈米海打遍了亲戚朋友老师同学的电话，没一个人知道陈小安的下落，也没一个人察觉到陈小安有什么异样，最后见过陈小安的同学说，他们离开学校时陈小安还在打扫教室，每个周末她都这样，义务把讲台和玻璃窗擦一遍，这是她的爱心行动，已坚持了一年。如果这样的好孩子也遭遇不测，那只能说老天爷都瞎了眼。陈小安的班主任沈老师本是要安慰陈米海，心里一急，把话说反了，陈米海听了觉得好不晦气。

眼看快到中午，陈小安还是音信全无，陈米海等不住了，赶到派出所报案，虽然他知道派出所对失踪人员正式立案需要超过二十四小时。派出所的崔所长他认识，也许碰到这类情况多了，这位崔所长见怪不怪，甚至没一点同情心，只是反复劝他再等等，说现在的孩子没个准儿，不定去哪儿玩了，或者有什么不高兴,闹个别扭什么的,离家出走一下,过一会儿就没事了,这些小祖宗,家长急他们才不急,要真是二十四小时不回家再来报案也不迟。

陈米海听不了几句,火就往上蹿,态度很差地指着崔所长说:"我女儿从不跟我闹别扭,更不会离家出走,你别把乱七八糟的事往我女儿头上扣。我女儿真有什么意外,你要负责!"

崔所长很委屈,说:"我负什么责?"

陈米海一拍桌子说:"你是所长,你没搞好治安,青天白日的,人不见了,你不负责吗?"

陈米海在火头上发了通脾气,出了派出所的门就后悔了。他为官多年,这大半生处的也是顺境,但世事的诡谲和人所不能及的无奈他真见多了。你有权有势又如何?你能知道你女儿现在在哪儿吗?你能让她平平安安回来吗?

陈米海想到这里,眼眶一热,看四周的景色模糊了。这天是星期六,街上人来人往,每个人都显得兴高采烈,唯独他是不幸的。陈米海悲从中来,停住脚步,抬起头来,头上是一朵孤零零的变幻的白云,像一张人脸。陈米海呆呆地看着那朵白云,恨不得从白云后面看出陈小安的面容来。

回到家,家里更是乱成一锅粥。听到消息的亲朋好友都来了,女儿的班主任沈老师也来了,讲了昨天放学的情况,陈小安确实是最后一个离开学校,但那时天色尚早,她回家的路又不是荒僻之地,绝无可能发生劫持绑架案件。至于陈小安本人的情况,沈老师问了班里所有同学,都说陈小安没任何异常,也没跟谁发生过不愉快。沈老师的结论是,学校真的没一点责任,但出了校门,学校和老师就管不到了。现在的社会风气,不是一点都没可能发生意外。

班主任这一说,大家七嘴八舌议论起来,说什么的都有,各种可能性摆到桌面上,有说人贩子拐卖女学生给偏远乡村的傻子做老婆的,有说犯罪集团把人器官割了卖钱的,有说歹徒抢劫绑架奸杀的……听得陈米海心惊胆战,他老婆哪受得了这样好心的劝慰带来的恐怖,早哭得像个泪人。于是又是一通混乱,骂社会风气败坏、治安越来越差的,骂犯罪猖獗、警察不作为的,什么都有,陈米海老婆更怕了,说女儿要是有个三长两短,那她也不活了。

陈米海老婆的一个小姐妹是信佛的,劝她赶紧烧香拜佛,说这时候还是菩萨管用。陈米海老婆病急乱投医,擦擦眼泪,当即起身要去庙里烧香,一边走一边拉陈米海,陈米海觉得荒唐,说:"这真真叫临时抱佛脚,平常不认得菩萨,菩萨肯帮你?"

老婆说:"怎么不肯帮我? 见到庙我都是烧香磕头,买过平安的。"

陈米海说:"可我是党员,再说平安也不是用钱买的……"

老婆恼了,说:"少来这一套,哪个不是拿钱买平安的? 大年初一的头香都让你们机关里的人给包了。"

陈米海还是不想去,说:"你们去庙里,我再去派出所看看。"

陈米海又到了派出所,正式报了案,仍然没一点儿消息。市公安局听说是陈米海家的案子,非常重视,马上着手调查,但折腾了好几个小时,还是没发现任何有用的线索。这太奇怪了,陈小安似乎完全是在无声无息的状况下倏忽消失的,好像玩了把人间蒸发。

陈米海再次绝望地离开派出所,崔所长有点过意不去,送他到门口,安慰他说:"再等等,说不定什么时候奇迹就发生了,你女儿平安回家。"

这话真不像是派出所所长说的,要是什么案子都有奇迹,要你们警察干什么? 但这话陈米海没说出口,反而附和说:"嗯,谢谢崔所长吉言。"他是个理性的人,官场上混这么多年,经历的风雨多了,知道这个世界没有无缘无故的奇迹。他也是悲观的人,人生经验越多越悲观,明白这年头坏事一定多过好事。

时间变成了煎熬,陈米海漫无目的地在街上走着,急切地想回家,又好像害怕回家,老婆的哭泣、抱怨、混乱只会令他心情更糟,他现在需要的是另一个人,另一种既私密又得安慰的环境。他想到了高红梅,他的脚步不知不觉朝她家方向走去。

陈米海走到高红梅家楼下,高红梅的身影从厨房的窗户映现出来,接着她儿子齐梦飞也出现在窗户里面。看样子高红梅正在指斥他,她的手高举起来,指着儿子的鼻子,整个身子因为气愤而发抖。往常,陈米海到高红梅家,尽量避开她这个儿子,他总觉得这小子阴得很,那次他和高红梅的好事被这小子躲在窗帘后面的缝隙里窥破,他那双白多黑少的眼睛留给他深刻印象,犹如死去的齐国耀再世,使他产生强烈的不安。但今天他顾不上了,他敲了敲门,抓住门把用力一推,门没上锁,他一推就推开了。

高红梅和齐梦飞对他的突然出现都吃了一惊,齐梦飞的惊愕里甚至有几分恐惧。陈米海要到以后才会想起,为什么齐梦飞的表情这么怪异,他为此痛恨自己错失了良机,要是在那一刻就把齐梦飞这个凶手抓起来,他女儿的结局绝不会像后来这么悲惨。

可当时根本是不可能的,陈米海丧魂失魄,当着齐梦飞的面对高红梅说陈小安失踪了。高红梅一时没反应过来,他们在一起时几乎不说家里的事,更不清楚他女儿的情况,所以她仍然把刚才的怒气发作出来,指着齐梦飞说:"现在的小孩哪个不是来讨债的,你没见我这逆子,昨晚上一夜没回,我刚跟他说,你为什么不死在外面,死了倒好了!"

齐梦飞被母亲当着陈米海的面叱骂,羞愤至极,脸涨得通红。这陈米海是何许人?在齐梦飞看来,他就是害死父亲、霸占母亲的大仇人,他与他不共戴天!齐梦飞这时候真是杀他的心都有了。

陈米海的表情忽然间发生了变化,他一把抓住齐梦飞的手,像是看见了救星一般:"你昨晚上也没回家?那你看见了陈小安没有?"

齐梦飞吓坏了，天底下也没这么巧的事，要不是陈米海急切而恳求的表情，齐梦飞一定以为事情败露，他已经完蛋了。他慌乱地摇头，竭力想挣开陈米海。

　　陈米海却抓着他不放，好像在他身上一定能找到线索："你和陈小安不是同学吗？你们昨晚上有没有在一起？你说啊，你们在一起，你知道她在哪里，对不对？"

　　这一番阴差阳错的追问，差点让齐梦飞崩溃，他甚至出现了错觉，以为陈米海已经发现他绑架陈小安的秘密，这会儿是带着警察来抓他的。齐梦飞只有垂死挣扎："我没有，我不知道……"

　　"别骗我，我知道你小子干的好事，快说。"陈米海恨不得抽齐梦飞几个耳光。

　　齐梦飞软弱地抵抗着："我是男生，我不跟女生来往，不信你去问别人。"

　　齐梦飞的这句话唤起了陈米海遥远的记忆，当年他们男生真的跟女生连话都不讲的，难道二十五年后的今天仍然如此？陈米海下意识地松开了齐梦飞，道："这么说，你真不知道她昨晚去哪儿了？"

　　不等齐梦飞回答，高红梅插上一句，是追问齐梦飞昨晚的下落："梦飞，那你昨晚去哪儿了？你一宿没回，又去干什么坏事了？你给我老实回答！"

　　高红梅在这当儿来这么一句，分明是置齐梦飞于死地。齐梦飞心里恨透了她的愚蠢，嘴上不能不回答。他找了个最便利的谎言，说："我在邱成家里，他叫我陪他。"

　　高红梅更加不依不饶了："又是邱成！他为什么叫你陪他？他家里没人吗？"

　　齐梦飞说："他妈死了，他爸出去打工，家里就一老奶奶。"

　　高红梅对邱成的成见很深，推搡着齐梦飞说："我不信，你每次在外头野都说是邱成邱成，你把他找来，我要问问他，你说的是不是真的。你要是撒谎,我打断你的腿!"

高红梅一旦发了狠,那是什么都做得出来的。恰在这时,邱成还真来了,他在门外叫着齐梦飞的名字,让他出去。

高红梅打开门,拎着邱成的耳朵将他揪进来:"给我说清楚,梦飞昨晚去哪儿了?"

齐梦飞没想到母亲来这一手,胆战心惊地看着邱成。他明白,只要邱成说错一句话,那他们就全完了。

邱成哎哟哎哟叫唤着,他真是个天才,偷鸡摸狗惯了,撒谎都不用打草稿,他说:"阿姨,你松手,梦飞昨晚在我家里啊,我肚子疼,他陪我上医院看病,晚了就住我家里了。"

这谎撒得天衣无缝,高红梅狠狠拧了邱成一把,松开手,脸却对着齐梦飞,说:"你怎么就这么没出息,我说了多少次,你成天跟这种人混一起,将来有前途吗?"

陈米海知道邱成也是陈小安的同学,赶紧问他:"你见过陈小安吗?"

邱成装出一无所知的样子,说:"陈小安怎么啦?"

"她失踪了。你有没有看到昨天下午有什么人接触过她?"

"你是怕陈小安给哪个男人给骗走了吧?"邱成贼头贼脑地笑了,拉起齐梦飞转身就走。

陈米海追出门去:"嗨,你说什么?"

邱成在楼梯下面朝陈米海挥手,大声说:"陈叔叔你放心吧,陈小安这么难看,哪个男人会看上她啊?你贴钱送给我我都不要!哈哈哈哈。"

邱成和齐梦飞大笑着跑走了,陈米海气得要命,却没追出去。相反,他心里又一阵绝望,如果陈小安不是因为秘密早恋跟哪个男人跑了,她的失踪只能说明凶多吉少,她是遭到什么不测了。

陈米海双腿一软,瘫坐在高红梅家的厨房里。这是他在高红梅面前第一次失态,高红梅还以为他病了,问他哪儿不舒服。陈米海指了指自己的胸口,突然就哭了出来。

事后,陈米海自己也难以置信,他怎么会当着高红梅的面哭了。在家里,在老婆面前,他没有一点软弱的表现,可在高红梅这里却毫无顾忌地泪流满面。难道青春期的那份感情真的这么珍贵,以至于在他的内心深处始终埋藏着对高红梅的依恋?哪怕她曾经无数次伤害过自己?

接下去发生的一幕令陈米海和高红梅都很意外。高红梅为了安慰陈米海,俯身搂住他,轻轻拍他的背,另一只手拉着陈米海的手,想让他也搂住自己。陈米海的手触碰到了高红梅丰满的乳房,一阵异样的温暖柔软攫住了他,他头皮一麻,脑袋嗡的一声响,整个人怕冷似的哆嗦起来,连牙齿都在打战。这是很奇怪的生理反应,高红梅感觉到了,问他:"你冷?"

陈米海说:"冷!"

高红梅本能地把陈米海的手按在自己的胸口。陈米海的哆嗦止住了,身上却又涌起一股热潮,不知是哪来的一股邪劲,陈米海伸手就撕开了高红梅胸前的衣扣。

高红梅极为惊愕,说:"你要死了,你干什么?"

陈米海不回答她,凶狠地把她压在地上。他当时的表情一定非常可怕,高红梅放弃抵抗,顺从地摊开身体。厨房的地砖阴冷潮湿,令她起了层鸡皮疙瘩。

陈米海凶猛地动作着,那架势像是野兽在撕咬一样。要命的是,这时候他的脑海里掠过一个念头,要是他女儿陈小安看见这样的情景会怎样?陈米海怔愣了一下,努力想把这念头驱走,但这该死的念头就是缠绕不去,绵延成一连串的声音,震耳欲聋:"像野兽一样!你像野兽一样!"

他真的看见了女儿,无声地穿门而入,她的眼神里充满鄙视,仿佛他就是一头野兽。

齐梦飞从家里逃奔出来,跑出好长一段路,仍心有余悸。陈米海的问话似乎对他有所怀疑,没想到事情刚刚开始就变得这么糟糕,这是齐梦飞措手不及的。这样弄下去,用不了多久他绑架陈小安的事就会败露,到那时候,等待他的只怕是牢房了。

更可恨的是母亲居然帮着陈米海说话,他们这么快就同穿一条裤子,父亲的尸骨还未寒呢!齐梦飞越想越气,没到藏匿陈小安的蘑菇房,怒火就爆发了。他骂邱成跑得太慢,像个小脚女人。"妈的我一分钟都等不及了,我要是不好好收拾陈小安,我就不是人。"

一脸怒气的齐梦飞发着毒誓,骂骂咧咧地出现在陈小安面前。

在此之前,周永兴从街上买了点吃的给陈小安,还给陈小安拿了条裤子,那是他从他母亲那儿偷来的。但陈小安没领周永兴的情,既没吃东西,也没换尿湿了的裤子。耻辱和难堪让她选择了对抗,她顽固地低着脑袋,咬着嘴唇,对周永兴的劝说置之不理。

齐梦飞上去就对陈小安扇了记耳光:"你给我摆脸色,你是什么东西!"

陈小安扬了扬脸,倔强地盯着齐梦飞:"你为什么打我?"

"老子就打你!"齐梦飞举手又是一记耳光,"因为你欠揍!"

陈小安一点都不服软,大声说:"你欺负一个女孩子,算什么英雄?"

齐梦飞说:"我这叫以其人之道,还治其人之身。谁让你是陈米海女儿,你是自找的,别怨我齐梦飞!"

齐梦飞打过陈小安几个耳光,叫邱成和周永兴,还有绰号"青面兽"的林德生也都上来,挨个去抽陈小安耳光,陈小安的两边脸颊都红肿起来,居然不哭,且一声不吭。

齐梦飞没想到陈小安这么犟,突然觉得扫兴,他恨恨地朝陈小安呸了一声,说:"你这个丑八怪哭都不会哭,算什么女人? 真没劲!"

但恰恰是这句话击垮了一直硬挺着的陈小安，她无比伤心委屈，哇的一声哭了出来。

接下来的这段时间，齐梦飞发动了批斗会，他从父亲齐国耀的日记里看到过，父亲当红小兵的时候，就上台批斗老师。这真是个好主意。齐梦飞叫邱成和林德生把陈小安押到台上——那是蘑菇房培育蘑菇的水泥台子，有半人多高。陈小安被反剪双手，按住脑袋，像当年"文化大革命"中那个著名的"喷气式"姿势，站在台上示众。

齐梦飞说："陈小安，你别以为自己读书好就骄傲，你有什么了不起？长这么难看，脸上都是痘痘，胸脯像飞机场。"

邱成起哄说："她不叫陈小安，叫她陈痘痘！陈机场！"

陈小安哭得更伤心了。

齐梦飞说："你哭有什么用？你要怪就怪你爸陈米海，是陈米海把你生成丑八怪！"

周永兴振臂高呼："打倒陈米海，陈米海是王八蛋！"

齐梦飞指着陈小安说："你说，陈米海是王八蛋！"

陈小安止住哭，说："你们才是王八蛋！"

陈小安的反抗马上付出了代价，周永兴、林德生扯她的头发，邱成从地上抓了一把土，塞进陈小安的衣领里。立刻，像是有无数毛毛虫在皮肉上爬，痒得陈小安直哆嗦。

"说，陈米海是王八蛋！"

陈小安咬着牙不吭声。

"说，陈米海是流氓！骗子！杀人犯！"

陈小安忍不住开口了，她很倔强地抬起头："我爸不是坏蛋，他是好人！你为什么这么恨我爸？"

邱成抽了陈小安一耳光："妈的，你还狡辩，你爸害死了梦飞的老爸，还睡了他亲娘,不是流氓是什么?"

邱成的这句话如同晴天霹雳,把陈小安的耳膜震聋了,底下他们在说什么,她都听不见。她奋力跳下水泥台子,声嘶力竭地喊起来:"胡说,你们胡说,我爸不是这种人,他最善良最正直了,我不许你们造他的谣!"

"你给我闭嘴!"齐梦飞恼恨至极,抓起一把土塞进陈小安的嘴巴。那是以前种蘑菇留下的,时间久了,长出白乎乎的霉菌,散发出牛粪的气味。

陈小安的嘴巴被塞得满满的,牛粪的气味熏得她呕吐起来,她跪倒在地,吐得撕心裂肺。这时候的陈小安是可怜软弱的,虽然她仍不肯低头,但她真的已经够惨了。齐梦飞轻蔑地看了她一眼,心里既有快意,也有一丝茫然,他不想再折磨她了,转开脸走到一边。

周永兴递过一支烟,齐梦飞把烟点上,吸了一口。房子外面的天色暗下来,又一个夜晚开始了。有路灯从不远处把光射进破旧的窗户,阴森森的,蘑菇房看起来像一座坟墓。陈小安把苦胆都要吐出来了,她终于安静下来,跪在地上一动不动。

邱成上去踢了她一脚,林德生也上去踢了一脚,两人嘻嘻哈哈的,似乎这样踢一个女孩很快乐。陈小安还是一动不动,她浑身脏兮兮的,蓬头垢面,根本就不像一个女孩儿了。

"你起来。"邱成说,"你不起来是吧? 你不起来我也要叫你起来。"

邱成诡秘地笑笑,抓起一把土迅速塞进陈小安的衣领,土里混进了蚂蚁和地鳖虫,它们在陈小安身上乱爬,陈小安一声惨叫,那声音如同鬼哭狼嚎。她面无人色地跳起来,掀开衣襟往里面抓挠。

邱成幸灾乐祸地拍着手,无比得意:"哈哈,我叫你起来你就起来了吧?让你尝尝我的厉害!"

齐梦飞也笑出来,他看见邱成的眼睛歪斜了,直直地盯着某个地方。齐梦飞顺着他的目光看过去,就看到了陈小安掀开衣襟的身体。陈小安脸上虽然不白,长满青春痘,但她身上很白,而且光滑如玉。这时候她实在顾不上体面,也来不及顾忌隐私问题,内衣都撩起来了。她的胸罩歪到一边,露出一点点乳房的轮廓。齐梦飞的目光也被吸引过去了,显露少许真容的陈小安的小乳胸,并不像邱成说的是飞机场,而是微微隆起来,有一道浅浅的柔美的曲线。

齐梦飞心头一跳,把视线挪开了。邱成却像遭到雷击一般,整个人立定在那里,目光也像被焊住了似的,始终牢牢粘在陈小安的胸口。

这一夜又是齐梦飞和邱成留下来看守陈小安。折腾了这么久,陈小安仍然没有屈服,她真吃了好多苦头,但就是不肯顺从齐梦飞的意愿咒骂自己父亲,背叛自己父亲。这使齐梦飞有一种深深的挫败感,到底是时代不一样了,当年在他父亲那个年代,运动一来,儿女揭发父母,夫妻彼此告密,那是最常见不过的事儿。齐梦飞从父亲齐国耀的日记中就读到过,最先告发齐国耀的,是他母亲高红梅。究竟这里面是爱还是恨,齐国耀搞不清楚,齐梦飞读了齐国耀的日记,也没想明白母亲是怎么回事,大约只有高红梅自己心里最清楚。

这样看来,他母亲的德行还不如他根本就看不上眼的陈小安。齐梦飞在怨恨母亲的同时,对陈小安的仇恨也加深了,这个相貌平平、学习成绩超好的女生以她的死硬顽抗将他逼到了一个地步,就是必须把这场意外的绑架继续下去。

自从进入蘑菇房以来,齐梦飞不是没有想过怎样来了结这件事,如果陈小安早早投降,哭着求他放了她,他会与陈小安达成协议,条件是陈小安不把这事说出去,他也到此为止,不再找陈小安麻烦。可现在这只是他的一厢情愿,陈小安宁死不屈,这事就难办了。

明天是星期一,要上课了,他们该怎么办? 警察已在四处搜寻,时间一长,蘑菇房也未必安全。当然,怕是用不着的,既然走到了这一步,那他只有走下去。他还是相信,他手下的几个兄弟是靠得住的,无论发生什么,他都能搞得定。

后来的事实证明,齐梦飞的想法还是幼稚了一点,当人心在一个特别的环境里可以为所欲为的时候,它必定会像脱缰的野马,纵情狂奔,一泻千里。

可这时齐梦飞对即将到来的脱缰的危险一无所知,他觉得自己已打定主意,不由得松了口气,又点上烟抽起来。升腾的烟雾中有两个人推搡的窸窣声传来,齐梦飞转脸去看,原来是邱成在拉陈小安的衣襟,陈小安死命护住胸口,不让邱成扯开。两人都不出声,憋着劲你来我往,像《动物世界》里的某个镜头。邱成的力气到底比陈小安大了许多,他把陈小安推挤到墙角,腾出一只手来从脖子上方伸进陈小安的衣领,去摸陈小安的胸脯。

眼看邱成就要得逞,突然砰砰两下,邱成挨了两脚,竟然是齐梦飞。他怒气冲冲地瞪着邱成,骂他说:"你小子真没出息,偷鸡摸狗的,干什么?"

一直到这时候,陈小安都没理清自己对齐梦飞到底是什么态度。按理说,她该恨死他了,把他千刀万剐才对。但奇怪的是,她就是恨不起来。她甚至有点可怜他,同情他,当然,也真的怕他,她不知道他究竟要把她怎么样。他手下的那几个兄弟,尤其是贼头贼脑的邱成使她很不踏实。这家伙色眯眯的,老盯着她的胸脯看,刚才还来拉扯她的衣襟,伸手来摸她,真让她恶心。

邱成被齐梦飞踢了两脚赶到一边去了,现在是齐梦飞亲自看守着她。陈小安镇静下来,靠着墙角坐下,微微闭上眼睛。她在意识深处看见了自己,一个其貌不扬的十六岁女孩,蓬头乱发,满脸尘土,邋遢污秽如同叫花子。但她身上的那股气还在,眼睛不大,却依然明亮。是的,她不该害怕,更不该放弃,她得好好反省一下,检视自己的内心和处境,也许这是个机会,让她与齐梦飞之间有一个奇妙的翻转,把仇恨与误解变成爱。

没错，这个世界除了陈小安自己，绝对不会有人知道，也不会有人相信，原来她近乎痴迷地喜欢着齐梦飞。毫无疑问，她是太疯狂了，齐梦飞跟她是多么不一样，家庭因素不说，他们自身的差异也是天壤之别。她是好学生，乖孩子，聪明勤奋，前途无量；而齐梦飞呢，吊儿郎当、流里流气的小混混，老师和家长眼里不学好、将来也不会有出息的反面教材。

　　但她就是喜欢他那吊儿郎当的样子，什么都不以为然，从来不跟着老师和学校的标准走。他身上有一股特立独行的气质，或者说是叛逆精神，这是陈小安非常羡慕的，也许因为她自己根本就没这个可能，她从小就被家庭和环境教导成循规蹈矩、合乎社会主流标准的人，所以她才在内心深处有那样一种向往。至少是每次看到齐梦飞无所谓地对着老师说"不"的时候，她觉得他酷极了。

　　是的，她喜欢他脸上的那种表情，眼睛斜睨着，眼白多眼黑少，像是鄙视你，嘴角却微微翘上去，有那么一丝坏笑的意思。他其实挺聪明，他的恶作剧总是层出不穷，他还特讲义气，喜欢打抱不平，班里的男生都怕他又佩服他。总之，他是个在沉闷枯燥的学校生活里给她带来乐趣的人。她真的很想有机会跟他在一起，那一定非常放松，再也不用操心作业、考试、升学这些乱七八糟的事儿，她就跟着他疯玩，哪怕傻乎乎地听他骂几句脏话，她也会开心得要命。

　　陈小安怀藏着这个秘密，又甜蜜又胆战心惊地憧憬着几乎不可能实现的那一天。虽然她在路上，或者教室里遇见他时，仍然害羞胆怯，脸会微微红那么一下子，却什么也没说，看上去古板而一本正经。其实她的内心是何等狂野，她就是个表面文静而心里野得很的女孩，连她最亲的父亲都不知道，她的血液常常在思念这个微不足道的男孩时像大江那样奔腾咆哮。

　　但她也不无痛苦，这个过程中她发现齐梦飞对她充满敌意。他带着那帮手下兄弟时不时捉弄她，让她吃尽苦头。开头她并没意识到这是一种仇恨，以为齐梦飞不过是喜欢捉弄读书好而得老师青睐的同学，她平静面对。后来见齐梦飞越搞越凶，都是亲自出马，直接针对她，她心里是万分委屈的，要是凭她的个性，她怎么忍得下这口气？可因为她爱他，她反觉得这份委屈是他给她的福分，让她可以为他付出，为他受苦。是啊，她对自己说，我就是太养尊处优了，这不公平，我得为他受点磨难，吃点苦头，这样我们两个就扯平了。

这是她一厢情愿的心思，直到她知道齐梦飞的目标是她父亲，并且绑架了她，她才从梦中醒来，原来现实这样残酷，她父亲似乎犯过不可饶恕的罪孽，使齐梦飞把报复的毒箭射到自己身上。到这时候，陈小安还是没恨齐梦飞，她只是感到悲凉，如果能消除齐梦飞的仇恨，她宁愿替父亲偿还这笔债。包括齐梦飞不让她上厕所，她把尿撒在裤子里，她都忍受了。

她站在水泥台子上，像"文化大革命"时期被批斗的反革命坏分子那样忍受侮辱，她心底里是镇定的，只是不愿意糟蹋父亲。她到现在都搞不清楚父亲和齐梦飞一家到底有什么恩怨，从邱成的话里知道，她父亲陈米海以前迫害过齐梦飞的父亲齐国耀，这一点陈小安又信又不信。信是因为据她所知，那时期的人都分两派，彼此斗来斗去，其实无所谓对错，不过是当时的社会风气。她父亲与齐梦飞父亲有矛盾和争斗那也是正常的，这并不意味着就是她父亲的错；说不信呢，陈小安实在想象不出，这么善良和蔼的父亲，怎么会害死别人，还把别人的老婆占为己有。在陈小安的心目中，陈米海是世界上最好的父亲，他爱妻子女儿，也爱家庭，这样的父亲怎么会去乱搞别的女人？一定是邱成造谣，也一定是齐梦飞误会了，这中间的真相她应该去弄个水落石出。

陈小安想着想着，迷迷糊糊睡着了，也许潜意识里她觉得有齐梦飞在边上是安全的。但她不知道，就在她进入梦乡的时候，危险突然逼近了。

那个危险来自邱成。他一直讨厌陈小安，嘴上骂的都是最难听的话，什么"痘痘"，什么"飞机场"，都是他先叫出来的。在他眼里，相貌平平的陈小安毫无女生的吸引力，甚至说得上丑陋。谁要是对这样的女孩子产生兴趣，那他的审美一定出了问题。所以在此之前，邱成从没把陈小安当成异性，在他看来，陈小安似乎就是个中性人。他折腾陈小安，看到她把尿撒在裤子里，他只觉得好笑，并没什么暧昧的感觉。

事情发生变化是批斗陈小安时他把泥土塞进她衣领，她痒痒难忍，掀开衣襟乱抓一气，这让他看见了她身上的那种白，异常细腻润滑，像一片白光一样刺痛了他的眼睛。陈小安怎么会有这样好看的皮肤？邱成当时就被震了一下，接着他又看见了她的小半个乳房，他一直叫她"飞机场"，事实上她的身体丘峦起伏，极其动人，无非是平常掩藏在千篇一律的校服底下，被他忽略了。

这一发现令邱成异常兴奋，也异常不甘。他觉得自己太傻了，原来女人身上有那么多的秘密和奥妙是他所不知道的，而他居然还自作聪明，以为什么都懂。他在兄弟们面前装成一个采花老手，好像阅尽人间春色，其实连女人的身体都没看过一眼。邱成的脑袋嗡嗡作响，血涌上来，心里生出一股邪念，就是要把陈小安的衣襟扯开，胸罩剥掉，他要陈小安赤裸裸地暴露在他眼前。他料到陈小安会反抗，却没料到老大齐梦飞阻止了他，齐梦飞瞧不上他偷鸡摸狗的勾当，骂他没出息。

挨了骂的邱成有那么一点点羞愧。有时候他搞不懂齐梦飞，坏起来比谁都坏，可坏里头又带着一丝正经，也许这就是他的与众不同之处，不是一眼看到底的那种人，反而使邱成他们对他都有所忌讳，有所惧怕。你不清楚他什么时候就突然翻脸了，狠狠教训你一下。邱成以前是吃过这种苦头的，知道老大的权威、面子轻易冒犯不得。但这会儿邱成心里的那股子欲念越来越强烈，怎么也驱除不了。他的身子胀胀的，痒痒的，他不知不觉地靠在墙壁上哼哼唧唧地蹭了几下。齐梦飞白了他一眼，说："你蹭什么？哼哼唧唧的,怎么像猪一样?"

邱成苦着脸说:"老大,我就这么个要求,不行吗?"

"你有什么要求?"齐梦飞问,很惊讶的样子。他已把刚才的事忘了。

邱成的脸红了红,结结巴巴地说:"你把她交给我。"

齐梦飞又吃了一惊,疑惑地瞪着他:"你真看上她了? 你不是嫌她最难看吗?"

"可她……她是女的……"邱成嗫嚅着说。

两人间出现了静场,齐梦飞看着邱成,似乎一时没能领会他的意思。过了好一会儿,齐梦飞笑起来。"哈哈,哈哈哈哈……"他笑得喘不过气来,"邱成,你这个没用的家伙,她是女的你就想她了? 哈哈哈哈,你不会跟我说,你小子喜欢上她,想跟她谈恋爱吧?"

"不不,老大,我怎么会跟这个丑八怪谈恋爱。我就是想看看,看看——"

"看什么?"

"看……看女人……"

"看女人?"

"是啊,她是女人啊,老大。"

齐梦飞愣住了,怔怔地对着邱成。原来是这么回事,邱成这小子还有这种心思!

邱成咽了口口水,很艰难地问:"你看过女人的……身体吗? 我是说,不是电影里、碟片里的那个,是真的……真的女人,你看过吗? 老大。"

齐梦飞得承认,他的梦里出现过无数女人的身体,白皙的,丰腴的,性感的……但他却没看过真的女人的身体。齐梦飞有点懊恼,也有点生气,对邱成说:"你问这个干什么? 你小子就喜欢偷鸡摸狗的事。"

"可我想看,我长这么大了,我不想别人把我当小屁孩。"邱成说。

"你他妈的脑子进水了？谁敢说你小屁孩？我揍他！"齐梦飞抽了邱成一巴掌，他觉得邱成这句话把他也包括进去了。

邱成捂着被打疼的脸，可怜巴巴地坚持着："老大，我知道你对她没兴趣，你觉得她丑，那你就别管了，把她交给我，我不碰她，我就看一看。"

齐梦飞还是摇头："你别动歪脑筋，我把她抓来是报仇用的，不是给你看的。"

"我把她看了也是替你报仇啊，你没见她刚才有多害怕吗？"邱成坚持说。

齐梦飞无言以对了，邱成这话是真的，刚才他是看到陈小安的恐惧，那恐惧特别真切。

邱成见齐梦飞不吭声，他的话更多了，他说："老大你就当是慰劳慰劳兄弟我好了，我替老大鞍前马后，没功劳也有苦劳吧。再说，老大你这么恨她，不就是要她难受难受吗？"

邱成唠叨着，一副不达目的不罢休的样子。齐梦飞厌烦透了，恨不得再甩邱成一记耳光。但他保持住了理智，因为邱成已经在抱怨了。邱成说："老大，兄弟们辛辛苦苦跟着你做什么？这大礼拜天的，还不如回家睡觉。"

这是什么话？这小子反了不成？齐梦飞一下警觉起来，狠狠瞪了邱成一眼，也许他眼睛里的凶光吓住了邱成，邱成连忙解释："我不是那意思，老大，你让兄弟长点见识不好吗？在老大手下混的，连女人长什么样都不知道，这像什么话？"

齐梦飞自以为了解邱成，这小子胆小猥琐，喜欢偷鸡摸狗，但他第一次见识了他的不折不挠，死缠烂打。齐梦飞的耐心一下子耗尽了，他摆摆手，低头掏出烟来抽，那意思既像拒绝，又像是让邱成看着办。

邱成喜不自胜，说："老大同意了？谢谢老大。"

不等齐梦飞发话，邱成凑到陈小安跟前，在黑暗中拉了陈小安一把。

陈小安被惊醒了："谁?"

邱成说:"起来!"

陈小安懵懵懂懂地站起来。就在她起身的时候,邱成扯开了陈小安的衣襟,嗞的一声响,陈小安的胸罩露了出来。

陈小安尖叫:"你干什么? 你这个流氓!"

邱成笑起来,说:"好啊,这可是你骂的,我是流氓,那我就再流氓一下!"

邱成伸手去扯陈小安的胸罩,他用的劲是那么大,胸罩的带子扯断了,陈小安整个胸脯露了出来。两只小小的乳房,却有着完美曲线,玲珑精致,在夜色下泛出莹莹白光,有一种勾魂摄魄的美。

邱成惊呆在那里,嘴张得大大的,发出一声含混不清的声音。原先背着身子抽烟的齐梦飞转过脸来,看见了这一幕。他的脑袋嗡地响了一下,也像邱成那样呆在那里。

陈小安哭了,她交叉着手臂抱住乳房,浑身都在打战:"你们流氓,不要脸。你们欺负人……"陈小安呜呜哭着,原本的精气神突然就消散了,她显得可怜巴巴又楚楚动人。

邱成似乎回过神来,他在陈小安六神无主光顾着哭泣的时候,再次伸出手去。这一次,他是两手并用,一只手将陈小安的胳膊扯开,另一手准确地按在了陈小安小小的还没完全发育的乳房上。

过了更年期,叶美丽明显感觉自己老了。皮肤松弛,失去光泽,视力老化,睡眠也不行了,常常天不亮就醒来,在床上独自辗转反侧,怎么也睡不着。这令她想起许多往事,大多跟前夫严英才有关。她是相信这世上有鬼的,严英才死了这么多年,却从没在她的生活中消失,他像一个冤魂似的纠缠她,夜里跟她上床,白日跟在她身后,比他活着的时候更亲密。

她有时想,也许严英才死得太惨太冤了,他总是千方百计给她看他的死相。他躺在榨菜池的水泥地,脑袋开裂,如同一只熟透了的西红柿砸在地上,红的、白的、黄的、黑的,什么颜色都有,那是他的血和脑浆,还有颅内组织,而他的眼睛仍然睁着,瞳仁映射出站在他面前的人影,像死亡呈现出的永恒镜头。这个镜头以后在叶美丽的意识里挥之不去,恍若死亡与现世之间的一个寓言——原来,死亡是不会离开的,它反而把现世的人生映照得更加清晰。

叶美丽如今的境况就是这样,她无时无刻不活在严英才的阴影下,那情形就好像严英才透过死亡的瞳仁一直看着她,看着她身边的人事往来……

叶美丽试过好多办法,想改变这种情况。她经人介绍,谈过几个对象,但都没能成功,总是在最后关头,死去的严英才又介入进来,把她扯回到过去。那个力量太大了,肯定不光是严英才一个人的,甚至包括她自己,她也是个留在过去里的人。有一次她看到国外的一幅美术作品,是一尊雕塑,半人半马,那是希腊神话里的怪物,她看了非常震惊,觉得就是她自己。她的上半身竭力要从恐怖的过往挣脱出来,可下半身仍陷在那里。她成了怪物。不知道有多少像她一样从过去的岁月里走过来的人,也是这样的怪物。有时候她看到街上的人来来往往,看到单位里的同事进进出出,她突然产生幻觉,有几个半人半马的怪物也在其中出没。

叶美丽终于相信了因果报应,也迷上了拜佛。好像中国人就这条路,只有这一个解脱。她学打坐,念经,也去寺庙烧香,把钱塞进功德箱,心里便得了安慰,因为她终于做了点什么,佛可以报答她了。这也是师父的教导。每次看见她捐一大把钱,功德簿上又添上一笔,师父就眉开眼笑,说她有慧根,是真舍得。

她去的庙叫云林寺,造在山里,风景相当好。师父姓闵,年纪不算太大,六十不到一点,据说是佛学院毕业的,很有学问。她也听闵师父讲经,大部分的内容高深莫测,听了又心安又不安。心安是闵师父说,万事皆空,你不要有欲望,你觉得什么都是空的,你就自在了。她觉得这话好,她本来就是一个没什么欲望的人,知足常乐,她愿意的。说不安,是她觉得看开了的时候,心里还是有个阴影,闵师父说那是罪孽,她问闵师父,她修行到什么地步,这罪孽就消了。闵师父说他不知道。她又问闵师父,那谁知道?闵师父说谁也不知道,连佛也不知道。这就玄了,她弄了半天,原来却是个无头案,下辈子变猪变狗都是不定的。那人生也还是个空,又回到起头来了。

有一次,闵师父讲经,说到人心。闵师父说人心是最复杂的东西,酒色财气,样样都有,就像一罐泥水。一个学佛的人,第一要紧的是心静,你越不理会,不去搅动这泥水,杂质越会沉淀到罐底,水的自然明净的本性便显露出来了,心的本性也是如此,你不搅动就透明清澈。叶美丽听了很受用,也很惶惑,她专门去请教闵师父。她说:"闵师父你说的我都明白,我也尝试过,我也体会过。"

闵师父问:"那你还有什么疑惑?"

叶美丽说:"我想请教的是,杂质沉淀到罐底,虽然不去搅动,可它总归是杂质。换句话说,心静了,可心里面并不是没了杂质,心的本性还是肮脏的。"

闵师父愕然,连连摆手说:"罪过罪过,不可妄念。"

叶美丽说:"师父的意思,是我先有妄念,才觉得心是肮脏的?"

闵师父竖起一个指头,微微点头,似是回答了叶美丽的问题。

叶美丽却愈加不明白了,她说:"师父,我想知道有没有这样的法门,就是除去心的本性的杂质。要是本性的杂质除去了,再怎么搅动,水不都是澄明透彻的吗?"

闵师父笑眯眯地说:"你不搅动,自然澄明。"

叶美丽说:"可就是不搅动,有杂质的水,哪怕沉淀了,还是肮脏的啊。"

"肮脏什么?"闵师父有点不高兴了,但脸上还是挂着笑,"本来无一物,何处惹尘埃？"

叶美丽抗议说："师父刚才说的是泥水，泥水也是物，怎么又是无一物？"

闵师父叹息了，说："小叶啊，你有执念。"

闵师父比叶美丽大几岁，一直叫她小叶，而不是叶施主、叶居士之类，听上去有人间温情，比较自然。叶美丽也觉得亲切，说话就随便了，所以接着说："我就想问个明白，师父。"

闵师父像参禅似的，合掌说："空就是色，色就是空。不问也罢。"

谈话是在闵师父的禅房，房间不大，洁净雅致，看得出闵师父是个有情趣的和尚，器具用物都极讲究，茶是龙井新茶，熏香是从印度进口的，味道也很好闻，淡淡的清香，幽静里禁不住让人的心轻轻一荡。

叶美丽真觉得闵师父有无限的智慧，最后总是这么奥妙的几句，就把问题解决了。所以不要有执念，叶美丽告诫自己，虽然她觉得闵师父的禅房似乎太考究了一些，如果换成她，难免心里的杂质又要沉渣泛起，弄混了好不容易修来的一片清净。只是，她相信闵师父定力比她大，就像他常说的，本来无一物，何处惹尘埃？闵师父眼里，本来什么都是空的，说不定她这个人在他面前，也是空的呢。

这样想着，叶美丽就兀自莞尔一笑，她的笑容却惊到了闵师父，闵师父的目光生动起来，久久停在她脸上，欲说还休的样子。

叶美丽说："师父，你怎么啦？"

闵师父恍然，说："哦哦，阿弥陀佛，阿弥陀佛。"

闵师父一直送叶美丽到庙门外，山里风大，把闵师父的僧袍吹起，鼓鼓囊囊的，像个胖大和尚。叶美丽又想笑，庙里的钟声冷不丁敲响，当当当的，洪亮辽远，闵师父赶紧低头合十，口里念念有词，原来是交代她回去别忘了念经。

"你的心不静不净，每日念《心经》一百遍。"闵师父说出来的话好像惩罚。

现在叶美丽每天都念《心经》，她觉得自己的心真安静了一点，但这个安静仍是短暂的，她毕竟生活在人世间，每日都有扰乱进来。最大的扰乱是她的儿子严杰，儿子说："你这样念念经就把自己念成佛，你还不如相信抓着自己的头发可以升上天。"

叶美丽说："师父说我有执念，我要去除执念。"

严杰说："妈，西方极乐世界，你想去吗？"

叶美丽说："想去啊，我念的'揭谛揭谛，波罗揭谛'，就是去往彼岸的意思啊。"

严杰说："那你每天都想去？"

叶美丽说："当然想去。"

严杰说："你这不也是执念吗？"

叶美丽愣了一愣，一时竟无话反驳。是啊，照儿子这样说，一心追求彼岸，向往西方极乐世界，这算不算执念？

严杰得意地笑了："所以，妈，你看看，你这就是自相矛盾嘛。佛经讲要去执念，也就是不求，可又要你追求涅槃，到底是求也不求？"

叶美丽生气了，说："别瞎说，我会去问师父的。"

严杰不以为然，说："你师父他也回答不了你。"

叶美丽真生气了，如今的年轻人也太狂妄了，什么都不放在眼里。"你懂什么？阿弥陀佛，真是罪过！"

严杰笑笑，反而亲热地抱住她，把一大叠碟片放在叶美丽面前。这些都是他买的盗版碟，大部分是美国好莱坞电影，《第一滴血》《无处藏身》之类，儿子喜欢看战争片，尤其是复仇的片子，她看着血腥，儿子却觉得过瘾。果然，儿子向她推销了："妈，你有空还不如看这些片子，那才带劲。"

叶美丽说："我不要看杀人。"

"不是杀人，是正义!"严杰说。

儿子非常优秀，大学里学的是法律，毕业后分配到市府办公室，没一年工夫，他的才干获得领导认可，委以重用，成为副市长刘建东的贴身秘书。在这座城市，年轻的儿子已是出人头地、前途无量的人中翘楚了。

也因此吧，儿子身上就有了一种正义感和使命感，像古代圣人说的，天降大任于斯人，儿子似乎自觉担当了这种大任，时刻准备着为民请命。这是叶美丽从儿子的言谈中看到的，她当然为他骄傲。

电话铃响了，儿子接起电话，她听到她工作的那所学校的名字，好像出了什么大事。果然，放下电话，儿子急匆匆要走，他说学校的围墙突然倒塌，压死了一个学生，还有三个学生压伤，正在医院救治。

叶美丽呆了一呆，说："怎么会呢?"

儿子冷笑说："你们学校建筑质量之差是有名的，不出事才怪!"

叶美丽默然。儿子这话似乎对她和学校都有成见，好像那学校是"她的学校"。其实他自己也是这所学校毕业的。

半晌，叶美丽叹息一声，说："唉，真是屋漏偏逢连夜雨啊! 前天刚听说有个女生失踪，案子都没破，这会儿又死了人，这可怎么得了!"

儿子说："该来的总是要来的。时候一到，一切都报。"

叶美丽吃了一惊："你是说报应吗?"这太不可思议了，儿子一直嘲笑他信佛，这会儿居然他自己嘴里也说出这种话来。她于是追问了一句："那是给谁的报应呢?"

儿子没回答，耸了耸肩膀，那意思好像说，迟早会知道的。

叶美丽的心沉了沉，有一种不祥的感觉一闪而过。

儿子可能也捕捉到了，他的心一向很细的。也许是为了缓和一下气氛，儿子搂搂她的肩，说："妈，你别瞎操心，反正没你的事。现在上面都知道了，刚才刘副市长来电话，叫我去学校了解一下情况，我想很快就会调查清楚的。"

叶美丽点点头,看着儿子走到门口,突然叫住他:"等等。"

儿子站住了:"还有事啊? 妈。"

叶美丽迟疑了一下,还是说了出来:"刘副……市长,他对你怎么样? 还好吗?"

"挺好的。哎,妈,你问这个干什么?"

叶美丽心里一惊,讪笑说:"没什么,妈就是问问。妈听到一些传言,说刘副市长特别器重你,本来按你的资历,是不可以成为副市长的贴身秘书的。"

"那是我跟刘副市长有缘。"儿子想笑一下,笑容却有些勉强,"不过妈你别信人瞎说,我跟刘副市长可没关系,我靠的是自己的能力。"

"妈当然知道你靠的是自己的能力。"叶美丽拍拍儿子的肩,替他打开了门,"快去吧,别让刘副市长等久了。"

儿子的动作忽然僵住了,他看了叶美丽一眼:"妈,你跟刘副市长……"

叶美丽一凛:"怎么啦?"

"没什么。"儿子突然不说了。

"你想知道什么?"

"哦,你跟他很熟吧?"

"算不上很熟,以前在一个学校待过。哦,你小时候也见过他的。"说这些话时,叶美丽异常冷静,像是在心里想了无数遍。

"那我替你向刘副市长问好。"儿子说。

"不不,不用这样!"叶美丽的语气一下子急切而严厉了,有一种怕受到侵犯般的凛然。

儿子淡然一笑:"瞧把你急的,我才懒得替你问呢。"

儿子转身出去,随手带上门,叶美丽在门关上的刹那努力朝儿子笑了一笑,可儿子的脸却拉下了,他留给叶美丽的是一个异常阴郁的表情。

叶美丽的《心经》再也念不下去了,心里面有往事搅动,泥水泛起。何止是泥水,简直是沉渣泛滥,一片浑浊夹杂着血腥,她里面的那个天地全然变色。

严英才惨死前,叶美丽见过他一次。天气转冷,广播里预报说有霜冻,叶美丽向审查组申请给严英才送点衣服。严英才进学习班转眼两个多月了。时间过得既快又慢,对叶美丽来说,这都是一种煎熬。而且,时间会把某些事情的后果显露出来,就像种子落进地里,春天必然长出来一样,如果长出来的东西不是你所期待的,那真是一种恐惧。

叶美丽就是带着这样的恐惧见到了严英才。那时,严英才已知晓刘建东书记奸污了他的新婚妻子,他的情绪极其糟糕,好几天没吃饭。看守他的工作人员反映说,他听见夜里严英才躲在被窝里发出低低的哭号声,那声音像是受伤的狼在叫,瘆人得很。审查组怕严英才出事,特意交代叶美丽,见到严英才后劝劝他。"知识分子都是死脑筋,你让刘书记给睡了一下,他就觉得自己吃了大亏。"那个发明"悬梁刺股"法的工人师傅用目光在叶美丽身上扫来扫去,最后像是证据十足地说:"你就告诉他,你身上又没少块肉,是不是?"

叶美丽窘得无地自容,工人师傅看着她通红的脸,越发得意了,每一句话都语重心长:"做人不能钻牛角尖,任何事情都是有利有弊的,这就叫辩证法。通过这一件事,你好像损失了,但揭发了刘建东这个流氓反革命,把他丑恶的嘴脸暴露在光天化日之下,你不又赚回来了吗?所以,毛主席他老人家说,要奋斗就会有牺牲……"

叶美丽无言以对,但不得不点头,因为工人师傅的话越来越难听了,他说:"我们给严英才机会,他现在这个样子,要死要活的,分明是跟组织对抗嘛。你要跟他讲清楚,革命不是请客吃饭,要化悲痛为力量,站起来跟刘建东斗争到底,把刘建东奸污小叶你这样的滔天大罪在批斗会上公开揭发出来,不要怕丢脸。我说了,你小叶身上又没少一块肉,把刘建东批倒批臭了,他严英才的这口恶气不就出了吗?这买卖只赚不亏啊!"

见了严英才,工人师傅苦口婆心的教导叶美丽自然说不出口,她心里虽然有准备,但真的看到严英才,她还是吃了一惊。严英才老了好多,背也佝偻了,三十出头的人,一夜间有了白头发,眼神木木的,你跟他说好久也没什么反应。叶美丽悲从中来,她想好不掉泪的,此时的眼泪却忍不住落下来。

听到她的哭声,严英才整个人缓过来,像是一块坚冰化冻了一样,眼里有了活泛的亮光。是的,他依然爱她,甚至可以说爱得更深了,他看她的目光那样深情,那样痛苦,那样委屈,那样忧伤,那样怨恨,真是什么内容都有。

叶美丽被他看得怕起来,停止了哭泣。严英才还是那样看她,目不转睛。

"你别这样,你这样我怕。"叶美丽开口说。

"我完了,美丽。"严英才说。

"对不起,是我不好,我让你这么痛苦。"叶美丽低下头,脑子里寻索着合适的句子,却怎么也找不到。难怪工人师傅要瞧不起小知识分子,叶美丽心中的万千委屈和辩解都抵不上工人师傅那句"你身上又没少一块肉"来得直接有力。

"我还拿过枪,当过侦察兵,我新婚老婆给人欺负了都不知道。"严英才骂着自己,痛不欲生,"我该死,我是个混蛋男人,我他妈的根本就不是人。"

严英才的脸都扭曲了,双手抓着头发,有一绺灰白的头发被揪了下来。叶美丽慌了,词不达意地想阻止,一张嘴,那句埋藏在喉咙里的话便冲口而出,像一个沉闷的炸雷在他们中间炸响:"我身上又没少什么;你何必这样……"

正是这句话激怒了严英才,他头发直竖,眼圈通红,瞪着叶美丽,几乎是吼叫道:"怎么没少什么? 你都让那王八蛋给睡了,你还是原来的你吗?"

"我是原来的我啊,严英才,我没有变。"

"不不,你变了,变了!"严英才说,"你再也不是我的美丽了!"严英才突兀地哭了,哭得撕心裂肺,好像生离死别一般。"我的天哪,这是什么事啊? 我这么爱你,珍惜你,连一根指头都舍不得碰你,可你却让那个王八蛋这么轻易……这么轻易……"严英才喘着气,说不下去了,他举着双手,那情形像捧着一只珍贵无比、价值连城的瓷器,却发现这瓷器裂了一道难看的缝。

叶美丽心里一痛:"我明白了,你在怨我,我怎么就不去死? 对吧,我为什么不去死啊?"

叶美丽问着严英才,也像问自己。她是想过死的问题。刘建东交代出奸污她的事,审查组就来找她核实,那天,坐在几个审查人员面前,她像当众被剥光了衣服似的,恨不得立刻就去死。

但她怕死,她是个意志薄弱的女人。在审查人员面前,她不光反抗不了,她还厚着脸皮配合,就如被剥光了衣服又当场强暴了一次。工人师傅对所有的细节都兴趣浓厚,逐条核对刘建东的供词与她的交代有无出入,如有出入,就让她再回忆一遍,务必做到严丝合缝。工人师傅振振有词地说:"这叫实事求是,我们党的优良传统。"

那真是场可怕透顶的噩梦:衣服是你自己脱的,还是刘建东脱的? 他摸了你的乳房吗? 胸罩是什么时候解开的,谁解的? 你感觉怎么样? 你为什么没有推开他? 他把你抱到床上,你挣扎了几下? 你一直是不愿意的? 就是害怕? 那可以说刘建东是强奸了你吗? 不不,不是强奸? 你最后还是顺从了,那你配合他吗? 你的意思是,你就是一动不动,你闭着眼睛任他胡来……

工人师傅的问话在耳边回响,那不是一连串的词语和音节,那是一把把刀片,将叶美丽割得体无完肤。而现在,她又在严英才面前,感受到了同样的刀片,他的责问,他的痛苦,他的绝望,都是割向叶美丽的刀片。比起工人师傅,严英才的刀片更锋利凛冽,像施行凌迟一样将她千刀万剐。

叶美丽闻到了血腥气,她的胃一阵难受,她干呕了几声,差点吐出来。她觉得不能待下去了,把带来的棉衣往严英才面前一塞,站起来就走。

严英才跟跄着拉住她:"等等,你不舒服? 是不是病了?"

叶美丽说:"没事,我很好。"可她的胃再次跟她过不去,一股酸水又冒上来,这下叶美丽没忍住,当着严英才的面哇地吐了出来。

"你看,你真的病了! 你还骗我,你什么都骗我!"严英才说。

"我没骗你,这也不是病,好几天都这样……"叶美丽吞吞吐吐争辩着,一不小心就说到了实情。其实也不是她的胃出问题,是她肚子里的那颗种子在作祟。为什么他(或她)偏偏选择这个时候来捣乱? 难道这就是宿命吗?

"那是什么原因?"严英才是细心的人,他马上有了异样之感。

叶美丽心里乱极了,要不要告诉严英才自己有了身孕,她一直委决不下,便下意识地捂了捂小腹。严英才的目光跟着落在她的肚子上,亮了一下又暗了,不知是悲是喜。

"我……我可能怀孕了。"她终于说了出来。

出乎意料,严英才突然笑了:"哈哈,我要当爸爸了,哈哈! 哈哈哈哈!"他笑得越来越古怪,"我好有本事啊! 美丽,你告诉我,真是我的?"严英才指着叶美丽的肚子,笑容凝固在脸上。

叶美丽迟疑了一下,说:"我想……是你的。"

严英才认真起来,扳了扳手指:"几个月了? 你算过吗? 你能确定?"

叶美丽扭过脸去,她害怕的事情还是发生了:"你到底想说什么?"

严英才说:"你保证是我的,不是刘建东的? 你保证?"

叶美丽讷讷说："应该是你的,他就这么一次……"

严英才固执地说："一次就够了,他要是百发百中呢? 你再算算时间……"

"我也不知道,我都糊涂了。"

"我的天! 都糊涂了,这种事也糊涂了。我求你,美丽,求你不行吗? 你告诉我,是不是我的? 是不是我的?"严英才突然跪下来,额头往墙上撞去,撞得砰砰直响。

叶美丽张口结舌,她没料到事情会变成这样,不等她反应过来,两个看守奔进来,从地上拖起严英才:"严英才,老实点!"

严英才被拖走了,一点都没反抗。他的额头全是血,嘴张得大大的,却没声音,目光停留在叶美丽身上,哀怨而不舍,或许还有一丝期待。

这是叶美丽与严英才的最后一次见面。三天后,叶美丽再见到他时,已是一具面目全非的尸体了。

这期间,严英才变得很老实,既不绝食,也不号哭,做什么都配合。只是他的神情呆呆的,一直在思考着什么问题。审查组以为叶美丽的劝说起了作用,严英才虽然心里痛苦,但他还是认命了,接受了屈辱的现实。下一步,等他想通了,他一定会挺身而出,在万人大会上公开揭发批判刘建东的罪行。审查组感觉胜利在望,他们期待的突破马上就要在严英才身上实现了。

这天,审查组认为时机已到,把严英才带到二楼的一间审讯室与他谈话。严英才表情轻松,一开始就说自己愿意配合,还问审查组的工人师傅讨了根烟抽。抽完烟,严英才又让审查人员等一等,说他要上个厕所。工人师傅亲自陪严英才去厕所,严英才进去后再也没出来,几分钟后,站在门外的工人师傅听见砰一声响,推门闯进去,发现窗户大开,严英才已经跳楼了。

严英才从二楼的厕所间跳下来摔死了。这简直是不可思议的事,如果摆在人类的自杀历史上,也绝对称得上是奇迹。工人师傅十分懊悔,他后来一再向组织辩解说："谁能想到二楼跳下去也会死？二楼有几米高？顶多三四米，三四米会死人吗？"

三四米确实不会死人，但事实是严英才真的死了。他是怎样做到的呢？工人师傅和审查组人员奔下楼去，站在严英才尸体旁，一个个都目瞪口呆。原来，厕所楼下是一条小路，小路外边有一个水泥砌成的榨菜池，距离厕所足有十米开外。榨菜池大约两米多深，这个季节没腌榨菜，是干的——严英才的尸体就倒在榨菜池坚硬的水泥底部。他显然是头部着地，脑袋开花，鲜血和脑浆迸溅一地。

这太不可思议了！严英才怎么会从二楼厕所间跳到十米开外的榨菜池里呢？难道他会飞吗？或者，严英才的死亡背后另有隐情？可当时厕所里只有严英才一个人，门外还有工人师傅看守，完全可以排除他杀。也有人猜测，说学习班里死的人太多了，他们化作冤鬼青天白日出来作祟，把严英才给勾了去。这个传言越传越神秘，一时弄得整个镇上人心惶惶，胆子小的夜里连大门也不敢出。

审查组叫来了公安人员，最后是一个老刑警根据现场分析和严英才生前的情况，得出结论，严英才确实死于自杀。原来，严英才当侦察兵的时候，受过游泳、跳水等专门训练，尤其是他的跳水技术，非常出色，得到过部队的表彰，只不过他把这种技术用在了结束自己的生命上。

根据老刑警的描述，当时的情景应该是这样的：严英才进入厕所以后，关上门，挡住了守在门口的工人师傅的视线。然后他轻轻打开窗户，手臂伸直，高举过头顶，挺胸收腹，深深吸了口气，猛地一个鱼跃，他像一枚炮弹一样跃出厕所地板，穿过窗户，以漂亮的弧线飞翔十多米后，脑袋着地，准确地落在榨菜池的水泥地面。

所以，他是抱着必死的决心的，他的弹跳用尽了全身力气，而且角度极佳，落地时保持脑袋朝下，砰一声巨响，头顶开花，一切都结束得非常漂亮。

"从自杀的有效性来说,我很佩服他!"那位经验丰富的老刑警说,"从准备去死,到观察地点,采用何种方式,他都经过精心计算,结果跟他预料的分毫不差。如果自杀也有水准的话,那这就是专业水平!"

许多日子过去,严英才的死还在镇上流传,经久不衰。这个活得既风光又窝囊的前侦察兵以他传奇的自杀重塑了自己的英雄形象,并且成为众人钦佩的对象。也因此,叶美丽被千万人同情——不知出于何种原因,审查组后来并没公开叶美丽被刘建东奸污的丑闻,也许严英才死得太惨烈,让他们心存忌讳;也许其后形势发生变化,刘建东不再是运动的焦点,反正严英才的案子随着严英才的死去,开了场批斗大会后就落下帷幕,再也没生出别的波澜。这多少保住了叶美丽的名节,如此不合常理的变化,也是她始料未及的,严英才以他的死挽救了她。

但叶美丽自己知道,严英才的死与她有关。有几次她从噩梦中惊醒,一个异常清晰的念头浮现在脑海:是你害死了严英才!然后出现的是严英才崩裂开来的头颅、鲜血和脑浆,溅了一地的零零碎碎的颅内组织……无论她站到哪儿,地上都有一道鲜血蜿蜒而来……这一幕太触目惊心,在叶美丽的记忆里无法抹去。她当时赶到现场就蒙了,审查组的工人师傅这时候倒懂得怜香惜玉,用壮实的肩膀遮挡了严英才的上半身,只让她辨认了下脚上的鞋子。那是叶美丽亲手做的布鞋,她认识。但公安来了后非得照章办事,又特意把叶美丽带回去,掀开盖上的白布叫她看清楚严英才的尸体,法医在边上还提示了几句,等她确认无误后请她在死亡鉴定书上签字。她连名字没写完就吐了,吐得天翻地覆,差点把苦胆都吐出来。

她后来想,这就是命!严英才用如此惨烈的死相让她记住,是她杀了他!虽然她也有一万个理由可以否认这种指责,但她的心不会说谎。她千不该万不该在怀孕的日期上含糊其词,那是一支毒箭,刺穿了严英才脆弱敏感又多疑的神经。从跟她见面到自杀的三天里,叶美丽能够想象得到严英才是怎么度过的,他像热锅上的蚂蚁一样焦灼不安,又像一只斗鸡一样充满亢奋,他时而冥思苦想,时而唉声叹气,而这一切都是围绕着一个问题——那就是叶美丽怀孕的时间点。

法医在检查了现场,做出自杀的结论之后,曾把严英才身上搜出来的东西都交给叶美丽,计有钢笔一支,草纸两张,小梳子一把,不知从哪儿掉下的纽扣一枚,香烟半包,火柴一盒,还有揉得皱巴巴的稿纸一小片,稿纸的正面写有揭发刘建东的材料,反面却记着一些奇怪的数字,看上去像是日期,有的打叉,有的打钩,也有的打问号。法医看不懂,跟那个老刑警研究了半天,因为死因已明,老刑警觉得没必要节外生枝,就放弃了追究,他对法医说:"一个人死都死了,让他保留点秘密也没什么吧。"

法医感慨说:"我们的职业是揭开真相,可这个世界上其实有多少秘密是我们永远解不开的。"

老刑警严肃地说:"就因为它是秘密,我敬畏它!"

法医苦笑,摆摆手说:"是啊,也许秘密就是真相吧,谁知道呢?"

他们说话的当儿,叶美丽就站在边上。他们绝对不会想到,他们以为解不开的秘密,叶美丽一眼就看到了真相——没错,这些数字是严英才算日期用的。什么日期呢?那也只有叶美丽心里清楚。

结婚前,严英才给叶美丽看过一本书,《赤脚医生手册》。为什么要看这本书呢?因为这本书里有一章讲到了夫妻性生活、怀孕和避孕等等,那时候,严英才和叶美丽的新婚知识都是从这本书上学到的。严英才对女人的经期、排卵期等的了解也是从这里得来的。结婚后,他们一开始不想生孩子,所以很专注地计算过排卵期,以避开可能的受孕时间。但后来叶美丽的代课工作即将结束,前途无着,心情烦躁,他们的情绪受到影响,偶尔吵了架,两人一个床头一个床尾置之不理。到了半夜又和好了,激情迸发,也就顾不上计算日期。事后想起来担心不已,严英才便在日历上计算日子,好像一名船长在航海图上标注暗礁似的，把做爱的日子一一标注上去。

严英才留下的纸片上，有几个日期画着问号，那是刘建东奸污叶美丽的日子，具体哪一天，刘建东记不清了，严英才是根据他的交代推算出来的。叶美丽看懂了严英才的意思，他肯定认为叶美丽怀上的是刘建东的孩子，而他被关在学习班里，对此毫无办法，任由刘建东肮脏的种子在叶美丽温暖的子宫里生长，像个异物，最终与叶美丽的生命血肉相连。是叶美丽给了他最致命的一击，他这样的男人，本来是把叶美丽当作唯一希望的，现在好了，这个希望被人攻陷了，而且是从身体的内部，就好比鸠占鹊巢，这个他爱逾性命的女人再也不是他的了，他遭到无情流放，他的爱与希望都无家可归了。与其这样，他不如永不回来，一了百了。

叶美丽都能想象得到这样一个镜头，严英才鱼跃而起，穿过厕所的窗户跳下去的那一刻，他喊出了如同电影里的告白：永别了，美丽！

叶美丽的泪水下来了，打湿了摊开的《心经》。她实在是心不静，除非她完全学会遗忘。可如果一个人没了记忆，那她不是跟死人差不多吗？这也是叶美丽纠结的地方，她从那段历史走过来，她没办法全都看空，至少她无法把自己的良知也看为空。

下次碰到闵师父，一定要再问问他。不过，不用问也知道，闵师父的答案一定还是：本来无一物，何处惹尘埃？

唉！

第三章

严杰轻手轻脚进来的时候,刘建东正靠着办公桌闭目养神,一只手顶在眉心上,眉头紧锁,显得心事重重。

作为分管文教卫的副市长,最近刘建东是有点焦头烂额。当年,他从教育这条线起家,刚当上教育局副局长就开始改革,大力推举民间办学,力度之大史无前例,几所民办学校在他的身体力行下轰轰烈烈拔地而起。其中最大的政绩,是他当上正职后,引入股份制办学新思路,他的口号是:"组合名牌学校资源,利用市场力量办学。"他在自己的老根据地先行尝试,这所学校原本只是镇中学,由于城市扩展,并入市区的普通中学,那时陈米海还是这所学校的校长。刘建东从省城引进一所名牌学校,经过一番包装,这所普通中学一跃成为名牌学校的分校,顿时轰动整个教育界。时任该校校长的陈米海也因此得到他的重用,被提拔到教育局当副局长,后来又升为局长,而他从局长升任副市长。

但改革力度大了,问题与非议也随之蜂拥而来,有人举报民办学校领导贪污受贿,巨额赞助费去向不明,有人揭发教学楼是豆腐渣工程,大大小小违法乱纪问题,五花八门,不一而足;卫生系统的情况也差不多,他主管后力推民间办医院,增加了好几家医疗机构,但硬件上去了,软件没跟上,腐败也跟着来，涉及的多是医院领导购买药品医疗器材拿回扣，贪污受贿，医生收受红包向病人勒索钱财，甚至有进假药卖假疫苗的，多少天方夜谭的故事都在他抓的医改中暴露出来，真是查不胜查。当然，本来这些都算不得大事，以他的能力完全可以摆平，但麻烦的是市委书记与市长不和，他被认为是市长这一派的人，市委书记对他另眼相看，已不止一次在会上吹风说文教卫系统歪风邪气严重，必须好好治一治。

一把手发话，情况当然严重了，更要命的是，偏偏这个节骨眼上以前给他锦上添花的那些政绩出了状况，先是有人举报陈米海经济上有严重问题，接着是陈米海的女儿失踪，这两件事情接连发生，引起不少猜测与议论。现在好了，这围墙一倒，砸死了学生，人命关天的事，谁也压不住，闹将起来那可是不得了。他最担心的，就是校舍的建筑质量，当年他把这一摊全交给陈米海，看来是他的严重失策。弄不好，他要栽在这个人手里。

陈米海也许真完了，他女儿的失踪绝不那么简单，这背后究竟有什么原因，什么秘密，他吃不准。他现在所能感觉到的，就是市委书记的恼怒，还有市府机关里迅速扩大的流言。有多少想看他笑话的人都在议论纷纷，蠢蠢欲动。所以，他必须马上采取行动——至少在场面上，撇清与陈米海的关系。或许，借助围墙倒塌事件，给陈米海一个严厉处置，让他迅速下台，迅速从公众视野消失，那样，他就安全了。

严杰进来后，没惊动刘建东，悄无声息的，一直恭恭敬敬站在他边上，等着他发话。这也是严杰深受刘建东喜爱与信任的地方，他虽年轻，但话不多，稳重安静，做事情能恰到好处。大概他从小生活在单亲家庭，经历过太多的不易，不知不觉中学会了看人眼色行事，让刘建东觉得他贴心好用。

刘建东又闭目思索了几分钟，这才慢慢把眼睛睁开，他不是要在严杰面前摆架子，虽然他这个人气场很大，一般人都怕他，但对严杰却相反，他有意无意地在亲近这个年轻人，比较个人化的行为举止也并不避讳，所以就自然放松得很。只是这个年轻人对他依然十分恭敬,或者说,他始终恪守着自己小秘书的职分,一点也没因为受到副市长的器重而变得轻狂起来。

刘建东没提学校围墙倒塌的事,而是先让严杰汇报陈小安失踪案的情况,这是他交代严杰专程去公安部门了解的。严杰说公安方面仍没多大进展,这事太过突然,也太不可思议,几乎无法确定案发现场,陈小安又是个循规蹈矩的好学生,跟社会上的人素无往来,公安找不到任何犯罪分子的线索。联想到不久前陈家玻璃窗和陈米海本人遭受袭击事件,公安把视线转到陈米海身上,会不会陈小安的失踪是冲着她父亲来的? 陈米海为官多年,自然树敌不少,找他打击报复也不是没有可能,这需要把与陈米海有过纠葛的人都梳理出来。

刘建东有种不祥之感。很明显,公安也把陈小安的失踪看成是打击报复案,他们已经察觉到了陈米海贪污受贿的一些线索。那么,公安方面是不是也在注意他? 或者说,他们顺藤摸瓜的话,有一天会不会就摸到了自己身上?

刘建东一边听一边点头,把内心的波澜隐藏得严丝合缝,他是从"文化大革命"一路过来的,这点政治素质还是有的,天大的事也是面不改色,还可能更显轻松——历次运动,他们都不知不觉学会了伪装,学会了反侦查手段,虽然今天在这个年轻人面前他用不着多装。

当务之急是处理死人的事,刘建东吩咐严杰马上去一趟事故现场,代表他慰问遇难学生亲属,据说他们正在那儿闹事,要求见市领导。市领导哪有这么好见的,他当然不能直接出面,但也不能完全置之不理,激化矛盾。

刘建东说:"这事本来让教育局和学校去处理就完了,可我总是不放心,你代表我去一趟,缓解一下受害人亲属的情绪。只要情绪不对立,事情就好办。"刘建东停了一停,又说:"你关照陈书记、白校长,最重要的,是尽快妥善处理此事,不要扩大化。赔钱要主动,如果钱能解决问题,那就不是最坏的事情。"

　　严杰听完刘建东吩咐,却没马上出去办事,他提醒刘建东该吃药了。这也是他这个贴身秘书的职责之一,是刘建东专门交代他的。刘建东患有心脏病,每天都得按时吃药。严杰倒了杯白开水,帮刘建东从公文包里把药拿出来,那两颗小小的药丸经过他的手,传递到刘建东的手上,刘建东满意地一笑,似乎很享受这个特别亲密的时刻。他没话找话地跟严杰闲聊几句,要等到严杰再次提醒,让他把药吃了,他才有点恋恋不舍地将药丸放进嘴里,接过严杰递来的茶杯,喝口水把药丸吞下去。

　　刘建东哪会想到,其实严杰心里不耐烦得很,在他看来,这个在场面上威严肃穆的副市长,不过是贪生怕死之辈,把那两颗药丸看得像命一样。他自己害怕错过了吃药时间,在严杰来他身边工作以后,总是翻来覆去叮嘱严杰别忘了提醒他吃药,后来干脆把这事儿交给严杰来管理,他半真半假地跟严杰打趣说:"小严啊,我可是把我的老命交给你喽!"

　　严杰装出感激涕零的样子接受了这个无比光荣的差事,他实在是个严谨的年轻人,在以后的日子里,他恪尽职守,无论刘建东有多忙碌,他都按时提醒他吃药,有一次刘建东在主席台上就座,他代替服务员去倒水,把药丸放到刘建东面前。刘建东愣了一愣,朝他心领神会地一笑,却把药丸收起来。会后,刘建东跟他说,他可不能在主席台上当着开会的那么多人吃药,否则,第二天在本市的官场上,就会传出副市长刘建东病重的消息。

　　"有多少人巴不得我心脏病发作,你知道吗?"刘建东这样问严杰,让严杰不知如何回答。

　　看着严杰摇头,刘建东笑笑说:"你觉得不会?小伙子你太幼稚了,要是我死了,那不就多出个位子了?他们何乐而不为?"

　　仔细想来,刘建东这话已超出副市长与秘书之间交流的范围,有一份私人的亲近。严杰当时就意识到了,但他没接刘建东的话茬,反而装出不懂的样子,说:"我还是觉得不会发生这种事,刘副市长您多心了。不过,我以后一定注意,不在公众场合给您递药。"

严杰做得很尽职,刘建东对他越来越放心,甚至在生活上有点依赖他了。其实这也没什么,贴身秘书,就是要贴身使用的。刘建东自嘲地对自己说。

这一次,刘建东又要贴身使用严杰,叫他去学校替自己处理这桩棘手的事,他不出面也好,免得把自己与陈米海绑得太紧。他还有一个用意,就是让严杰顺便了解一下学校里的动态。那里是他和陈米海的根据地,现如今却是风暴即将来临的地方。他有预感,虽然他身边的这个小伙子对他的事情一无所知,但他会帮到他,因为他是叶美丽的儿子,而叶美丽这几十年都住在这所学校里,任何的风吹草动都瞒不过她。

想到叶美丽,刘建东在心里叹息一声。是的,他与叶美丽的关系非常复杂,真是太复杂了。她是他生命中的灾星,也是他的救赎。他应该远离她,但他又必须接近她,二十五年间,他就纠缠在这样的矛盾中不能自拔。

刘建东看着严杰离开,心头有一种奇怪的感觉,他苦心保存的一些秘密也许到了该点破的时候。他有点害怕,又不无期待和兴奋,这个感觉是如此混杂而强烈,使他脆弱的心脏突然紧缩了两下,一阵绞痛袭来。他本能地打开公文包把药瓶掏出来,但他在抓到药丸时克制住了,他想起刚刚吃过药。

刘建东咳了几声,觉得气闷,他解开领子上的纽扣,让自己舒出口气,呼吸畅快多了。除了心脏有毛病,刘建东的呼吸系统也比较脆弱,气温季节一变化,或者情绪一紧张都会犯。喉咙发痒,呼吸困难,咳嗽不止。刘建东认为是气管受了损伤,当年在那个榨菜厂的大礼堂,被严英才掐住脖子压在地上,他以为自己要死了,严英才却突然放开他,自己把头撞在地上。那以后,他的喉咙经常灼痛,有时会咳出血来。但等他从榨菜厂学习班的隔离审查中放出来,去医院检查,医生并没发现他的气管有什么破损。以后差不多每年他都要犯几次，像一个哮喘病人，医生也说不清是生理性的还是心理性的，给他开各种药，都不见效。

这是个隐疾，是个记号，与他的过去保持某种神秘的关联。每次他在近乎窒息的痛苦中与严英才不期而遇，他都要对他说声对不起。他是真心感谢严英才的，这个前侦察兵没有杀他，反而自杀了，这等于救了他。

而且严英才的死法过于激烈，一经传扬出去，全县轰动，他的形象带上了一丝悲壮的色彩，反过来却衬托出审查组的无能。这使审查组异常恼火，立马把严英才的死定性为反革命行为，是自绝于人民。审查组在榨菜厂召开批判大会，声势浩大地将死去的严英才又批斗了一通，还让刘建东上台揭发严英才的罪行。本来刘建东是严英才的黑后台，这场批判会一开，情况倒了过来，罪该万死的严英才变成了"四人帮"在学校里的总代表，甚至全县教育战线的黑账都算到了他头上。

死人是不会开口的。这是审查组那个工人师傅常说的话。刘建东很快尝到了这句话带来的好处。严英才死了，揭发刘建东的材料也到此为止。审查组找不到新鲜证据，慢慢地对刘建东失去了兴趣。

这期间发生了件再次改变刘建东命运的事。以前与刘建东一起关过牛棚的一位老领导平反后升任县委书记。这位县委书记一上台，就来榨菜厂学习班视察"揭批查"运动，在隔离审查人员里发现了刘建东。县委书记了解了刘建东的情况后，公开指示，刘建东不是"四人帮"的"三种人"，相反，他是反"四人帮"的好同志。原来，在牛棚劳动期间，刘建东与县委书记交往很深，两人几乎无话不谈，私下说过许多"四人帮"的坏话。县委书记有低血糖毛病，刘建东在生活上细心照顾，不让县委书记干重活。一次，县委书记晕倒在水田里，是刘建东把他给背回来，要不，县委书记早没命了。

这些都成了刘建东与"四人帮"作斗争的事迹，审查组当场在榨菜厂召开大会，请刘建东上台宣讲。会后，刘建东破天荒地以一个英雄的姿态，而不是猥琐的犯人,从令人谈虎色变的榨菜厂出来,形象光辉,并且风光无限。

又是一个匪夷所思的巧合,刘建东出来,丁文浩校长却进去了。他也是跟的人出了问题。他的一个老上级随着"揭批查"运动的深入被挖出来,牵连到他,使他成了"三种人",以往算在严英才身上的账改头换面都归到他头上,他跟"兄弟帮"成员赵军的亲戚关系又被提出来,利用"兄弟帮"篡党夺权成了铁案。虽然"揭批查"运动结束后,丁文浩并没被判刑,但他的"三种人"身份写入档案,伴随他一生,那意思就是"永不录用",他的政治生涯在那一刻被判了死刑。

刘建东出来后先暂时抽调到教育局搞"揭批查"运动,真是三十年河东三十年河西,同一场运动里,从被整的到整人的,他是唯一的一个。丁文浩的案子就是在他手里定的案。运动结束后,刘建东向他的县委书记老领导提出,他还是回中学工作,于是官复原职,继续做他的学校党支部书记,同时兼任了校长,权力反而比以前要大许多。

这一次他顺风顺水,赶上改革开放的大好时机,前途越来越光明。虽然奸污叶美丽是个污点,但只要不是强奸,就是生活作风问题,只能说小节有亏,再加上当事人严英才已死,没人出来闹,这事也就很快淡化了,始终没影响到刘建东的仕途。他从心底里感谢严英才,他死得真是时候。

这份感激在刘建东碰到叶美丽的时候,又悄悄化作了愧疚。不管怎么说,他是亏欠叶美丽的。那一两年,叶美丽的处境糟透了,严英才被定性为反革命,叶美丽就是反革命家属,本来她是要被扫地出门,赶出学校宿舍的。校工宣队已经派人上门,却看到叶美丽刚刚生产,孩子因为缺少奶水而啼哭不止,孤儿寡母的实在可怜,也无处可去,工宣队于是收回成命,让叶美丽母子留在了学校里。叶美丽人缘不错,大部分老师都同情她,常常替她在工宣队面前说好话。工宣队几个大老粗男人,也看她可怜,有心帮她,等她产假满了之后,安排她当了一名代课老师。

刘建东回学校执掌大权，开头怕别人议论，校园里遇见叶美丽都绕着走。没想到有一天夜里，叶美丽突然来找他，这使刘建东非常紧张，还好，那天夜里他妻子不在，他请叶美丽坐下，匆匆关上门，想想不对，又给门开了条缝，那架势是告诉万一闯进来的人，他与叶美丽之间没什么秘密，是正大光明的。

叶美丽对他这种此地无银三百两的做法顾不上有什么反应，她好像也很紧张，上来就直截了当请他帮忙，把今年新增的民办老师名额给她。刘建东不知如何回答，此前他脑海里根本就没她这个名字，何况竞争这么激烈，几个有各种关系的代课老师都摆不平，怎会轮得到她？

见刘建东迟疑不决，叶美丽又说话了，她抬着脸，并不看他，目光射向高处，有一种凛然和决绝。她说："刘书记，这件事你帮也要帮，不帮也要帮。"

刘建东一怔，问："为什么？"

叶美丽说："你欠我的我就不说了，我要说的是，你欠严英才的太多了。"叶美丽顿了一顿，突然把射向高处的目光转向他，直视着他说："严英才死得这么惨这么冤，你为他做点事不应该吗？"

刘建东心慌意乱，想说你的事扯严英才干什么，都过去了，不要拿这个来威胁我。

不等刘建东说出口，叶美丽站起来，转身就走。门后面留下一股风，风里有淡淡的奶香味，特别好闻。刘建东没敢追出去，而是赶紧关上门，一屁股坐在椅子上。心怦怦跳起来，呼吸也急促了。天哪！她直视他的眼睛这么黑，这么亮，像一口深不见底的井。刘建东无力地呻吟了一声，不知道自己是陷在恐惧抑或期待里。有一个感觉是清晰的，像水一样漫上来，把他淹没——他与叶美丽，包括严英才，他们三人的故事还没完。

民办老师在当时是个正式工作，竞争激烈，每个人都有点来头，或者有各种各样的理由，要摆平并不容易。刘建东想帮叶美丽，又不能帮得太明显，事情做起来相当有难度。还好，叶美丽人缘和业务水平都不错，刘建东借着群众民主评议的形式，做了点小手脚，把叶美丽弄到了第二名。可名额只有一个，叶美丽还是没希望，因为那个第一名是上面打过招呼的，刘建东没胆量去碰。

刘建东准备放弃了。他对自己说，他已经尽过力。叶美丽要是怨他也没办法。但命运有时还真是无法抗拒，它注定要让刘建东与叶美丽之间发生点什么。就在民办老师人选将要确定之时，那个排在第一名的老师突然退出，原来，她丈夫复员回原籍，她随丈夫过去，那边帮她解决工作问题，特别照顾她，安排在机关事业单位。刘建东立马把叶美丽的名单报上去，又到教育局悄悄活动了几下，很快帮叶美丽办妥一切。

刘建东拿到叶美丽民办老师的批文，心里百感交集，实在说不出是什么滋味，只觉得他与叶美丽真是有缘，要不，叶美丽盼了这么多年，也曾求过他，因此跟他发生关系，并导致严英才自杀身亡的这件事情，怎么兜来兜去兜了几个圈，最后又回到他这儿，还是由他亲手帮她来解决呢？

一想到这里，刘建东的心就麻酥酥的，他忍不住想起了那个遥远的下午，阳光真好，他推开严英才的房门，看见叶美丽背对着他洗头发。叶美丽把他当作了严英才，叫他提着热水壶为她冲洗。他看见了叶美丽白皙的耳根，还有耳根边上金色的绒毛。他的血液哗地涌上头来，眼前的金色绒毛变成了一群蜜蜂，在他的脑袋里嗡嗡飞舞。

当天夜里，刘建东出现在叶美丽房间，这间房子跟几年前一样，一点都没变，甚至保留了严英才留下的一切痕迹，他的照片、书籍、奖状等等，夫妻的合影摆在最醒目的位置，似乎严英才从没离开过，就一直生活在这儿。

这样的环境使刘建东略略有点不适，他讪笑着打量了一眼严英才的照片，说："没想到叶老师你是个怀旧的人。"

叶美丽回了他一句："是吗？我就想让自己心安一点。"

什么意思？难道让严英才阴魂不散那才心安吗？刘建东很不以为然，但他没说出口，马上转开话题，说到民办老师的事儿："叶老师，我要祝贺你，你的理想终于实现了。"

　　叶美丽确实很惊喜，那是从心里发出的："真的？我通过了？"

　　"通过了，你的工作落实了。以后再也不是临时的了。"

　　叶美丽的眼里闪过一道泪花，但她马上克制住了，点点头，竟然没说一句谢谢，却是一声叹息："哦，总算熬出头了！"

　　"这一次真的不容易……"刘建东斟酌着字眼，一时不知该说什么。

　　躺在床上的婴孩突然哭了，叶美丽过去抱起他，哄他，婴孩哭得更响，他是饿了。叶美丽解开扣子，熟练地掀开衣襟，袒露出鼓胀胀的乳房给婴孩喂奶。

　　刘建东被叶美丽胸前的白光晃了一下，有一些熟悉的感觉回到他的记忆里。他定了定神，叶美丽却侧过身去，给他一个看上去非常陌生的背影。

　　房间里弥漫出一股奶香，使空气显得暧昧起来。刘建东忽然充满了说话的欲望。他说："我太高兴了，这件事拖了好久，一波三折，可真是好事多磨。有多少人打破脑袋都得不到，你的运气多好！当然，这几年你不容易，你辛苦了。你是个坚强的人……"

　　灯光照在叶美丽的侧脸上，她的耳根和脖子看得清清楚楚，还像以前那样白皙，耳根边有金色的绒毛。她生了孩子仍然这么漂亮，甚至更有风韵，像一只熟透了的水蜜桃。刘建东把身子靠过去，一只手也伸过去，揽住了叶美丽的肩膀，道："叶老师，你有什么需要只管来找我，我一定帮忙。"

　　叶美丽的身子僵了一下，低头喂奶。

　　刘建东又凑近了点，目光越过叶美丽的肩膀，去触碰那块饱满的胸脯："过去的都过去了，你还年轻，以后的路长着呢，你说是不是？"

　　"哇——"一声，叶美丽手里抱着的婴孩突然哭了，哭得毫无预兆，歇斯底里。刘建东给吓了一下。叶美丽手忙脚乱地哄着孩子："对不起,这孩子……"

"没事,你听我说,叶老师,你还年轻,要振作起来,现在你的工作问题也解决了,生活还是美好的。"刘建东的手按在了叶美丽的腰上,身子往叶美丽胸前俯过去。但突然,那婴孩又哭了,哭得声嘶力竭,小脸涨得绯红,把吃进去的奶也都吐了出来。

叶美丽气恼地说:"这孩子就会哭闹,见不得生人!"

叶美丽这话是说孩子呢,还是说他? 刘建东很尴尬,他擦了擦婴孩吐到他衣襟上的奶渍,站起来告辞。

真是很奇怪,以后刘建东每次去,这婴孩看见他就哭闹,而且都是声嘶力竭像抽风一样,模样可怕。叶美丽轻描淡写地说:"这孩子跟你有仇呢!"

刘建东听了暗惊。那个像水一样漫上来的感觉又出现在他的记忆里——他与叶美丽,包括严英才,他们三人的故事还没完。现在又加进了这孩子。

也许,这个孩子是他们这个故事的宿命?

严杰赶到学校,遇害学生的亲属早走了,事故现场剩下陈米海和白校长两个人,对着断墙边的一大堆破砖头发呆,脸色都很难看。严杰故意装出轻松的样子,问他们:"都解决了?"

白校长说:"解决个屁! 人家要告我们,说这是豆腐渣工程致死人命,要追查法律责任。"

严杰踢了断墙一脚:"也真是的,当初的工程队资质有问题吗?"

白校长说:"这得问陈书记,那会儿他是校长,基建都是他亲手抓的。"

陈米海一言不发,瞪了白校长一眼,扭头就走。

严杰忙叫住他:"哎,等等,陈书记,有话好说。"

"我还有什么好说的?"陈米海气冲冲地说,"倒霉的事都冲我来好了,我女儿失踪了,生死不明,现在又出了这样的灾祸,都是我的责任,行了吧?"

陈米海的眼圈红了。几天不见,严杰发现陈米海一下子苍老了,头发白了不少,其实人是经不起几次折腾的,这会儿的陈米海,实在算得上内忧外患。

严杰说:"陈书记先别急,刘副市长很关心你的,他让我过来,本是要代表他安抚一下受害人亲属,没想到他们走了。没关系,需要做什么工作,你尽管吩咐。"

陈米海听严杰这么说,态度缓和了一点,说:"谢谢刘副市长关心,小严你回去告诉他,这事我会解决的,请他放心。"

严杰说:"刘副市长的意思,要尽快处理,不要留后遗症,赔多少钱是小事,教育改革这面大旗不能倒。"

陈米海想了想,凝重点头,说:"我明白。"

白校长说:"干吗站这儿说话,走,到我办公室去。"

三人于是到校长室里去商议,很快有了具体方案。由白校长出面找遇害学生亲属商谈赔偿事宜,陈米海负责找施工队要钱,如果进展顺利,施工队的钱直接给到遇害学生亲属,这事就到此为止了。

谈完事情,严杰从校长室出来,没回市政府,在校园拐了几个弯,神不知鬼不觉地现身在图书馆。正是上课时间,图书馆里没一个人,空荡荡静悄悄的,一排排的书架切割着空间,形成层层叠叠的迷宫,无端生出一些诡异的味道。

图书管理员老丁一个人坐在角落里整理图书,这是他的日常工作,给旧书修补破损页面,给新书分类编写卡片,诸如此类,长年累月几乎一成不变。他的老花镜挂在鼻尖上,做得专注、熟练而懒散,不发出一丁点儿声响。如果你是冷不丁看到他,你可能会吓一跳,如同见到鬼魅一般——他在这个幽静空间的存在,就如同一个影子,真实的,又是恍惚的。

严杰跟老丁谈过他的这种感受,老丁当时笑了,示意严杰观察他坐的那张桌子。桌子是杉木做的,十分巨大,窗户那边射进来的阳光投在老丁身上,在桌子上形成一个变形的黑影。这个黑影随着时间的消逝,慢慢地从短到长,直至占满整张桌子。"你说的没错,我不过是个影子,有光的地方就有我。"老丁说。

老丁读过好多书,他是严杰见过的最有哲学修养的人,比他的大学老师强多了。这么多年他自甘寂寞,自有他的原因。严杰当初在这所学校读高中,爱泡图书馆,从而结识了老丁,对他的身世颇为好奇。两人慢慢成了忘年交,这之后,严杰才知道老丁就是这所学校的老校长丁文浩。

从老丁口中,严杰听到过"文化大革命"的好多故事,包括"揭批查"运动触目惊心的传闻。严杰就在那时听到有关严英才的故事,在老丁的描述里,严英才这个前侦察兵具有《奇袭白虎团》里英雄排长严伟才的光辉形象,他的爱情也可歌可泣,结局却是凄惨壮烈。严杰听了好多遍,听得严英才在他脑海里活起来,成了他高中时代唯一的偶像。

他始终都不知道老丁所讲的严英才就是他父亲。老丁故意没提严英才的名字,他称呼他为"年轻的侦察兵老师";同样,严杰也不知道这个年轻的侦察兵老师可歌可泣的爱情故事里那位女主角,就是自己的母亲。

高中三年,严杰的课余时间大部分在图书馆度过。除了读书与交谈,严杰也帮老丁整理图书,抄写卡片,有时还帮老丁借书还书,他不知不觉成为图书馆的义工。这中间,图书馆新馆落成,严杰帮老丁一起搬运图书,常常把礼拜天都搭进去。有天中午,天气特别炎热,老丁回家午休,留下严杰一个人在已经搬空了的图书馆清理一箱杂物,老丁说都是"文化大革命"抄家抄来的东西,大概主人死了,或者发生什么变故,这些东西无人认领,一直堆放在图书馆的角落里。

严杰一份份打开来看,读到了那一时期各种各样的整人材料,有日记、信件、揭发书、检讨书、判决书等等,甚至还有大字报。当时,他根本就不知道,这些都是老丁精心为他准备的饵食,只等他吞下去,他就上钩了。

　　就这样,在这个静悄悄的同时孕育着万钧雷霆的中午,严杰读到了几份有关严英才的材料,有严英才自己的申诉,有审查组审讯刘建东的笔录,还有公安局出示的严英才自杀现场的报告。严杰读了几行就恍然明白了,这个案子里的男女主角严英才、叶美丽正是他父母,而他们的故事,早就经由老丁的口在他耳边讲述过无数次。

　　严杰的震惊可想而知。尤其是看到刘建东的审讯笔录,他交代了自己与叶美丽发生关系的全过程。显而易见,刘建东是利用叶美丽想当民办老师的迫切愿望,达到他奸污叶美丽的目的。当然,从事情的经过看,刘建东确实没有犯罪的故意,这是个偶发事件,正像刘建东为自己开脱的两个理由说的:第一,谁叫叶美丽自己把他当成她老公严英才,叫他提着热水壶为她冲洗头发呢? 是她先主动给他提供了机会。第二个理由也一样,刘建东觉得自己更委屈,他抱怨说,谁让叶美丽长这么漂亮? 只要是男人,见了她都克制不住的。要知道那天中午的环境,太阳照得房间暖洋洋的,叶美丽弯腰弓背,丰臀细腰,曲线毕露,湿透的长发如瀑布垂挂,散发出沐浴中的清香,令人浮想联翩。此情此景,要想不犯罪都不行啊!

　　刘建东的辩解在当时引得审查组的人哈哈大笑,他们认为这家伙真是个孬种,但也对他可怜巴巴的委屈样不无同情。他们原谅了他的软弱,一致承认只要是个男人,是很难抵挡叶美丽这样漂亮的女人在那种环境下所诱发的勾魂摄魄的魅力。反过来说,他们觉得叶美丽也应当承担部分责任,虽然她可能是无意的。用审查组里那个工人师傅的话总结说,苍蝇不叮无缝的蛋。所以,最后对这件奸情的定性,不是强奸案,依据的就是这个逻辑。

　　但严杰当时看到这份笔录却出奇愤怒,他气得浑身颤抖,拿拳头失控地砸向墙壁,嘴里发出要杀人那样的吼叫:"无耻! 你们这些混蛋! 你们无耻无耻!"严杰所骂的混蛋里,除了刘建东,也包括审查组的人。他们极其下流又卑鄙地伤害了一个弱女人,而这个女人是他母亲。

尤其是刘建东,严杰当时连杀他的心都有了。俗话说,朋友妻不可欺。这个刘建东不光乘人之危,在叶美丽最需要帮助的时候,用手中的权力逼她就范,而且整个过程刘建东采用了暴力手段,审讯材料里记录说,刘建东把叶美丽压在床上,叶美丽叫起来,她说:"你弄疼我了。"但刘建东不管不顾,他反而更用力地扑上去,叶美丽挣扎着,又叫道:"你弄疼我了!"刘建东只用他的动作来回答叶美丽。叶美丽停止了挣扎,她像是突然意识到自己已是一座失陷的城池,一下子软下来,放弃了无望的抵抗,任由刘建东在她身上胡作非为。

严杰疯狂地拿拳头砸着墙壁,直到砸出血来,他的心也在流血。原来他的父母有着这样惨烈的经历,原来他的身上背负着这样沉重的血海深仇,而他一无所知地活到了十八岁。他的世界在这个阳光灿烂的午后塌陷了,随后,他哭了。他哭得撕心裂肺,哭得眼前的满屋阳光都成了黑暗。

他就在那片深不见底的黑暗里,发了一个毒誓,如果这辈子他不为死去的父亲和受辱的母亲报此血仇,他不是人,是畜生! 发过这个毒誓,他的心情很快平复了,他也是在这一刻发现自己是个异常冷静理智的人,他是有潜力的,可以干大事。他顿时有豁然开朗的感觉。

老丁回来上班,严杰这里已一切恢复正常,以至于老谋深算的老丁也颇感意外,露出探究的目光。直到他看到严杰手上的血痕,他的眼睛里蓦然闪过一道亮光。那亮光泄露了老丁苦心经营的计划和他在这个计划里扮演的角色。

严杰仍然装出什么也没发生,更没问老丁这堆东西是怎么来的,为何故意留给他清理。他把整理好的材料交给老丁,跟他一道装箱搬到图书馆新馆。他们心照不宣地把这箱东西藏在角落,没做任何卡片,仿佛图书馆里根本不存在这些过往岁月的痕迹。

以后的日子,严杰还是有空就去泡图书馆,他与老丁之间的忘年交有了进一步发展,他们在一起常常谈论时政,哲学让位给了政治学。老丁对此有精彩的总结,也是他的人生教训。他说,政治学在中国就是人学。在老丁的潜移默化下,严杰对从政之道产生了浓厚兴趣。高考志愿选择的人大政治系,就是老丁的主意。大学毕业严杰回到家乡,顺利进入市府办,也是老丁多年所期望的结果。

严杰还是像当年那样,有空就到图书馆坐坐,看看书,与老丁聊聊天,他们很少再谈起刘建东,即使在严杰当了刘建东的秘书之后,刘建东的名字也没在他们的嘴边出现,仿佛那是个暗礁,他们都远远绕开了。包括严英才,他也退出了历史记忆,只剩下叶美丽,在他们的现实生活中偶尔提起。

只是到了最近一段时间,眼看自己快退休了,老丁才比较多地与严杰谈起学校的事,主要是陈米海当政期间为建造新校舍收受贿赂的传闻,陈米海自然不是老丁关注的目标,他们两人都心照不宣,陈米海是刘建东一手提拔的亲信,如果在基建时陈米海大捞了一票,那刘建东绝对有份——因为新校舍建筑单位的承包、材料供应、装修等等,出面的是陈米海,最后都由刘建东拍的板。

今天,严杰一见到老丁,先告诉他陈米海要去见施工队头头谈遇害学生的赔偿。他说陈米海看上去蛮有把握,"如果他们不把钱拿出来,那就叫他们老板进班房。"陈米海这样斩钉截铁地说。

老丁意味深长地摇摇头,笑了。

"你觉得他做不出来?"严杰问,"他可不是什么良善之辈。"

老丁说:"你知道施工队老板是谁吗?"

"谁?"

老丁叠起两只指头,神秘兮兮地凑近严杰:"他叫王顺,绰号'鼓上蚤',陈米海高中同班同学。"

严杰不解:"同班同学,那又怎么啦?"

老丁叹息一声:"他们之间的恩怨,一言难尽啊!"

严杰忽然想起来:"我差点忘了,你是他们的老师,老校长,他们的恩怨你最清楚了。"

"那时学生也分两派,他们班里有个'兄弟帮',王顺是'兄弟帮'的人,先是一场运动,把陈米海弄下去了,后来又来了另一场运动,陈米海得势,又把'兄弟帮'弄下去了。王顺毕业的时候,是背着处分的,档案上写着'参与"反革命小团伙",严重警告'。当初那样的环境,等于绝了王顺的前途,他连大学都不敢考,知道政审过不了关。他们那个'兄弟帮'的头目齐国耀成绩不错,考了两次大学,政审都不给过。所以王顺索性放弃了,另找出路。"老丁对王顺的经历了如指掌,说他吃过好多苦,从建筑工地搬砖头开始,慢慢做到小包工头,但他的施工队也是饥一顿饱一顿,活得艰难。后来跟陈米海拉上关系,化敌为友,才算站稳脚跟,这几年已是本市屈指可数的大建筑公司了。

"这么说,他是从搞到学校的基建开始发财的?"严杰问。

"那当然。"老丁说,"要是没有陈米海给他的这笔生意,他那个小施工队早已消失得无影无踪了。"

"陈米海是他的救命恩人。难怪啊,他说话这么横,不怕施工队不拿出钱来赔偿。"严杰沉思着,"不过,王顺接了这么大一个项目,却弄成豆腐渣工程,看来也不是什么好东西。"

"应该说,是两个项目。教学楼是第一个项目,实验楼、多功能厅、围墙等等是第二个项目。王顺从第一个项目赚到钱,有了实力,后来又做了第二个项目,还有教育局下面的好多工程,人家说他是教育局的御用建筑公司。"

老丁解释说。

严杰说："不管第一个项目还是第二个项目，他赚了钱还偷工减料，他这分明是坑陈米海。"

老丁诡秘地笑笑："嘿嘿，谁坑谁还不一定呢！"

严杰马上感觉到了，追问老丁："这里面难道还有什么秘密？"

老丁的笑容更诡秘了："混到他们这份儿上，要是没一点见不得人的秘密，那岂不白混了？"

老丁转身从抽屉里拿出一瓶竹叶青酒，举起来晃了晃："来一杯？"

严杰摇摇头，看着老丁的眼睛："告诉我，你还知道什么？"

老丁仍没正面回答，嘴里嘟嘟囔囔的，在抽屉里找开酒器："妈的，在哪儿呢？我得把酒开了。"却没找着，老丁不耐烦了，把酒瓶盖子塞到牙缝里，用力一咬，酒瓶盖子咬了下来。老丁大乐："哈，我的牙齿！看不出吧？牙口好，身体就好！"

老丁倒了两杯酒，给严杰一杯："好酒啊，我最喜欢这酒的颜色，绿莹莹的。"

"竹叶青，是药酒吧？我记得气味特别难闻。"严杰不知道老丁究竟要说什么，跟着附和他。

老丁当然是借题发挥，也难得吐露一下几十年积郁的心情："每次看到这酒的颜色，我就想起一种小动物，也是绿莹莹的，悄无声息地藏身在竹林深处，冷不丁咬你一口，那是致命的。"

"你说的是蛇，竹叶青蛇！"

"竹叶青蛇，竹叶青酒！哈哈，它们是不是同一种东西呢？多美妙多迷人啊，我喜欢。来，干了。"

老丁与严杰碰杯，严杰学老丁的样子一口喝干，立刻，喉咙火辣辣的，身上的血液也像被点燃了——因为老丁说出了那个秘密："王顺喜欢跟人喝酒,一喝就醉。我用竹叶青撬开了他的嘴巴,他给陈米海搞的是豆腐渣工程这不假,可你知道是什么原因吗?"

严杰一愣:"除了他自己捞钱还能有什么?"

"不是他捞钱,是别人要捞钱。给他的工程款有相当一笔巨款实际上是给别人的。"

严杰大吃一惊,这真是万万想不到的事:"陈米海? 他也太黑了!"

"所以到王顺手上的工程款根本就不够造房子,他不弄点豆腐渣工程还能弄什么?"

"真是丧心病狂啊! 这次陈米海是跑不掉了,难怪刘建东态度暧昧,不肯帮陈米海的忙,他怕自己牵进去。"

"我怀疑,陈米海不会单独一个人干的,他背后有人,这个人就是刘建东。"

严杰一凛:"你肯定?"

"我肯定!"老丁又喝了一大杯竹叶青,整个人突然亢奋起来,眼睛里的毛细血管都充血了,红得像兔子眼睛。孕育了这么多年,一场风暴终于要来临,老丁知道,这是场摧毁一切的风暴,他操控有序,置身在风暴眼中,却看到了风暴席卷的情景,这种快意,不是亲身经历是很难体会的。

严杰点点头:"好吧,我知道了。刘建东那儿,你让我说什么?"

老丁说:"你就如实汇报吧。陈米海要王顺出面赔偿,摆平遇害学生亲属,刘建东听了会满意的。"

"可你清楚得很,实际上陈米海已经摆不平王顺了,对吧?"严杰边说边转身出去,穿过图书馆阴暗的走廊,"姜到底是老的辣,这么多陈米海的举报信,大部分是老丁你弄的吧?"

老丁坐在远处的椅子上,不置可否,说:"陈米海倒台了,就轮到刘建东这只老狐狸了,扳倒他可不容易啊!"

严杰朝老丁挥挥手，打开走廊的门："但愿如此吧。"

外面一片透亮，阳光刺目，严杰走出去，突然像瞎掉一样，什么都看不见了。黑暗中，他听见老丁在走廊那头大声说："小严，回去告诉你妈，她和你爸严英才就快等到这一天了。"

严杰第一次从老丁嘴里听见这样直截了当的话，之前他们有关他身世和恩怨的对话都是含糊的，暧昧的，隐藏的。今天就好像一下子曝光在光天化日之下，使他悚然一惊。

回头去看走廊深处，除了一团模糊的暗影，似乎什么都不存在。

陈米海急疯了，他怎么也找不到王顺。到他公司，公司冷清清的，没几个人，一副散伙的样子。陈米海问："你们干吗？"

秘书说："没干吗，我们挺好的。"

"王总呢？没躲起来吧？"

秘书说："王总在啊，他有事回家了。"

陈米海找到王顺家，王顺老婆说："陈书记你来得不巧，王顺讨债去了，有多少单位欠他钱，不讨点回来，公司怎么活，你当建筑公司是慈善单位，免费给人盖房子啊？"王顺老婆的话好像是指着陈米海说的，也好像是他陈米海欠了他们公司的钱。

陈米海意识到王顺出事了，他早就有一种不祥的预感，王顺是颗定时炸弹，他不能确定在什么时间，这颗炸弹突然爆炸了。所以他对王顺一直很小心，甚至有点倒过来巴结，但王顺这王八蛋看来是表面一套，背后一套，现在想起来，他都有理由怀疑，那些有关他经济问题的举报信，可能就是王顺干的，只有他最了解内幕。这家伙要干什么？他自己企业不好，别人欠他的拿不回来，他欠银行的必须还，他砸锅卖铁的也撑不下去，就要倒闭了，难道想拉他一块儿倒霉，跟他同归于尽，死了也找个垫背的？

陈米海倒吸了一口冷气。这不是不可能，以他对王顺的了解，这个唯利是图的卑鄙小人是什么缺德事都干得出来的。想当年，王顺在齐国耀的"兄弟帮"里就是"鼓上蚤"的猥琐角色，整日跟在齐国耀屁股后头偷鸡摸狗，连齐国耀都瞧不起他。也是应了癞蛤蟆想吃天鹅肉的老话，这么上不了台面的人居然看上大美人高红梅，削尖脑袋想要入团，还请高红梅做他的入团介绍人，以此找机会跟高红梅亲近。亏他想得出来，高红梅是好惹的吗？她当场就给王顺脸色，说："你这种人入团，等太阳从西边出来吧。"

高红梅的这句话是很伤王顺的，他虽然没恨上高红梅，反而发誓有一天发迹了非把高红梅娶到手不可，但心里面有挫败感，对入团的事再也提不起劲。后来"兄弟帮"被打成"反革命小团伙"，齐国耀被开除出校，王顺和兄弟们都受了处分，一个个灰头土脸迈入社会。

齐国耀憋着一口气，连续两年去报考大学，想改变自己被定罪的身份，但两次政审都没通过。王顺比他现实多了，一看此路不通，他马上学乖了，赶紧找活儿做。从建筑工地搬砖头的小工做起，慢慢变成泥水匠，再变成小包工头。当市场经济兴起时，王顺乘势而上，赚到了第一桶金。他很快发现这个开放而混乱的时代非常适合他，或者说，他迎来了他的大好时光，以前的屈辱对他来说根本算不上什么。与他相比，齐国耀的政治情结太重了，他陷在自己的冤案里难以自拔，眼看上不了大学，他的冤屈更深了，他非要洗刷，讨一个公道回来。

齐国耀为了自己和"兄弟帮"的平反奔走了三年，到过省城和北京，把腿都跑断了。每次都是无功而返，对齐国耀来说，这个冤案是天大的事，它毁了自己和八个兄弟的人生与前程。但摆在省城和北京，这样的案子比芝麻还小，根本就上不了台面。拉帮结派是事实，虽然"反革命小团伙"这顶帽子大了点，处分并不算严重，又没判劳教或坐牢，为首的开除团籍，开除出校，其余的留校察看、严重警告，毕业了不就没事了？到社会上照样找工作。这案子要拿到省城和北京来处理,那别的大案怎么办? 最后,省城和北京都是同一个意见,回当地找相关部门申诉去,他们会解决的。

这个皮球又踢回来。也是冤家路窄,就在齐国耀为平反而奔忙的时候,陈米海中专毕业,因为表现突出而分配到教育局,负责信访工作。齐国耀正好撞在陈米海的枪口上。当时齐国耀就傻掉了,看着陈米海接过自己的申诉材料,半天回不过神来。末了,好不容易挤出一句:"怎么是你? 你在这儿干吗?"

陈米海笑嘻嘻地说:"为什么我不可以在这儿? 这是我的工作。"

齐国耀说:"那好,陈米海,事情你都清楚,你们搞的冤案,你要是还有点天地良心,马上给我平反。"

陈米海仍然笑嘻嘻的,说:"平不平反不是你说了算,我们研究研究。"

齐国耀火了,当即骂出来:"妈的,你们研究来研究去的,都研究几年了,我的平反还有戏吗?"

陈米海端起脸,冷冷地说:"你要我说实话的话,我觉得没戏。这事太鸡毛蒜皮了,你还是忘掉比较好。"

齐国耀咬牙切齿地说:"我忘不掉,我齐国耀有今天,也有你陈米海的一份功劳。"

没错,当年关押审讯齐国耀,陈米海都参与了。开除齐国耀的批判大会,也是陈米海代表团支部主持召开的。在会上,又是陈米海宣读了教育局和团县委的处分决定,这个案子可以说是陈米海参与定的结论,现在要在他手里平反,这不是笑话吗? 所以,陈米海斩钉截铁地回答齐国耀:"这是组织上的决定,你不要搞到私人恩怨上。"

齐国耀哼了一声,说:"我知道,我是撞在你手里了,只要你在这儿,我就没平反的一天。"

齐国耀拔腿就走,到了门口,他站住了,转过身来,看着陈米海,恶狠狠地说:"那我也告诉你,陈米海,就算你硬掐着不给我翻过来,我齐国耀还是不会放弃的。走着瞧吧,我跟你们没完。"

齐国耀说到做到,以后几乎每个星期都要来教育局追问平反情况,每次来都递交申诉材料。陈米海把他的材料放在一个卷宗里,时间长了,竟然有厚厚的一大叠。

当然,齐国耀没那么傻,每次都到陈米海这儿自投罗网,他也找陈米海的上级领导,还找分管的科长甚至局长。其实陈米海真没做什么反面工作,大家都觉得这事有点小题大做。都毕业几年了,还纠缠读书时候的事,平反了又怎么样?你的政治身份变了还是地位不一样了?要知道,当初的处分根本就没造成什么大不了的危害。

齐国耀说:"我的人生给毁了,我两次考上大学,两次政审都不给过,这不是危害吗?"

教育局领导的回答是,政审是恢复高考后在非常时期采取的特殊措施,只进行了两届,后来就取消了。按照当时的政审规定,对齐国耀这样的考生不予通过是正确的,我们不能因为现在不实施这个政策了,就把它定性为错案甚至冤案。再说,你如果真想上大学,为什么不再考一次,要是你连考三次,第三次已经不用政审了,你完全可以上大学。所以,还是你自己的问题。

齐国耀气得差点吐血,他冲动之下,扬言要放火烧了教育局。结果火没烧成,引来了警察,把他带到拘留所去了。但齐国耀就是百折不挠,出来后照样跑教育局,弄得门房见了他就把他拦在大门外,像对待精神病患者一样。

齐国耀这样的闹法,陈米海心里有点怕了,这家伙真是有股狠劲,可惜他把狠劲用错了地方,别人这时候都在拼命赚钱,他呢,还活在自己的名誉里,活在中学时代那个梦想里——或许就因为这个梦想里面有他喜欢的女孩阮霏,他非要向这女孩证明自己,当初他并没有错,从而把失去的一切再追回来。

与齐国耀的死缠烂打不同，"兄弟帮"里的其他人大部分对平反什么的根本就没兴趣，他们都已找到工作，过去的一点不快早过去了，他们要努力的是眼前的现实世界，所以抱着无所谓的态度，如果说他们有支持齐国耀的地方，那就是坐在一起喝酒骂娘，回忆中学的峥嵘岁月，为高红梅与阮霏哪个更漂亮吵得面红耳赤，然后个个喝得烂醉，结果越发把齐国耀的雄心壮志激发出来，到教育局跑得更勤了。

王顺是这些人中的例外，他用行动支持齐国耀，陪齐国耀去过几次教育局，跟陈米海直接打过交道。有一次陈米海下班从单位出来，突然从马路上闪出一个人，拦住他，要请他吃饭。这人就是王顺。他请吃饭也是鬼鬼祟祟的，好像很害怕别人看见他和陈米海在一起。陈米海当然拒绝了，实话说，那时他还看不上这个建筑工地搬砖头的小工。但陈米海没想到王顺也是锲而不舍，他的方式与齐国耀大相径庭，每次来手里都拎着一袋东西，有时是水果，有时是芋头番茄之类的时令蔬菜，见了面先忙不迭地点头递烟，那是正经求他帮忙办事的样子，脸上堆着讨好而谄媚的笑，看上去越发猥琐，也越发可怜巴巴的。

陈米海最终被打动了，一个人求人到了这种地步，把尊严都抛弃了，实在是值得同情的。陈米海就跟王顺吃了顿饭，席间，王顺喝多了，掏出一把皱巴巴的钞票塞给陈米海，这大概是王顺平生第一次行贿，他非常不好意思，涨红了脸，连求陈米海办什么事都没说，只是结结巴巴地重复道："你拿着，拿着，一点心意，真的是一点心意……"

陈米海为了让王顺心安，收了王顺的钱。他在机关里见多了，对送你钱求你办事的人，你要是不收钱，那等于直接就拒绝了他们，一点情分都不讲了；可要是你收了钱，办不成事，人家却不会怪你，觉得你努力了。这就是办公室里的智慧。一个礼拜之后，陈米海对来找他的王顺说："我替你跟领导反映过了，领导不同意，还把我训了一顿，以后再也不许提这件事。实在是齐国耀的影响太差了，谁跟他这种精神病搭界谁倒霉。"

王顺不知道陈米海根本没跟领导说过，他信以为真，因此格外沮丧。离开时他骂了一句："妈的，我就不服，凭什么老子一辈子都是癞蛤蟆！"

陈米海从这句话里明白了王顺原来有自己的打算，他要在高红梅那里讨回一个说法，他是有资格追高红梅的。陈米海深深地同情起王顺来，并且有了同病相怜的感觉。王顺平反了又怎样？高红梅能看上他吗？连他陈米海都不在高红梅的眼目里，王顺的努力岂不是跟齐国耀一样荒唐而滑稽？

这件事到此为止，陈米海与王顺的交往却继续下去，两人算是有了交情。王顺吃准陈米海是个用钱就可以摆平的人，只是他从没把这事告诉齐国耀，齐国耀一点也没察觉他身边的兄弟已经暗暗向势不两立的仇人投怀送抱了。

不过，王顺带给齐国耀的坏消息意外产生了另一个结果。齐国耀见教育局这条路走不通，走投无路中想起了团市委，当年的处分决定有一项开除他的团籍，江涛、王祖贵留团察看，就是团县委发的文。团县委如今变成团市委，那为何不去试试这个团市委？如果他们能撤销原先的处分，不等于也给他和"兄弟帮"平反了吗？

这一回，齐国耀的运气不错，他碰上了一个富有同情心的中年妇女，还碰上了一个刚从学校毕业，充满理想主义，热爱打抱不平的年轻人，这两人对齐国耀的命运深表同情，从一堆被当作垃圾的档案里翻出了当年的处理决定。就几个同学拉帮结伙，想跟女生谈谈恋爱，多发展几名团员，这成了"反革命小团伙"？也太上纲上线了。倘若为了整顿校风，给个批评警告已够严重，何必把人一棍子打死？还是学生呢，都只有十六七岁，以后的人生路怎么走？

两人把意见汇报给领导，领导也很开明，说："我们的政策是惩前毖后，治病救人。他们犯过错误，也都处分过了，不能揪着不放，能改就改过来吧。"

团市委于是发了个文，撤销对齐国耀开除团籍，江涛、王祖贵留团察看的处分，三人即日起恢复团组织生活。齐国耀拿到这红头文件别提有多高兴了，他跑到教育局，示威一样把红头文件举给陈米海看："我平反了，我是受迫害的。陈米海，别以为你能一手遮天，我告诉你人间还是有公正的！"

陈米海无话可说，但又不甘心被齐国耀那副小人得志的模样侮辱，心里一急，便脱口而出，说："你瞎高兴什么？齐国耀，没见你有多傻吗？你这张东西啥用没有，就是废纸一张。"

齐国耀大怒："你睁开狗眼看看，这可是红头文件，盖了大红公章的！"

"红头文件也没用。"陈米海说，"都什么年代了，谁在乎恢复你团组织生活？齐国耀，你连工作都没有，你有团组织生活吗？"

这一问，倒真把齐国耀给问住了。是啊，他没有工作，也就没有单位，这几年他都是打零工过日子，父母也看不惯他，他早搬出来住，一人吃饱，全家不饿。为了平反他付出了一切，现如今办成了，他和"兄弟帮"都平反昭雪了，可这份文件给谁呢？

但齐国耀还是嘴硬，他对陈米海说："我平反了我当然会有组织生活的。咱们走着瞧，陈米海，以后的日子长着呢！"

"那又怎么样？你想反攻倒算？"

"我要把我失去的都夺回来。陈米海你听着，我说到做到！"齐国耀把那份红头文件举起来，在陈米海面前发誓说。

很不幸，齐国耀的誓言并没实现，他最想得回的是爱情，他所爱的阮霏已爱上了别人。结果阴差阳错，他根本不爱，但一直爱着他的高红梅成了他的妻子。齐国耀没能夺回自己的爱，却夺去了陈米海的爱。

这对陈米海真是个重大打击，他后来常常回想那天齐国耀举着红头文件站在他面前,愤然发誓的情景,陈米海就后悔,自己不该做得这么绝。否则,齐国耀也许就不会报复他,把他最心爱的女人抢走了。

没错,他相信这是齐国耀的报复。这混蛋没别的本事,就拿高红梅下手。他这一招够损的,差点把陈米海给毁了,因为他心里知道,虽然这一仗在别人看来,还是齐国耀输了,他平反了,却什么也没得到。实际上,是他陈米海输惨了——失去高红梅等于失去了他的整个中学时代。他与齐国耀,包括"兄弟帮"的恩恩怨怨,没有了高红梅,那又有什么意义呢?

至于高红梅,那真是个奇怪的女人。她苦苦等了齐国耀五年,这五年后的齐国耀身无分文,人不像人鬼不像鬼,除了弄成了那个半吊子的平反,其他一事无成。而这时候的陈米海,中专毕业,在教育局工作,深得领导器重,看上去前程似锦,并且仍然一往情深地爱着高红梅。不管从哪方面看,高红梅都应该回心转意,奔向陈米海的怀抱,这是再正常不过的事了。但偏偏,高红梅这个在别的地方都很现实的女人,在爱情上却极端罗曼蒂克,她像走火入魔一般,非齐国耀不嫁,伤透了陈米海的心。

二十五年后,虽然陈米海上了高红梅的床,他的爱情也结成了正果,但激情过后,面对高红梅多少有点松弛的身体,陈米海的失落也随之而至。他发现他的这份爱就像被虫子蛀空了的果子,外表依旧,内里却空荡荡的,除了自以为是的崇高感,其实并没太多的内容。那么,如果他的爱是虚幻的假象,这么多年,真正支撑他一直要追到高红梅的那股力量又是什么呢?

陈米海很快想明白了,那是恨!那天从高红梅的床上下来时,他觉得特别爽,就好像他终于报了一箭之仇——不光是齐国耀给他的羞辱被他洗刷了,他胜过了这个仇敌,把齐国耀钉在耻辱柱上;连高红梅对他的轻视与拒绝也一并消灭,他让这个高傲的女人俯首称臣。我的天!原来他是恨她的,以至于非要把她追到手吗?陈米海无法解答,爱与恨在他身上如此奇妙地融为一体,这是陈米海自己料想不到的。

如果高红梅得知真相,会不会特别痛苦? 她先是无怨无悔地爱着一个根本不爱她的男人,绝望后,又满腔希望地委身于一个始终爱着她其实恨她的男人。她这么要面子而聪明的女人,人生却给了她如此残酷的答案?

陈米海想到这里,心底发冷,汗毛都竖了起来。

确实,高红梅自己也想不明白,她到底为什么这样死心塌地爱上齐国耀。这几天,她在家里清理齐国耀的遗物,触物伤情,勾起无数回忆。

他们的高中毕业照,齐国耀空缺,他已被开除出校了。但之前的向阳农场学农劳动,班级有一张合影,齐国耀处在中心位置,脸上意气风发。他的眼神微微斜睨,瞳仁明亮,光彩照人,却又有点淘气的甚至坏坏的意思。不知怎么的,高红梅每次看到齐国耀的这个表情,心里就"咯噔"被触碰一下,特别柔软,特别喜爱。好像一个姐姐疼爱弟弟那样有种亲到骨子里去的柔情。

高红梅从来都是好学生,这是老师的看法,也是同学的看法。她总是紧跟时代,积极站在第一线,批斗会,学毛选,忆苦思甜……哪一样都有她活跃的身影。她天生是当干部的料,真心实意相信一切革命理论。"批林批孔",她觉得是对的。她口才好,在全县的红小兵大会上上台宣讲孔老二四体不勤五谷不分的小故事,赢得满堂喝彩。邓小平上台,抓教育质量,她也觉得是对的,带头写决心书,一定要为革命学好文化课,成了全校的学习标兵。反击右倾翻案风了,她仍然觉得是对的,最早贴出大字报,声讨学校里的资产阶级教育路线。她实在是她那个年代思想端正、作风严肃、容貌健康美丽的优秀女生。但人就是奇怪,她这么正的一个女孩子,却喜欢不那么正经的齐国耀,而且是那种无可救药的打心眼里的喜欢。

她也知道,这样她是会吃苦头的。本来,她还希望把他改造回来,她向组织上告密,让他倒霉。她找他谈话,不顾羞耻地表白自己,可他根本不领她的情,一条道走到黑。她对他又气又恨,决定不理他了,见到他结束隔离审查后出来,头发贼长,衣衫不整,落拓至极,竟然忍不住又心疼他。她开始知道,原来她的心和思想是彼此分离又挣扎纠缠在一起的。她的理智告诉她必须放弃这个可恨的男生,但她的情感背叛了她,成为一个伤风败俗的可耻角色。

随之而来是他们人生中的大事,中断十年的高考恢复了。她拼命复习,仍然考得一塌糊涂,听说齐国耀考得不错,她还佩服过他。但齐国耀政审没通过,被刷了下来。第二年她不敢再考大学,改考中专。齐国耀再次考上大学,又再次被刷下来,政审这一关是他的梦魇。

高红梅记得自己去省城上中专前找过齐国耀,她本想鼓励齐国耀不要泄气,明年再考。"事不过三,"她说,"怎么着你也要考三次,说不定第三次政审就过了。"

没想到齐国耀一听政审就跳起来,破口大骂:"他妈的什么政审,分明就是政治迫害,'四人帮'那一套,老子才不买他们的账。"

高红梅还试图劝他:"你别这样,要上大学必须过这一关,你现实一点,不要老是要求平反,先认个错,让他们觉得你态度端正……"

高红梅话没说完,齐国耀就翻脸了,他指着高红梅的鼻子说:"你以前就是跟他们一伙的,现在还想迫害我,叫我低头。谢你的好意了,高红梅,请你回去吧,滚蛋。"

高红梅狼狈地从齐国耀那里出来,一片好心换来平生的奇耻大辱,气得赌咒发誓,再也不理这该死的齐国耀了。

中专的学习生活枯燥而紧张,高红梅原先的底子不好,学得异常吃力。时代的风气也变了,老师和同学都喜欢成绩优秀的学生,政治退居二线,轮不到她表现的机会,虽然她仍是班里的团支书,却是一大群叽叽喳喳的女生中最孤独的人。她还保持着自己那种一本正经的端庄严肃,心气已慢慢低下去,苦闷愈来愈浓,这让她体恤起齐国耀的不平来。

她就是在那时开始给齐国耀写信的。当然,她报告的都是好消息,她主持了什么活动;她受到老师表扬,因为做了一件好事;她看了一场电影,那里面的一首插曲真好听。如此之类,她把自己依然描绘成班级里举足轻重的人物,并拿这个来鼓励齐国耀。齐国耀的回信时短时长,完全视他的心情而定,回得也不规律,但毕竟他们有了交往。

放假期间,高红梅回家来,也会去看望齐国耀。齐国耀一心一意跑平反,人常常不在家,在家的时候也四出打工,高红梅多半见不到他。有一次,高红梅路过街头,听见百货公司门口响起邓丽君的歌声,过去一看,吃了一惊,原来是齐国耀拎着只录音机,脚边堆了一堆邓丽君的磁带。那时邓丽君刚流行,她的磁带都是走私来的,工商和公安都要抓。没想到齐国耀胆大包天,竟然在百货公司门口拎着录音机叫卖。

高红梅本想上去招呼一声,却又停住了脚步。录音机里邓丽君的歌声让她踌躇起来,那真是那个年代所说的靡靡之音:

> 美酒加咖啡
>
> 我只要喝一杯
>
> 想起了过去
>
> 又喝了第二杯
>
> 明知道爱情像流水
>
> 管他去爱谁

光天化日之下听到"爱情"这个词,高红梅的脸红了,她觉得这时候上去跟齐国耀说话,有点迎合了这首靡靡之音的趣味,她这样正经的女孩是不该做的。

于是,高红梅转身离开了。就在离开的瞬间,齐国耀看见了她的身影。他故意笑嘻嘻地把录音机举起来,让邓丽君柔媚到发嗲的歌声直追她而来。高红梅装出什么也没察觉,拔腿就走,把那诱人的歌声抛在脑后:

我要美酒加咖啡

一杯再一杯

我并没有醉

我只是心儿碎

转过路口,迎面奔来一群公安,朝歌声传来的地方扑去。高红梅吓坏了,都不敢跟过去看。很快,听见一阵吆喝声拉扯声,有人落荒而逃。这人逃到高红梅边上,被公安追上了,扑倒在地,手里的录音机砸烂了,一蛇皮袋磁带掉得到处都是,然后是一顿拳打脚踢。高红梅亲眼目睹齐国耀抱着脑袋在地上翻滚,嗷嗷惨叫着,不一会儿就被打得鼻青脸肿,头破血流。

高红梅双腿发软,自己也不知道是怎么离开现场的,好几天不敢与齐国耀联系。但她已能体会齐国耀对现实的叛逆态度,这真讽刺,想当年,她和陈米海是同一条战线的,紧跟潮流,齐国耀则属于反潮流。而如今,陈米海与齐国耀都依旧故我,处在世界的两极,她则摇摆在中间,不知归处。

对她的这种变化,陈米海并没察觉,他公开追求她,在假期里三天两头到她家看她,一坐就是老半天。高红梅不胜其烦,后来干脆躲到阮霏那儿。就是在阮霏家,高红梅见到了一大堆邓丽君的磁带,有《甜蜜蜜》《何日君再来》《夜来香》等等。不用她问,阮霏已愁眉苦脸地告诉她,这些都是齐国耀送的。"我都烦死了,"阮霏说,"你不知道这家伙有多死皮赖脸。"

她们说话的当口,窗外的歌声响了,是邓丽君的《夜来香》:

那南风吹来清凉

　　那夜莺啼声凄怆

　　月下的花儿都入梦

　　只有那夜来香

　　吐露着芬芳

　　阮霏的脸色变了,说:"又来了。"

　　高红梅心头一紧,凑到窗户去看,却见齐国耀拎着录音机站在阮霏家楼下,歌声正是从录音机的两个喇叭里传出来的。

　　齐国耀看见高红梅,嬉皮笑脸地扬扬手里的录音机,说:"你也在这里啊?"

　　高红梅脑子里一片空白,不知道怎么回答。齐国耀脸上的伤还在,嘴都歪着,笑起来特别滑稽。

　　高红梅的眼泪不争气地下来了,事后她也想不明白,她是气恨齐国耀,还是为自己感到羞辱,或者两者兼而有之。情绪是一刹那的,不受她的意志控制。好在齐国耀并没发现她眼里的泪光,她急忙把脸转了过去。

　　身后坐着阮霏,高红梅又不能把脸转回去。她就别着脑袋,装出被歌声吸引的样子,像一尊雕塑似的在窗边凝神不动。

　　我爱这夜色茫茫

　　也爱这夜莺歌唱

　　更爱那花一般的梦

　　拥抱着夜来香

　　多少年后,高红梅都厌恶着邓丽君,听不得她甜美的歌声。这成了她的生理反应，千万人心目中的天籁之音，说不尽的柔情蜜意，在她这儿变成一条毛毛虫，像在她的衣领里爬动，令她头皮发麻，汗毛直竖。

还是如同中学时代一样，齐国耀追求阮霏注定是没结果的。阮霏没考上大学，仍然安排了好工作，她是城镇户口，有招工指标，她还有一个当着领导干部的父亲，一切都不用她操心，她稳稳当当地到那时候最红的单位商业局去上班了。一个坐办公室的漂亮女孩，不愁没人追，不多久，父亲把一个老战友的儿子介绍给她，他们顺理成章地出双入对，谈起了恋爱。

齐国耀照样去阮霏家，照样给她放邓丽君歌曲。据说阮霏父亲见齐国耀纠缠得实在不像话，他是军人出身，转业后在武装部任职，抽屉里放着把五四式手枪，勃然大怒之下就把手枪操起来顶在齐国耀脑袋上，要毙了他。他真的吓退了齐国耀，自己却也落了个党纪处分。

齐国耀不敢再上阮霏家，又不死心，便变本加厉地跑他的平反。他觉得只要自己平反了，他和别人的地位就相等了，阮霏，包括阮霏的父亲也就不会对他另眼相看。聪明一世的齐国耀钻进了死胡同，九头牛也拉不回来。高红梅觉得齐国耀已经疯了，但她却无能为力，只能等着齐国耀碰得头破血流，自己醒过来。

那一天是齐国耀把红头文件拿到手的日子，他去找阮霏报告喜讯。阮霏不在单位，齐国耀好不容易在百货公司门口找到她，他太兴奋了，硬把文件塞到阮霏手里，像个英雄似的昂着头说："你现在相信了吧？我是对的，历史终于证明我无罪！"

阮霏有点茫然，不知齐国耀劈头盖脑地说什么。齐国耀帮她打开红头文件，指给她看："团市委正式文件，这是大红公章，看到没有？撤销以前的处分，就是给我平反了！"

阮霏回过神来，对齐国耀几年来的不懈努力也不无同情，她客气地附和说："是是，恭喜你了，你这几年的辛苦没白费。"

“只要你理解我，明白我的心，我就满足了。”齐国耀冲动地说。

阮霏及时制止了齐国耀眼看就要喷涌而出的激情，她嫣然一笑，说："我恭喜过你了，你也恭喜我一下吧。"

齐国耀一愣："恭喜你什么？"

"哦，我要结婚了。你看，刚买的家居用品，新房用的。"

顺着阮霏的目光，齐国耀看见从百货公司出来一个穿军装的年轻人，抱着一大堆东西，台灯啊碗啊杯子啊毛巾啊牙膏啊牙刷之类，一只手还拿了把菜刀，特别不伦不类。

齐国耀完全傻在那里，根本不知道阮霏什么时候把那份红头文件还给他，她和军人男友又是怎么离开的，这段场景以后在齐国耀的记忆里也是空白，他再怎么思索，都还原不出自己那一刻的感受。

齐国耀的打击还在后头，果然如陈米海说的，平反对齐国耀来说毫无意义。这份红头文件其实就是废纸，齐国耀没有工作单位，也就没有恢复团组织关系一说。他把文件拿到学校，要求学校撤销对他的处分，那时的校长还是刘建东，他倒很客气地接待了齐国耀，说团市委的文件他也收到了，既然他们已发文，学校就不必再发了。齐国耀没想到一起在"揭批查"运动中同过患难的刘书记嘴上说得漂亮，其实却已断然拒绝了他。他哪里知道这位刘书记曾说过许多"兄弟帮"的坏话，要是去翻档案，把"兄弟帮"定罪为"反革命小团伙"的，就有刘书记的功劳。

齐国耀最后带着这份红头文件去了一家毛纺厂，他们正招收工人，其中有个岗位是销售员，必须是高中毕业。那时销售员比较吃香，很多人争这个位置，齐国耀是被开除出校的，没拿到高中毕业文凭，连初试资格都没有。他去找厂长，把红头文件拿出来，说："我是经过考验的，你看，这是平反文件，说明我是对的，他们搞错了，我应该算高中毕业。"

厂长看看文件，说："哦，你倒有点来头，不过小伙子，我对谁对谁错没兴趣,我们要的是高中毕业文凭,这是起码条件,硬性规定的。"

齐国耀好生失望,说:"为平反我跑了三年,北京都去了五次,难道连一个高中毕业文凭都不值吗?"

厂长听了,先是惊愕,随后就大笑起来:"哈哈哈哈,为了这张破纸你跑了三年?还跑北京?哈哈哈哈。"厂长笑得喘不过气来,好像对着一个精神有毛病的人。

齐国耀认真解释:"这关系到我的名誉我的人生,古人都说,名节重于生命。"

厂长不想听了,他把齐国耀送到门外,开导他说:"你有这个空,还不如去赚点钱,这世道赚钱才是硬道理啊!"

齐国耀攥着那份皱巴巴的红头文件从毛纺厂出来,感觉世界变了。谁也不在乎你曾经是革命或者反革命,以前的争斗早被遗忘,逼迫者和被逼迫者迫不及待投身于新兴的经济大潮,厂长说的没错,这世道赚钱才是硬道理。而他居然浪费了三年宝贵时光,换来一张破纸。世界上还有他这样的傻瓜吗?

"傻瓜,我是傻瓜!"齐国耀一路走一路喃喃自语。街上人来车往,熙熙攘攘,人人都在追逐他们想要的东西,没有谁在意他。

齐国耀茫然穿过十字路口,差点被汽车撞到,他也不知晓。有一次他碰到了电线杆,蹭破一块皮,他也没感觉。直到一辆自行车挡在他面前,这辆自行车的主人是高红梅。

高红梅正下班回家。她第一眼就看出齐国耀不正常,浑浑噩噩像中了邪,立马从自行车上跳下来把他拦住。她大叫了三声齐国耀,齐国耀出窍的魂儿才晃晃悠悠收回来。他定了定神,问高红梅:"你怎么在这儿?"

"我才要问你呢,你怎么在这儿?"高红梅把齐国耀拉到街边说话,"出什么事了?快告诉我。"

"我是个傻瓜，"齐国耀说，"只有我自己不知道，别人都知道。高红梅，你也知道是不是？我是个傻瓜！"

那天傍晚，站在街头的齐国耀悲痛欲绝又孤苦伶仃。他有无数的话要倾诉，真是天可怜见，让他遇见了高红梅。也许这就是天意，冥冥之中命运早有安排。后来当两人为婚姻发生争吵时，高红梅拿出来说服自己的理由就是这一个。

高红梅把齐国耀带到自己的集体宿舍，她工作已有两年，刚刚分到三人合住的一个小房间。也巧，那天另外两个同事都有事回家了，宿舍破天荒被她独占，成了她招待齐国耀的最好场所。

那一夜，齐国耀喝了好多酒，也说了好多话。他的酒量不大，很快就喝醉了。他醉醺醺地说起往事，从向阳农场的某个晚上开始，"兄弟帮"应运而生，严英才老师的婚礼，"揭批查"运动和隔离审查，还有两次高考，三年平反路，得到的是一张废纸。他把红头文件拿出来，当着高红梅的面撕成碎片，撕完了还心有不甘，又掏出打火机，一片一片去烧那撕烂的纸片，烧得满地都是纸灰。

这个过程中，他省略了他与阮霏的关系，仿佛不存在这个人。取而代之的是高红梅，他说他现在明白了，对他最好的人就是高红梅，这个世界变了，别的人都变了，唯独高红梅对他没变。

虽然有许多是醉话，但高红梅还是被齐国耀的表白感动得掉下眼泪，这么多年的等待，没想到就在她快死心的时候突然峰回路转。高红梅真想放声大哭一场，好让齐国耀明白她受的委屈。

哭泣的女人总是软弱和令人怜惜的，以往看惯了高红梅英姿飒爽的样子，今夜在暗暗的灯光下发现她的娇柔，齐国耀怦然心动了。他安慰着高红梅，找出一块手绢替高红梅擦拭泪痕，高红梅趁机靠在他身上，越发小鸟依人。

到了这一步，后面的事都顺理成章了。颓丧的男人，痴情的女人，故事的走向不言而喻，接着就是浪子回头，两人鸳梦重温，百般柔情，于是皆大欢喜。

高红梅所设想的这一幕如期而至，她终于实现了中学时代的梦想，得到了特立独行、桀骜不驯的齐国耀。对比齐国耀的失败，她是个完美的胜利者——只是她为这个胜利付出的代价，也真不算少，她都匿名举报过齐国耀，要是有一天齐国耀知道了这事，他会拿她怎么样？

但这只是一闪而过的念头，齐国耀把她抱到床上，脱去她的上衣，又解开她的胸罩。她吃力地阻止着，像是一种仪式，其实内心里有迎合的本能，或者说，是顺其自然的快意。

她象征性的阻止刺激了齐国耀，他变得凶猛起来，动作笨拙而粗鲁，简直一点都不爱惜她。她感觉到他里面有一头野兽，这头野兽撕咬她，也撕咬他自己。这个时候，她熟悉又喜欢的那个齐国耀回来了。爱捣蛋的、坏坏的齐国耀，她的白马王子，她的欢喜冤家。她包裹着硬壳的心柔软了，像糖一样融化。她敞开了自己。"你不是傻瓜，你是坏蛋。"她喃喃说，闭上了眼睛。

陈小安失踪进入第四天，学校里查过一阵，风声好紧，弄得齐梦飞和邱成他们都紧张极了，觉得马上就要暴露。要是进去了会怎样？齐梦飞想起自己父亲的经历，那个年代的隔离审查，与现在的拘留所差不多吗？反正没好果子吃。

就在齐梦飞感觉风声鹤唳，马上被抓的时候，一件意外降临的事救了他。学校围墙倒塌，压死一名学生，这事闹得很大，遇害学生的亲属跑到学校抗议，把所有人的注意力都吸引过去了。没人再关注齐梦飞和邱成这几个小兄弟成天鬼鬼祟祟干什么勾当，学校领导更是焦头烂额，忙于应付这种群体性事件，陈小安的失踪退居二线，完全交由公安去处理了。

一个坏消息,是不是最坏的,就看它引出什么结果。有时候坏消息反而带来好结果,这也是齐国耀的经验。齐梦飞读父亲留下的日记,常常读到齐国耀的感慨和体会,哲理式的警句像人生读本,简直就是针对他写的。难道父亲知道有一天他儿子会读到这些东西而早就在那里谆谆教导吗?齐梦飞不得而知,但他能感觉,父亲的生命越来越强烈地进入他的生命中,包括他的爱恨情仇。

这天傍晚,齐梦飞早早赶到蘑菇房,接替周永兴的班。这小子看上去咋咋呼呼的,胆子却比老鼠还小。昨天出了压死学生的事,警察开着警车来学校,那架势把这小子吓坏了,本来轮到他去蘑菇房看守陈小安,这小子居然跑了,躲在家里说身体不舒服,气得齐梦飞差点揍他一顿。

相反,邱成对看守陈小安特别有兴趣,也特别热心。他好几次跟齐梦飞说,让他晚上一个人看守陈小安。齐梦飞无所谓,本来是要答应他的,却不料这话被陈小安听到了,拼命喊叫挣扎,她的这种激烈态度使齐梦飞都有点怕了,担心出事,就没给邱成机会。为此,邱成很不满,私底下嘀咕了好几回,意思是齐梦飞这么护着陈小安干什么,难道想叫她做压寨夫人吗?

邱成的话当然是扯淡,但齐梦飞确实还没想好怎么处置陈小安。他现在朝陈小安发泄的所有仇恨,都是针对她父亲陈米海的,陈小安不过是个替代品。当然,她这个人也确实可恨,死板,清高,爱打小报告,长得这么难看,还矜得很,一句都不肯服软,你说你爸是流氓,是小人,是坏蛋,那又怎么样?说这么一句你会死吗?你就不是他女儿了?"文化大革命"时有多少儿子女儿骂他们爸爸妈妈是叛徒、特务、反革命,有把自己父母出卖的,让他们批斗、坐牢、枪毙,还有自己动手打爸爸妈妈,有把爸妈的脸打肿的,有把爸妈的肋骨踢断的,他们能做,你陈小安就不能做,不能革一下你那个卑鄙下流的父亲的命吗?

齐梦飞越是这样想,越是觉得需要对陈小安进行"文化大革命"那样的运动,他常常把父亲日记里的革命词语拿出来,要陈小安对她父亲揭发批斗。他这样对陈小安说:"如果你陈小安真还有点良知,你就应该站出来揭发你父亲,与他划清界限。"

这说明,齐梦飞是把陈小安与她父亲陈米海区别开来对待的。这也引起邱成的不满。邱成认为,陈小安是陈米海的心肝宝贝,只要把陈小安整惨了,自然也就报复了陈米海,说不定比整陈米海本人效果更好,因为这样的痛,是痛在陈米海的心里头的。"那就叫他痛不欲生!"邱成跟齐梦飞说。

果然,今天邱成又提前到了,他不知从哪儿搞了一箱子龌龊东西,像个潘多拉魔盒似的一样样拿出来,有蚯蚓、癞蛤蟆、蟑螂、毛毛虫,全是女生觉得最恐怖最恶心的玩意儿。邱成不愧是女生问题专家,他得意地说:"陈小安这种人,养尊处优,又死要面子,咱们打不服她,那就恶心死她,她会崩溃的。"

齐梦飞心里对这种做法有点犹豫,对付一个女孩子,似乎太恶毒了点,不是男子汉的做法。他说:"你小子就喜欢偷鸡摸狗……"

邱成打断他,说:"老大是君子,君子动口不动手,动手的事让小弟来吧,不把这臭女人的气焰灭下去我不是人!"

话说到这一步,齐梦飞也只好由着邱成去试试。说到底,这是陈小安自找的,谁叫她这么顽固,再这样对峙下去,齐梦飞也觉得不是办法。他必须使陈小安屈服,把她整得骨子里都怕他,这事或许有个了结。

邱成拎着他那只潘多拉箱子来到陈小安面前,陈小安刚在吃早餐,两只手被解除了束缚,暂时获得自由。邱成朝她诡秘地笑笑,说:"胃口不错嘛。"

陈小安埋头吃包子,不理邱成。邱成笑得更诡异了,说:"你这是菜包子吧?我来给你加点荤的。"

邱成从箱子里拎出一根肥胖的蚯蚓,放到陈小安咬了一半的包子里。陈小安没提防邱成来这一手,那半只包子已送到嘴边,突然发现黑乎乎的一条东西在蠕动,仔细一看,顿时一阵恶心,哇的一声把嘴里刚咽下去的都吐了出来。

邱成哈哈大笑,说:"陈小安你真不识抬举,给你吃肉你不要。"

陈小安赶忙把手里的那半只包子扔在地上,邱成捡起来,硬往陈小安嘴里塞,陈小安尖叫着推搡邱成,蚯蚓掉在陈小安的手臂上,陈小安吓得拔腿就跑。邱成追上去,揪住陈小安,把她按在墙上,很利索地捆住双手,说:"好戏还在后头呢,你不是挺犟的吗?咱们好好玩一玩。"

陈小安哭了,说:"我不玩,我不要玩。我求你了,我不玩行不行?"

陈小安对邱成的这一手真的恐惧,第一次说出哀求的话。邱成很得意,打开他那只箱子:"你是高才生,知道潘多拉魔盒的故事吧?我也有一只潘多拉魔盒,咱们赌一下,你最怕什么?"邱成说着,从箱子里拎出一只癞蛤蟆,贴到陈小安的手臂上。

陈小安打了个寒战,整个人哆嗦着,手臂上的汗毛马上竖起来,苍白的皮肤起了层鸡皮疙瘩。

邱成拎着癞蛤蟆,贴着陈小安手臂往上挪,癞蛤蟆滑溜溜黏糊糊,鼓着肚子,四肢舞动,肚皮上的黏液沾在陈小安身上,要多恶心有多恶心。陈小安身体扭动,想摆脱这种绝望的亲近,但她马上意识到,她越挣扎躲避,那只癞蛤蟆与她身体的接触越紧密。陈小安无计可施了,只有更恐惧更绝望的哭喊:"你拿开,别碰我,我求你了……"

"哈哈,你别求我,你求我们老大。"邱成说。

陈小安把泪汪汪的目光转向齐梦飞,她的傲气荡然无存,只剩下可怜巴巴的委屈。

齐梦飞看到她这个样子就来气,甩了她一记耳光。"陈小安你必须替你爸认罪,揭发他的罪行,跟他划清界限,这才是你的出路!"齐梦飞厉声呵斥。不知不觉中,父亲日记里所写的那些词句和内容进入了他的脑子,他很自然就用上了。历史陈迹与时间阻隔都是微不足道的，只要你想要，历史随时可以回到你手边，重演一番。

"我……我认罪，我爸爸他……他跟我无关……"陈小安可怜兮兮地说道，其实态度一点也没改变。

一股热血冲上脑顶，齐梦飞抬腿踹了陈小安一脚，又抽了她两个耳光。打人真是爽啊！尤其是觉得自己是在报仇的时候。但邱成拦住了他，说："老大省点力气，这臭娘们打不怕的。"

邱成把癫蛤蟆举起来，在陈小安脸上蹭了两下："我有办法叫你怕，你信不信?"说完，邱成径直把癫蛤蟆塞到陈小安嘴里，陈小安发出声惨叫，倒在地上，像一个癫痫发作的病人一样，脸色苍白，瑟瑟发抖。

不等陈小安起来，邱成又打开他的箱子，从里面抓出两只蟑螂，塞进陈小安的领子。陈小安显然对蟑螂更惧怕，整个人往墙角缩进去，恨不得遁地而逃。邱成乐了，他那只箱子真是潘多拉魔盒，一伸手，又抓出两只蟑螂，这回是塞进陈小安裤管。陈小安的惨叫像杀猪一样，两腿乱蹬，恐惧到了极点。

蟑螂往陈小安裤子里钻，陈小安蹬了几下，在地上翻滚。蟑螂爬出来了，邱成把蟑螂抓起来，掀开陈小安的衣襟，塞到衣服里面。陈小安的尖叫变成呼喊救命了。邱成更来劲了，他的那只箱子真的像潘多拉魔盒似的，他不停地抓出恶心的东西往陈小安衣服里面塞，有一条毛毛虫大约是有毒的，刺到陈小安的皮肤上，那里肿起一串大包。

虽然这是齐梦飞所不齿的行为，可他还是感到了快意。这样下去，陈小安会崩溃的。难怪父亲在日记里一再说，无毒不丈夫。

邱成的刑罚还没结束，他居然拎出一只老鼠。这只老鼠硕大无朋，灰褐色的毛脏兮兮的，丑陋的尖脑袋下露出锋利的牙齿，吱吱叫唤。倒在地上的陈小安一见这只大老鼠，马上跳了起来。她平生最怕蟑螂和老鼠，这两样都让她碰上了。

也许这就是邱成期待的高潮了，他要充分享受这个高潮带来的效果，他对齐梦飞说："我们出去，让这臭娘们跟耗子待一起吧。"

邱成拉着齐梦飞出来，从外面反锁上门。房间里面只剩下陈小安和那只大老鼠，陈小安的手还被捆绑着，能活动的是她的两条腿，她一边跑一边尖叫，而那只大老鼠在她身边乱窜，不知是她在追老鼠还是老鼠在追她。

如果这是一幕戏剧，那真是邱成的杰作，可惜观众只有齐梦飞、邱成两个人。齐梦飞虽然没经历过"文化大革命"，但他从父亲的日记中知道，"文化大革命"就像一场大戏，有在台上演戏的主角，更多的是看戏的观众，大家都很过瘾，无论悲剧还是喜剧，总是让看的和演的都沉浸其中，或热血沸腾，或悲痛欲绝。

房间里陈小安的尖叫撕心裂肺。邱成很享受地听着，趴到门缝那儿看一眼，转身递给齐梦飞一支烟，笑嘻嘻地说："来，老大抽一支，先别管她，够她受的。"

齐梦飞闷闷地抽一口，突然闪过一个念头："她不会疯掉吧？"

邱成坏笑："老大你又怜香惜玉了，哈哈。"

齐梦飞恼了，踢了邱成一脚："放屁，老子不整垮她不是人！"

两人抽了半支烟，房间里的叫声与响动轻下来，然后就停歇了。齐梦飞和邱成都以为陈小安吓晕过去了，邱成打开门，说："陈小安这死硬分子也就这能耐。我说了，女人他妈的就是贱——"邱成的话戛然而止，因为他看到房间里没陈小安，只有那只大老鼠在疯狂乱窜。

陈小安在哪里呢？难道她会飞吗？齐梦飞和邱成一抬头，发现了爬在天窗上的陈小安。原来，陈小安不知怎么挣脱了捆绑，试图从天窗逃出去。蘑菇房的天窗很高，真不知陈小安是怎么上去的。但这时已来不及多想，齐梦飞和邱成猛扑上去，要把陈小安拉回来。陈小安却从天窗翻到房子外面去了。

齐梦飞和邱成急忙追出去,陈小安落地的时候脚崴了一下,一瘸一拐地跑不快,没跑几步就被齐梦飞和邱成追上。陈小安大喊大叫救命,还好这栋破蘑菇房处在拆迁房的纵深区域,四周空旷荒凉,没人听见,却把齐梦飞吓得够呛,他赶紧去捂陈小安的嘴,陈小安挣扎着死命咬他。齐梦飞的手被咬出了血,他不敢稍微放松,与邱成一个抱上身,一个抬双腿,硬是把陈小安给弄回了蘑菇房。

一关上蘑菇房的门,齐梦飞的怒气发作了,他举起被陈小安咬出血的手,噼噼啪啪地抽陈小安耳光。陈小安的脸上涂上一块块血迹,像个大花脸。这一次,齐梦飞下手特别重,没一点点的顾惜,这女人太可恶了,她是要害死他!

陈小安的脸打肿了,齐梦飞还不解气,把她推倒在种蘑菇的水泥台子上,解下皮带,没头没脑地抽她。陈小安衣衫凌乱,衣襟掀起,露出白白的肚皮,这块耀眼的胴体非常刺激邱成的神经,他也解下皮带,上前跟齐梦飞说:"老大你歇歇,我来教训她。"

齐梦飞也真打累了,他把皮带扎上,掏出烟走到门外。房间里剩下邱成与陈小安。陈小安蜷曲着身子,抱住脑袋嘤嘤哭泣,她这个受难的姿势却激起了邱成身体里另一种欲望。邱成的皮带撩开了陈小安的衣襟,露出更大的一片肌肤。陈小安陷在疼痛和恐惧之中,并没察觉邱成的企图。邱成的皮带带着恶毒的挑逗,不轻不重地,抽打在陈小安的胸脯和臀部,陈小安越发扭动身躯,躲避邱成的皮带。很快,她的胸脯也露出来了,那圆润的白皙如同一道闪电,直刺邱成的双眼。邱成的脑袋嗡地响了一声,像点着了一把火,血液沸腾起来,他把皮带往地上一扔,朝陈小安扑过去。

邱成扯开了陈小安的上衣,又去脱她的裤子。陈小安拳打脚踢,拼命反抗,但她的体力已经不支,嗓子也哑了。邱成死死地压住她,扇了她两个耳光,骂道:"我叫你反抗,你这个丑八怪,老子看上你是你的福气,你懂吗!"

邱成与陈小安厮打的时候,齐梦飞靠在门外抽烟,他听到了陈小安嘶哑的喊声,内容听不清楚,好像在骂邱成是流氓。齐梦飞的心是麻木的,他没往别的地方想,反而离房子远一点,看看四周有没有可疑的人出现。

等齐梦飞回到房间门口,房间里什么声音也没有了。齐梦飞推门进去,却发现邱成背对着他,正在提自己的裤子,陈小安躺在水泥台子上,下身赤露,上半身横在水泥台子边缘,满脸是泪。齐梦飞愣住了,一时没明白发生了什么事。

邱成脸涨得通红,忙乱地系好皮带,对齐梦飞说:"老大你也来一下?"

齐梦飞还没反应过来:"邱成,你干什么?"

陈小安抬起身来,冲着邱成喊:"你这个流氓,强奸犯! 我不会放过你的,我要告你!"

邱成居然强奸了陈小安! 齐梦飞一下子蒙掉了,他千算万算,怎么也不会算到出这种事。邱成这个混蛋!

"你们绑架强奸,你们是罪犯,我要告你们,警察不会放过你们的!"陈小安不顾一切地嘶喊着。她真的疯狂了。

她的眼睛血红,看向齐梦飞的目光充满怨毒,像两把血淋淋的刀子,直插进齐梦飞的心窝,这是齐梦飞从来没见过的。

完了,这下真的完了! 齐梦飞很真切地听见自己内心的声音。本来他是期望用武力迫使陈小安屈服的,就是把陈小安放回去,她也不敢对他怎么样。他打了陈小安,批斗她,让她骂自己的父亲,但这些能算他犯罪吗? 他认为没有,他只是替父亲齐国耀报仇,伸张正义。两家的冤仇,总得有个了结。

但这会儿的情况不同了,邱成这畜生竟然强奸了陈小安,这就不是两家的恩怨,是百分之百的犯罪。这种罪是要坐牢的! 而他根本脱不了干系,或者可以说，他是这桩强奸案的罪魁祸首，他也是要坐牢的！

齐梦飞恍然看见一队警察奔他而来，锃亮的手铐，黑洞洞的枪口在阳光下闪着光，警笛四起，他像电影里走投无路的罪犯一样束手就擒。那一刻，他看到了自己的脸，猥琐而卑微，令人憎恶。

一股怒火从齐梦飞的心里升起，他劈头盖脑给了邱成一个耳光。邱成还以为齐梦飞是气他没把陈小安让给他这个老大，自己抢了先，这确实不合他们"兄弟帮"的规矩。"对不起老大，我还以为你对她没兴趣。是我的错，下次小弟先让老大。"

齐梦飞又是两个耳光甩过去，几个巴掌印立刻浮现在邱成的脸颊上。"谁叫你碰她的，啊？你这个混蛋，你坏了我的事情。"

"老大你可以打我骂我，可你不能怨我，我这不是替你报仇吗？"邱成捂住红肿的脸，委屈地为自己争辩，"陈米海搞了你妈，我替你搞他女儿，这叫一报还一报，扯平了。老大你该高兴啊。"

齐梦飞气疯了，上去把邱成推倒在地，一通暴打。邱成鬼哭狼嚎，在地上翻滚着，啊唷啊唷拼命叫唤："老大，老大，你别打了，饶命啊。"

齐梦飞还是收不住手，所有的愤怒都爆发出来了。报仇报仇报仇，这就是他所要的报仇的结局吗？他把陈小安彻底毁了，他把自己也栽进去了，接下来的事情，他该怎么进行下去呢？

陈小安的心碎了。她原先一直有点侥幸，齐梦飞虽然恨她，折磨她，但他与邱成不同，他还是有底线的。别看他凶神恶煞的，动不动给她一耳光，可他不下流，不龌龊，甚至她相信，他的内心还是善良的。

陈小安很早就认识齐梦飞，他们两人说不上是青梅竹马，但在青梅竹马的年龄他们就一块儿上小学，彼此之间比别的同学要熟悉。也许是这个原因，进入初中后，齐梦飞有意无意地要罩一罩陈小安。因为陈小安太老实了，长得又矮小，相貌也不好看，还戴一副墨水瓶底那样厚的眼镜，常受人欺负。有调皮捣蛋的男生会在放学路上突然奔上来，抢走陈小安戴着的眼镜。陈小安没了眼镜，差不多就是个瞎子，只会站在原地哭泣。齐梦飞要是看见了，一定会去把眼镜追回来，顺便把那男生揍一顿。

有一次清明节，班级组织去祭扫烈士陵园。这个陵园在郊区山上，他们祭扫完后自由活动，陈小安东看西看走得慢，一个人落在后面。等她发觉，已跟班级同学走散了。这个陵园所在的山很大，小路纵横盘旋，又没有标志，很难找到出口。时近黄昏，太阳下山，光线越来越昏暗，陈小安走着走着迷路了。她其实是遇到了"鬼打墙"，气喘吁吁地走一大圈，却发现又回到原来的地方。山风袭来，树林发出瑟瑟之声，有莫名的小动物在鸣叫，冷不丁一团黑影从脚边呼一声蹿过，吓你个魂不附体。陈小安害怕极了，以为自己要在山里过夜，那她真是死定了。

陈小安拼命走，就是走不出这个"鬼打墙"。她不知道，她刚才一个人东看西看，已严重偏离陵园，走到另一座平常没什么人烟的山里。天完全黑下来的时候，陈小安走不动了，蹲在一块石头上哭，一直哭到她喉咙哑了，她听见有人叫她名字，然后她看见齐梦飞站在她面前。那一刻，她觉得齐梦飞就好像从天上掉下来一样，完全是个奇迹。

后来她才得知，别的同学都以为她提前回家去了，只有齐梦飞说没有，陈小安最喜欢东看西看，说不定她迷路了。齐梦飞坚持要去找她回来。如果没有齐梦飞，她那个晚上的结局真不知道会怎样。

进入高中，他们之间的来往反而少了。齐梦飞结交了一帮兄弟，在学校里呼风唤雨。而她除了埋头读书，在同学中越来越孤独。这种孤独却使她的心更贴近齐梦飞，是隐秘的无人知晓的贴近，直到她发觉自己爱上了齐梦飞。与此同时，齐梦飞父亲意外死亡，他与她父亲陈米海的恩怨，使齐梦飞把她当作了仇人。

尽管如此,陈小安仍然相信,齐梦飞只是被仇恨烧糊了脑子,等他折腾够了,他的脑子也就退烧了,清醒了,他会明白自己做得有多过分,把陈小安伤得有多深。到那时候,他会后悔的,会来向她道歉,也会知道陈小安为他付出了多少,她受的这么多的委屈都是因为她喜欢他。一首爱的受难曲。他们的感情经过这一次的苦难,得以升华,他真的喜欢上了她。

　　陈小安的这个想象有点幼稚,但很真实。她从小在优越的环境里长大,没吃过苦,感情反而特别丰富,那是她从文学作品里得来的。她读过好多小说,最喜欢托尔斯泰和陀思妥耶夫斯基,像砖头那样厚的《复活》《罪与罚》,比砖头还厚的《安娜·卡列尼娜》《卡拉马佐夫兄弟》她都读过,看到书里面的人为了良心而受苦,她非常感动,也非常敬佩,她很愿意做这样的人,有时会莫名其妙地去想,要是自己遇上灾难了会怎么样。

　　除了文学,陈小安还喜欢音乐,她是古典乐迷,收藏有上百张古典音乐唱片。她最爱的作曲家是巴赫。他作品里真挚敬虔的感情深深地打动她,让她流泪。连巴赫作品中比较难懂的宗教音乐,比如《马太受难曲》,她也爱听。受难成为恢宏的颂赞,充满从天而降的荣耀。其中的女高音咏叹调《我要把心献给你》她反复听过好多遍,她可以模仿唱片里的美声唱出来:

　　　　我要把我的心奉献给你,
　　　　把我的全部奉献给你。
　　　　我要与你同在一起,
　　　　这世界对于你是多么渺小,
　　　　啊,你我在一起,
　　　　将比这天地更加广阔。

　　在这样庄严神圣的歌声里,她感觉自己的心也从这个世界飞腾起来,脱离沉甸甸的肉体,在广阔的天空翱翔。有光笼罩着她,她就在光中翱翔,自由自在地,融化到光里面去了。

这是陈小安最享受的时光。是的,她也知道自己不漂亮,没人愿意跟她谈情说爱,在女孩子中,她是孤独的,正因为如此,她更愿意沉浸在文学和音乐里面,让自己得到别人无法体会的满足感。

因此,在外人看来,她的生活呆板沉闷,独往独来,圈子窄小,其实她徜徉在文学名著和古典音乐大师们中间,精彩纷呈。她的思想与情感也更丰富了,对爱与美的憧憬更为强烈。

虽然齐梦飞跟她内心的这个世界有很大出入,或者说,齐梦飞不属于她的世界,但齐梦飞的活力与放浪不羁似乎又在某方面跟她的世界有交叉重叠。尤其是,当她想到她爱齐梦飞,可以为他受苦时,她心里就充满神圣感。

然而,刚刚发生的事彻底摧毁了她的梦想,齐梦飞任由邱成拿蚯蚓、癞蛤蟆、蟑螂、毛毛虫、老鼠来恶心她,她真的快崩溃了。可这还不是最终的噩梦,最终的噩梦是她被强暴了,就在齐梦飞的眼皮底下。虽然事后齐梦飞暴怒,狠揍了邱成一顿,好像在向她表明他跟这事无关。但这有什么用呢?反正她已经被最令她厌恶的邱成玷污了。这比一千只老鼠啃咬她还让她恶心。她的初夜,她的处女之身,埋葬在这么一个地方,这样一个人渣手里。

她真恨啊!不是恨邱成,她恨齐梦飞!他确实就是罪魁祸首,她今天的所有不幸,都是他造成的。她之前太可笑太幼稚了,居然这么相信齐梦飞,把他想象成俄国小说里十二月党人那样的英雄,行为叛逆,内心高贵,而她是十二月党人的恋人,可以追随自己的爱奔向西伯利亚的风雪,奔向漫无尽头的苦役。

陈小安痛悔不已,都不想活下去了。如果这时候能死掉,她肯定是乐意的。这促使她决定采取一个决绝的行动,就是绝食。不管是食物还是水,她从现在开始,都坚决拒绝。

她蜷缩在墙角落，哭累了也想累了，迷迷糊糊地睡过去。天亮时醒过来，头痛欲裂，唇干舌燥，她呻吟了几声，感觉自己发烧了。门被打开，有人从外面进来，递给她一瓶水，是齐梦飞。

陈小安厌恶地扭转头，不理他。齐梦飞似乎发现了她的异样，问她："你发烧了？"

陈小安还是不理他。齐梦飞迟疑了一下，伸手来摸她的额头。他摸到的是一块火炭，吓了一跳："陈小安，你发烧了。"

陈小安被齐梦飞冰冷的手触碰，整个人突然发冷，冷得都发起抖来。

齐梦飞打开水瓶，送到陈小安嘴边请她喝。陈小安不喝，齐梦飞非要她喝，两人一个躲闪一个送递，推搡间水晃了出来，一滴也没进陈小安的嘴里。三下两下，齐梦飞火了，把水瓶倒过来，一瓶水全都泼陈小安脸上，骂她："给脸不要脸，作死啊？"

陈小安被激怒了，不知哪来的力量，她霍地站起来，仰着湿漉漉的脸，怒视着齐梦飞，也冲他吼："我就想死，怎么啦？碍着你啦？"

被她这一吼，齐梦飞倒怔愣了一下，从绑架陈小安到现在，她都没这样气势汹汹地跟他对峙过。齐梦飞哪受得了她这态度，脑子里还没想出主意，一只手已经举起来，作势要往陈小安脸上甩去。

陈小安见齐梦飞要打她，越发不肯罢休，反而往齐梦飞身上撞来，嚷嚷着："好啊，你要打你就打吧，你打死我算你本事，你打啊！"

齐梦飞被她这一闹，倒下不了手了，身子本能地往后退了退，嘴上却不肯退让："你以为我不敢吗？陈小安我告诉你，你再不识相，没你好果子吃！"

"我才不要吃你的好果子。齐梦飞你来啊，你有什么流氓本事你使出来啊！"陈小安完全豁出去了，指着齐梦飞的鼻子骂他流氓。

齐梦飞气得真想扇陈小安几个耳光，又明白这样反而更糟，正在骑虎难下时，邱成进来了，劝了齐梦飞几句，把他拉出房间。

当时齐梦飞还不知道陈小安已决定绝食,到了中午,齐梦飞给陈小安送吃的,被陈小安扔到地上。齐梦飞说:"好家伙,你还绝食啊?"

陈小安马上针锋相对地顶上来:"我都想死了,还怕绝食吗?"

齐梦飞感觉事情不对头,这样下去真的会闹出人命来。他叫来邱成,两人一起给陈小安喂吃的。但只要齐梦飞和邱成一靠近,陈小安就拼命挣扎,大喊大叫。硬给她喂水和食物,她全吐了,吐到齐梦飞和邱成的脸上身上,弄得两人一塌糊涂。邱成去拧她的嘴,她张口就咬,变得像母老虎似的,咬伤了邱成的手指头,鲜血淋漓。

陈小安完全是不要命了的闹法,齐梦飞不知她瘦小的身体里哪来这么大的能量,可以百折不挠地对抗下去,连两个男生都拼不过她。齐梦飞到这时候开始后悔,当初找陈小安报复也许是个错误,但事情已然这样了,后悔又有何用?

终于都折腾累了,夜也深了,三个人也消停了。陈小安还是被关在房间里面,齐梦飞和邱成守在外面的过道。这个夜晚如此漫长,本来一躺下就睡着的邱成,这个晚上也辗转难眠。而陈小安与齐梦飞虽然想着各自的心事,同样感受到时间的煎熬,仿佛宇宙深处的钟摆停止了,时光死在了黎明诞生之前。

陈小安看着无边的黑暗,心里在想,要是这就是世界末日,那也没什么不好。

刘建东听了严杰从学校回来的汇报,心里略为踏实,只要陈米海做通王顺的工作,由建筑公司出钱赔偿遇害学生的亲属,这件事就摆平了。但随后,他却接到陈米海的电话,陈米海告诉他一个不好的消息,王顺失踪了。

电话里,陈米海口气紧张,哆哆嗦嗦,欲言又止,听上去像是信号不好造成的中断。他认为王顺可能出事了,而且有人掌握了王顺的情况,正在顺藤摸瓜，因为他感觉他去找王顺的时候，有人跟踪他。

"是谁？谁跟踪你？"陈米海的紧张传染给了刘建东，他明知陈米海不会知道，还是忍不住问他。

这太重要了，如果陈米海被人盯上，那他的怀疑就都坐实了。那人最后的目标可能就是他这位副市长。

陈米海果然说不出个所以然，他树敌太多，这时候觉得谁都可能在背后搞他。他甚至提到了死去的齐国耀，说齐国耀阴魂不散，他能感觉到他的存在，否则他不会这么倒霉。

真是活见鬼！难道烧成灰了的齐国耀还会从骨灰盒里爬出来，变成一个跟踪者和揭发者，置陈米海于死地？刘建东斥责陈米海的荒唐，但其实他很清楚，陈米海是心中有鬼。他勾搭了人家老婆，自然怕鬼来报复。

看来陈米海是顶不住了，女儿没找到，王顺又失踪了。要是这背后有人在操纵谋划，那这个人也太厉害了！刘建东放下电话，脑子里闪过一个念头，这个念头使他不寒而栗。

王顺是刘建东与陈米海的共同秘密。当年刘建东需要一大笔钱，他正主政教育局，大刀阔斧地推进民间办学和股份制试点。这就是机会，学校开始准备基建时，他向陈米海暗示过这个意思。陈米海心领神会，找到了自己的同学王顺。那时候，王顺的建筑公司刚刚起步不久，资质不够，是他刘建东跑了关系，给王顺破例提了一级资质。王顺拿到学校的基建项目，自然投桃报李，给他和陈米海每人一大笔钱。

刘建东拿到这笔钱，在市区相当不错的地段买了一套房子，这套房子也是他的秘密。除了他自己，没人知道这套房子的存在，他妻子，他女儿，他最亲的人都不知情。因为，这是他用来还债的。

事情得从很早的时候说起，那时，那个债主还是个孩子，刚读小学。他差不多每天都可以看到他。他虽已调到教育局当局长，但仍旧住在学校宿舍里,这样,在学校餐厅,或者别的什么地方,他总是跟这孩子不期而遇。有时是他一个人,有时拉着他母亲。叶美丽还挺年轻,风韵犹存。对这个女人,他始终抱着企图,总觉得他跟她的关系还没完,但这个关系就是接不起来。

他曾经做过很大的努力,帮叶美丽解决民办教师编制问题,在学校有了稳定的工作。后来还帮她转为正式教师编制,使她的生活一辈子都有了保障。很难说他这是还债还是乐于助人,叶美丽心里应该是清楚的,她认为他必须帮忙,但又不需要为此来感谢他。

叶美丽是不是利用了他们两人之间,不,应该还有严英才,是他们三人之间的微妙关系,达到了自己想要的目的?刘建东没兴趣搞明白,在叶美丽妖娆的体态面前,刘建东觉得自己再次被诱惑了。"谁让叶美丽长这么漂亮?"他记得他不无无奈地跟审讯他的审查组人员抱怨过。

但在他与叶美丽之间,以前是横亘着一个严英才,现如今却又横亘着这个小孩。每次他去叶美丽家,以谈工作为名想亲近一下叶美丽,总是在关键时刻遭到这孩子无情的捣蛋,他哇哇大哭,隔在叶美丽和刘建东之间,像一道天堑一样不可逾越。

刘建东讨厌上了这个孩子,有时觉得他简直就是严英才转世,专门来跟他过不去的。一直到他调离学校,去教育局当了局长,他和叶美丽的关系还在原地踏步,毫无进展。

叶美丽真是他的心魔,越不能得到,越吸引他。他终于决定孤注一掷,哪怕像当年那样背上强奸的罪名,他也在所不惜。那一个晚上,他不顾孩子肆意的吵闹,对叶美丽说出了一直埋在心里没说出口,简直称得上无耻的话,他说:"美丽,我们都有过一次了,你还装什么贞节呢?一次与一百次有差别吗?"

叶美丽被他的话说蒙了,一时没反应过来。刘建东不会放过这个天赐良机,他抱住叶美丽,把她放倒在床上。叶美丽异常驯服,或者说就像个木头人,灵魂出窍,连孩子拼命的哭闹都恍若未闻。刘建东被意外的惊喜弄得手忙脚乱,好不容易解开叶美丽的衣扣,叶美丽突然清醒了。

"你等等,"叶美丽握住了他那只伸向她身体里面的手,说,"我就问你一句话,你回答我了,你爱怎么做随你怎么做。"

"你说。这有什么难的,你问一万句我都愿意回答。"刘建东说。

结果,叶美丽说出了一段至今都让刘建东毛骨悚然的话:"你梦见过严英才吗?我常梦见他,你每次来过后我都梦见他。他从那个跳楼的榨菜池里爬起来,脑袋破裂,满脸血污,还有白花花的脑浆。他来到我面前,不说话,就看着我,他那双眼睛直愣愣的……"

刘建东不想听下去:"他是死得很惨,可这不是我们两人造成的,是运动,可恶的运动!我们都吃过苦头。"

"他的嘴巴动了动,那是他跟我说的最后一句话。他说,见到刘书记,我要告诉他——"

刘建东一凛:"他想告诉我什么?"

"他没说。原来他从我梦里出现是要去找你的,你难道真的没梦见他吗?他这样浑身是血地来找你?"

刘建东摇头,断然地说:"没有!我才不信这一套。"

"那好,我的话问完了,你想干吗就干吗吧。"叶美丽像是说累了,闭上了眼睛。孩子也奇怪地止住了哭闹,静静地躺在边上的小床上,睁着两只圆溜溜的小眼睛看他们。如果这时候刘建东还有勇气,他是可以做成的。

他很挣扎,欲望和惧怕混杂着,像病痛一样在他身体里发作。这时候,他又听见了叶美丽的一段话,叶美丽说:"我想明白了,以前,我算是过失杀人;现在,我和你做了这事,我就成故意杀人犯了。严英才,他确实就是我和你杀的。"

刘建东听清楚了,叶美丽说出了她的结论,其实也说出了她的拒绝。女人真是奇怪,她的心思和言行总是反过来的。她这样躺在床上,闭着眼睛,只要他回答问题就可以任他所为,但实际上,她早料到了结局。或者说,她已经决定了这个结局,就是他什么也不能做。

刘建东放弃了,这种风度他还是有的。不可思议的是,从来没梦见严英才的他在这个晚上真的梦见了严英才。就如叶美丽描述的那副惨状,严英才沾满血污与脑浆的脸近在咫尺,空洞的嘴发出他怎么也听不清的呼喊。刘建东惊醒了,一身冷汗。

刘建东从此再没去找叶美丽,持续不断的梦魇成了尚未发生的奸情的宣判书,使他的罪恶永远停留在当年,像盖上邮戳一样被自己收藏与纪念。要不是从叶美丽的这个孩子身上发现一些特别的事,他和叶美丽的交集到此为止。

他留意到这个名叫严杰的孩子不为人知又含意深远的细节,是在学校食堂。那天傍晚,他坐在严杰后面的桌子上吃饭,看到孩子的后脑勺,在靠近耳根的地方有一小块胎记,褐色的,指甲片那么大。他马上想起自己在同样的位置也有同样的胎记,这使他好奇了一下,马上又觉得自己多想了。他决定驱走多少显得突兀而古怪的联想,接着却看到严杰也像他小时候一样是个左撇子。他使用左手拿筷子夹菜,遭到叶美丽斥责,夺下他左手的筷子,交到他的右手。这一幕在刘建东记忆里何等清晰,几乎同样大小的年龄,他用左手使筷子,他母亲也同样斥责着,夺下筷子放到他的右手。他是硬被母亲改过来的,但现在偶尔还有这个习惯的残余。

当然,两个左撇子算不得什么证据,何况严杰长相上一点也看不出他刘建东的轮廓,但也看不出严英才的痕迹。他像他母亲,眉目清秀,长大了是美男子。刘建东嘲笑起自己来,他怎么会有这样荒唐的念头?他摇摇头端起饭碗离开了,走过严杰身边时他看了他一眼,这又使得他的心咯噔了一下,严杰当时的那个表情,皱着小眉头,嘴角紧抿,像极了他小时候的一张照片。

回家后,刘建东把那张照片找出来,照片上孩子的相貌跟严杰完全不同,这不会是两个有血缘关系的人,但你又不得不承认,孩子的神情,跟严杰真是像极了。这是骨子里的像,是凭感觉判断出来的像,是神似!

难道严英才当年的怀疑是真的?他与叶美丽无数次的夫妻生活都没结出果子,而刘建东与叶美丽仅有的匆匆一次,却留下了生命?难怪严英才那样狂暴,那样神经质,他一定被自己的猜想折磨疯了,他真是个先知先觉的天才啊!

一旦有过这种念头,刘建东的心再也平静不下来了。那些日子,他丧魂失魄,只要眼睛里出现严杰小小的身影,他的注意力就被吸引过去。他捕捉他的一举一动,一颦一笑,像一只心怀叵测的蜘蛛织出隐秘的大网,来网罗空气中每一缕的风吹草动。

证据自然越来越多,但没一个证据称得上是铁证,搞得刘建东都快走火入魔了。这样下去也不是办法,他决定当面与叶美丽谈一谈,于是在一个傍晚,他早早等在学校外面的河边,只要不下雨,叶美丽差不多每天这个时候都带她儿子出来散步,两人沿着河岸走走停停,严杰总是发现令他好奇的东西,蜻蜓,采花的蜜蜂,小青虫,各种野花,青蛙扑通一声跳进河里,每一样都吸引他,甚至一根狗尾巴草也可以让他玩上半天。

母子俩在一起的时间是放松闲适的,看上去充满了乐趣。叶美丽不时回答着儿子的提问,她笑起来还是那么迷人,她真是个好母亲。刘建东等不及了,他从一棵大树后面闪出来,装出偶然相遇的样子,一面跟叶美丽打招呼,一面掏出早准备好的糖果塞给严杰。他蓄谋已久的计划立马暴露他的用意,但效果却是立竿见影,严杰拿着糖果津津有味地吃起来,暂时忘记了刚才跟母亲讨论的蝌蚪怎么变成青蛙的问题。

叶美丽对刘建东在这种场合以这种方式的突然出现显然有点紧张,她直觉上知道发生了大事,却没想到刘建东说出的话比她能想到的大事都要大。

刘建东说:"美丽,你把实话告诉我,严杰是我儿子,对吧?"

叶美丽完全惊呆了,在此之前,她从未想过这个问题,虽然严杰长得不像死去的严英才,但也不像刘建东,严杰长得像她,这使她放松了对严英才当年纠结不休的疑问的追寻。她心里反而有一种满足感,就像俗话说的:儿子像娘,金子打墙。这些年她既当爹又当妈,儿子已经百分百属于她一个人的了。

刘建东见她愕然的样子,以为她没听清,重复了一遍:"美丽你说实话,你知道的,严杰是我生的,是我儿子。"

叶美丽连连摇头:"你瞎说什么呀?严杰怎么是你儿子?他是我儿子,刘书记。"

叶美丽一直叫他刘书记。好吧,你是想跟我保持距离,可实际上不是这样的,你和我有特别的关系,而且这关系产生了后果,这个后果是活生生的人,是我们共同的儿子。刘建东这样想着,决定说个明白:"叶美丽,我不是来无理取闹,更不是无中生有,我这样说是有根据的,我已经观察了一段时间,我可以肯定严杰是我的骨肉,他不可能是严英才生的。你是母亲,你应该最清楚,他跟严英才一点关系都没有。"

叶美丽气坏了,虽然心里有点发慌,她也没法确定刘建东说的是不是真的,但刘建东的态度激怒了她,他凭什么可以这样对她说话?"严杰是谁的儿子我当然清楚,反正跟你没关系。刘书记,请你自重。"叶美丽说完,气急败坏地丢下刘建东,奔向不远处还在津津有味吃着棒棒糖的严杰,拉起他就走。

第一次行动失败,刘建东并不灰心,他也感觉自己太生硬了。第二次,他趁叶美丽下班刚回家,单独把她堵在家门口。他的态度和口气都变了,没有了领导干部的气势。他恳求叶美丽认真考虑他的建议,到医院做个亲子鉴定。他说他好悔恨,如果严杰是他的亲生儿子,他一定要补偿他。

叶美丽一言不发,面无表情地掏钥匙开门,不等刘建东跟进去,她砰的一声推上门,把刘建东关在了门外。

叶美丽是铁了心肠,不让儿子认刘建东这个父亲。刘建东不是死缠烂打的人,他知难而退。但心里总放不下严杰,得空便想看看这孩子。那时,严杰已上小学,刘建东也搬出了学校宿舍,住到教育局安排的房子里。他要看严杰必须到他的学校,最好在放学时间。教育局有一辆桑塔纳,刘建东有时出去办事,不让司机开,自己驾车,回来的路上可以绕道去严杰读书的那个小学,看一眼心目中的亲生儿子。刘建东的直觉真的非常好,也许这就是骨肉亲情,超自然的感应,他越看越觉得严杰就是他刘家人。

他的行为当然是鬼祟的,不能让来接孩子的叶美丽发现。通常,他把车子停远一点,看着严杰从校里面出来,蹦蹦跳跳地奔向等在门口的叶美丽。叶美丽会给他一块烤红薯,或者一只苹果,然后把他抱到自行车后座,骑车回家。这几分钟里是刘建东幸福而美好的时光,他尽情欣赏他的亲儿子,就像观赏一部宽银幕大片里的男主角。

如果不发生后来的意外,刘建东的这段偷窥时光还真不知要持续多久,又以什么样的方式结束。也是天可怜见,这是他自己在事发后的感慨,一场可怕的事故改变了一切,并且不可思议地把坏事变成了好事。

那天傍晚,刘建东又等在车内,看着严杰坐在叶美丽的自行车后座上过来。天下着小雨,视线昏暗,他的车窗玻璃一片模糊。刘建东不假思索地摇下车窗,以便看清楚些。他的这个动作引起了叶美丽的注意,她转过脸来,一下子就看到了刘建东。叶美丽愤怒了,嘴角一抿,柳眉倒竖,蹬着自行车直冲过来,显然是要跟刘建东论理,他为什么三番四次干涉他们母子两人的生活，他还有完没完？刘建东不想在校门口附近与叶美丽闹不愉快，赶紧发动车子，想一走了之。

刘建东往外打方向盘，也许幅度太大，叶美丽的车子冲过来，一个急刹车，轮子在湿地上打滑，整个自行车侧翻过来，顺着惯性，撞向刘建东的桑塔纳，自行车的后半个身子翻到桑塔纳底下，要不是刘建东及时刹车，严杰恐怕已经没命了。

但事故的现场还是非常可怕，严杰被卡在自行车与桑塔纳的后轮之间，一条腿压伤了，头破血流。叶美丽从车肚子底下抱出儿子，严杰叫了声妈，脑袋一歪就昏过去。刘建东再见多识广，这时候也乱了方寸，开车送严杰去医院，一路狂奔。叶美丽终于哭出来，她哭得很放肆，也许车里只有他们两人，叶美丽毫无顾忌，她骂刘建东说："这下你如愿了，你害死他你就高兴了。我的天哪，你这是作的什么孽啊？"

刘建东一声不敢吭，全神贯注地开车，本来二十分钟的路程，他十分钟就开到了。要不是门口有门卫拦着，他那架势，恨不得径直把车子开进急诊室。

幸好严杰没伤到要害部位，医生检查后马上动手术。进了手术室，又出了点小意外，需要输血。连叶美丽自己都不知道，严杰居然是极罕见的 RH 血型。血库里没这种血，必须寻找相同血型的献血者。时间紧迫，到哪儿去找呢？

医生四处想办法，叶美丽一筹莫展，哭都哭不出来了。刘建东却没想到，有这么个绝处逢生的机会就这样降临到他的头上。他其实对自己是什么血型也不清楚，得知需要献血，就去找医生，说自己可以献。不管严杰是什么血型，如果他是他儿子，那他这个父亲的血一定可以。

医生刚才听到叶美丽哭诉，知道刘建东是肇事司机，对他将功赎罪的心情表示理解，但毫不犹豫地拒绝了他，医生说："你想负责任可以，快去取点钱付住院费吧，别在这里添乱，这事不是你能帮上忙的。"

"为什么我帮不上忙？你又没验过我的血。"刘建东很不满。

"那好，我告诉你，"医生说，"这孩子的血型非常罕见，相同的概率极少。"

"极少？多少算是极少？"

医生说："千分之三吧，一千个人里只有三个。"

"那我就是这千分之三。"刘建东果断地说。

医生摇头："不可能，除非你是孩子的直系亲属。"

"我是他爸，行了吧？医生。"刘建东说着，自信地捋起了自己的衣袖。

晚上，叶美丽多烧了两个菜，是严杰爱吃的糖醋排骨和清蒸鲈鱼，还煲了个老火汤。儿子果然吃得开心，话也多了，跟她说起陈米海与王顺的事，说王顺可能躲起来了，找不到了。如果遇害学生的赔偿问题不解决，这事肯定闹大，必然会牵涉到陈米海。这人也够倒霉的，女儿失踪还没破案，自己又卷进这样的麻烦。

"莫不是他今年命里有这一劫？"严杰笑着打趣说。

儿子真有点幸灾乐祸了。这不正常，以他的位子，是不便说这些的。何况陈米海是刘建东的心腹亲信，按理儿子该护着他一点，至少也不将事态扩大。难道刘建东与陈米海有什么矛盾了吗？

叶美丽旁敲侧击，问了些学校围墙的施工质量问题，她说："外面的传闻多得很，陈米海从施工队受了贿，这事上面是不是要查啊？"

"当然要查，"儿子说，"陈米海胆子也太大了，无法无天，他这样下去还了得！"

"那刘副市长会保他吧？"叶美丽说出了自己想要知道的东西。

没想到，儿子爆了句粗口："保个屁！只怕他自己都自身难保了！"

儿子这话说得痛快，冲口而出。叶美丽心里惊了一下，一直以来的某种感觉得到了印证，这使她更加不安起来。儿子是刘建东的贴身秘书，得到刘建东重用，他应该对这位刘副市长感恩戴德才是。

"刘副市长也有问题吗？"叶美丽装出什么也不知道，继续问下去。

一牵涉到刘建东，儿子说话就谨慎了，他及时避开了这个话题，并且一把堵住了叶美丽的嘴："妈，他有没有问题是他的事，你操哪门子心啊？"

叶美丽的脸微微红了一下，尴尬地笑笑："我才不操心呢。我是担心你，你现在势头这么好，顺风顺水，将来……"

儿子摆摆手，打断了叶美丽："我挺好的，妈你放心就是了。"

叶美丽怎么能放心得下？夜里躺在床上，她辗转反侧，如果儿子心里是恨刘建东的，那么这是什么原因？工作中的，还是另有缘故？如果另有缘故，会不会与自己有关，或者与儿子的身世有关？难道儿子已经知道了其中的一些秘密？

那场意外的车祸，意外验证了刘建东与严杰的父子关系。在这样的铁证面前，叶美丽无话可说。她采取了一个非常决绝的举动，就是承认刘建东是严杰的生身父亲，但不许刘建东与严杰相认，一辈子都不许！

事情到了这一步，她觉得真的是她杀死了严英才——当年严英才怀疑她肚子里的孩子不是他的，才走了绝路，如今得到了证明，严英才是对的，是她杀死了严英才。但她不能让严杰也把严英才再杀死一次，那样的话，严英才在世上就什么东西也没留下，连做父亲的权利也被剥夺了。

"他太可怜了！"叶美丽哭着对刘建东说。

他们两人是在茶室的一间包厢里，叶美丽抛弃了往日的矜持，一任自己在刘建东跟前泪流满面。幸亏刘建东献血及时，严杰手术顺利，很快出院，没留下任何后遗症。叶美丽是真心感谢刘建东的，虽然这个感谢里混杂着多少说不清道不明的羞耻、屈辱与愧疚。

"我这样做是为严英才好，也为严杰好。"叶美丽擦干泪水，看着刘建东，她这样谈话的口气好像严英才还活着，他们是在谈论一个跟他们生活在一起的活人。这使刘建东很不适应，他别扭地避开了叶美丽的目光。

"当然，对你也有好处。"叶美丽也移开了视线，转向窗外，好像对着外面的那一片世界，她补充道，"江湖险恶，你毕竟身在官场啊。"

叶美丽的这句"江湖险恶"，差点令刘建东动容。她在心底里终究还是关心他的，他们之间的关系不仅仅是一次错误的性行为，还有一个共同的儿子。这就是亲情，哪怕最深的仇恨都无法抹去。

刘建东突然感觉自己踏实了，他非常爽快地答应了叶美丽的要求，这辈子都不公开认严杰为亲生儿子，不影响严杰对严英才的感情。他对叶美丽说，他愿意默默关注严杰，在暗中帮助他，成为他成长道路上不出面又无处不在的贵人。

刘建东信守了他的承诺，一直与严杰保持距离，哪怕他心里想儿子想得要命，他也没跟严杰多说一句话，只是像以前那样偷偷到校门口看一眼。但严杰各个阶段的学习，小学转学，初中、高中择校，大学录取，他都悄悄做了工作，在这方面，可以说叶美丽并没操多少心，一切都由刘建东搞定。

而叶美丽与刘建东的关系，也始终保持原状，并没往前进一步。这主要是叶美丽的那个心结始终解不开，还有，随着儿子一天天长大，叶美丽发觉，她越来越恐惧她拥有的这个秘密，以至于她都有点怕自己的儿子了，就像一个罪犯唯恐有一天要暴露罪行，受到审判。

与严杰的成长同步，刘建东官运亨通，一路做到分管文教卫的副市长。在这个过程中，刘建东着手为严杰解决生活需要的问题，放在第一位的就是房子。

叶美丽住的学校宿舍是一间平房，还是严英才与她结婚时分的，当时已算相当不错了。后来学校造新宿舍楼，为教师改善住房条件，都没轮到叶美丽。虽然这些宿舍楼是刘建东当政时建造的，他也有心要照顾叶美丽，但分房实在是众目睽睽，每个教师都打分，叶美丽学历低，她是民办教师出身，转正后在职进修过两年，只能算中专，教高中太勉强，她的实际工作是教务处打杂，她要是分到新房，大学毕业的教学骨干那还不起来造反？

叶美丽带着严杰一直住在那间小平房里。到了严杰上初中的时候，商品房开始出现，有钱人可以花钱买自己喜欢的新房子住。有一天，刘建东约叶美丽去一个地方，是本市新开发的楼盘，房子漂亮结实，绿化也很好，比叶美丽住的小平房不知高级多少倍。叶美丽还以为这是刘建东的新居，说什么也不肯进去。刘建东无奈，只好在车子里拿出一串钥匙交给叶美丽。他对叶美丽说，这房子是她和严杰的。怕叶美丽不相信，刘建东又拿出房产证和购房合同，一股脑儿扔给叶美丽。

"我就想让严杰住得舒服一点，他是你儿子，也是我儿子。"刘建东豪迈地说完，一踩油门开车走了，把叶美丽一个人留在新房前。

叶美丽本来也想离开，但挡不住新房的诱惑，还是小心翼翼地开门进去看了一眼。这一眼看得她胆战心惊。虽然新房没装修，只是毛坯，但那宽敞的空间，明亮的落地窗，还有迷宫一样的一个个房间，足够让她叹为观止了。

一个寡妇，带一个孩子，住这样高级的房子，那是什么后果？叶美丽毕竟是本分女人，她考虑了两天后，把钥匙、房产证、购房合同全都还给了刘建东。她没告诉刘建东为什么不要这房子，反而问他一个问题："你哪来这么多钱？"

刘建东没想到叶美丽这么死心眼，给她享受她都不要。但仔细回顾叶美丽的人生，他对她有了更深的认识。她长得实在是漂亮，举手投足都有一种风韵，很容易让人觉得水性杨花，其实这是误解，把她身上那种特别的味道当作风尘了。真的了解叶美丽的话，你会发觉她是沉寂而古板的，也许这不是她的本性，是生活给她的改变，但如今的叶美丽确实就是一潭清幽的古井,让他体会到岁月酿出的醇美。

包括叶美丽问他哪来这么多钱的问题,刘建东心里是受用的,这说明叶美丽替他担心,害怕他出事。他们两人的恩怨,在无形中,又结成了另一种解不开的关系,变成一个利益共同体。就像两块磁铁,同时具备相斥与相吸的两极,彼此难解难分。

刘建东找人出租了这套房子,反正房产证上是叶美丽和严杰的名字,他不过替他们保管几年而已。出租房子所得的钱刘建东打到叶美丽的存折里,他对叶美丽说,这是他还严杰的债,作为一个没尽到养育责任的父亲,请允许他以这种方式来弥补和赎罪。

这是叶美丽无法拒绝的,这笔钱数目不少,远远超过叶美丽的工资收入。也因此,严杰的青少年时代没有经历物质的穷乏,反而比较富裕。严杰对此一无所知,他相信他的母亲是个能干的人,同时,他也接受了母亲的另一种解释,他父亲严英才当过侦察兵,立过功,拿到过一笔不菲的部队退伍费。

到严杰大学毕业回来工作,叶美丽本来可以搬到刘建东给他们买的那套房子,十年过去,生活条件都变了,这时候叶美丽换个住房应该不会太引人注意。可叶美丽仍然非常小心谨慎,她把住了几十年的那间平房还给学校,凭着自己硬碰硬的工龄,从学校分到一套两居室的房子,让儿子拥有了自己独立的房间。

现在,叶美丽明显感觉到儿子对刘建东的敌意,却什么话也不能说。她了解儿子,儿子言语不多,其实特别敏感,说漏了嘴只会使事情朝复杂的方向发展。叶美丽辗转反侧了一夜,仍拿不定主意。她一早起来,换了身素净的衣服,往云林寺去找闵师父。

也不是闵师父真能解决她的问题。到庙里她佛也拜了,经也念了,求个心静,别人能,她却不能。有一次闵师父跟她说,孽债太深,都是要报应的,还一点少一点。这话她听进去了。

闵师父组织香客放生，她比别人多买了几十斤鱼，好不容易拎到放生池，本想一条一条放进池里，念几句阿弥陀佛，把善事做圆满了，少几分孽债。却不想一众香客你挤我抢，一拥而上，各不相让，大大小小的鱼儿一股脑儿倒进池里，闵师父想阻止也来不及了，只好合掌念几句经文，算是功德圆满。

第二天她看报纸，有新闻报道说，昨天天气闷热，气压低，放生的鱼儿太多，放生池容纳不了，大部分死了，浮了满满一池子的死鱼。报纸还配上照片，看上去真让人心疼。爱惜生命变成了杀戮生命，叶美丽为此不安了好几天，不知道别人会不会自责难过，反正叶美丽觉得自己的孽债又深了一层。

闵师父就是这事以后说叶美丽有慧根，他教她诵经打坐，给她讲解佛法。叶美丽最讨厌听的是因果报应，但最听得进去的也是因果报应。她作的孽，总是要报到她身上的，严英才是第一个报应，刘建东算第二个，那严杰呢？他如果也是她的报应，那她作的孽，什么时候才是个了结？

叶美丽看不到闵师父所说的解脱与圆满，她很想跟闵师父说实话，她越来越责怪自己，看不起自己，也看不起别人。她的心是阴郁的。这也是困扰她的问题，为什么她越来越觉得不安了呢？

闵师父笑眯眯接待了她，看到她的黑眼圈，知道她没睡好，安慰她几句，当然还是那些老话，空即是色，色即是空。你把世界万物，包括身边的人都看空了，你就真解脱了。

闵师父双手合十，闭眼诵读了一段《心经》："是故空中无色，无受想行识，无眼耳鼻舌身意，无色声香味触法，无眼界，乃至无意识界⋯⋯"

"佛法何等高深，你听明白了？"闵师父睁开眼睛，越发慈眉善目，"这个世界根本就没有形相，也没有眼、耳、鼻、舌、身、意等六根，更没有色、声、香、味、触、法等六尘，没有眼睛所能看到的界限，直到没有心灵所能感受的界限，你就真的空了。"

"你说的是佛，我做不到。"叶美丽沮丧到绝望。

你里头的光

"人人皆可成佛嘛。"闵师父还是笑眯眯的,带点鼓励的意思,"你看我,出家了,六根清净,这世界就空了,名利与我何益?你没出家,道理是一样的,身在俗世,心要出家,把烦恼看开了,也就没了。了就是空啊!"

闵师父说得真切,叶美丽有点感动,想讲一讲儿子的事,又怕闵师父一问两问,把以前的事都牵出来。寺庙人多嘴杂,就算闵师父靠得住,别的和尚未必。

正犹豫着,闵师父送她出来,到了门外,主动问起她的儿子,说:"你家儿子有出息,在刘副市长身边当差,不知可否帮忙小事一桩?"

叶美丽不好推辞,便开玩笑说:"闵师父这样的世外高人,也有俗事?"

闵师父的脸微微一红,马上又恢复正常,态度倒挺诚恳:"哦,也不完全是私事吧,跟云林寺有点关系。听说政协准备换届,宗教界增加一名委员,我觉得云林寺最合适。你儿子在刘副市长那儿说得上话,帮我推荐推荐。"

叶美丽没料想闵师父是想当政协委员,怔愣了一下。闵师父见她迟疑,又接着道:"要不,让你儿子把刘副市长请到云林寺来,现在的领导也喜欢烧香,保平安嘛。顺便在这儿用餐,不是我吹的,云林寺的素斋可是一绝。"

叶美丽突然像吃了一只苍蝇,心里一阵恶心。赶紧朝闵师父点点头,也不说什么,转身就走。

走了几步,突然又想笑,原来像闵师父这样的出家人,也是有点俗念的啊。说是没有眼、耳、鼻、舌、身、意,没有色、声、香、味、触、法,可一个政协委员就让他六根不净,六尘不清了。人活在这世上,哪有真的空啊?

这样一想,叶美丽又觉得闵师父还是蛮可怜的,她不该恶心他,或许他和自己也是差不多的人,他们都在这个世界里挣扎,明明知道没什么意思,还是停不下来。

因为说到底,没什么意思其实也是有点意思的吧?谁知道呢?

只是这云林寺,往后她再也不会来了。

齐梦飞暴揍了邱成一顿，把邱成打惨了。这小子嘴里讨饶，心里却不服，他始终认为齐梦飞是因为他先搞了陈小安，没把优先权让给齐梦飞，齐梦飞才这么怒火中烧。其实，他早就让给齐梦飞先上的，是齐梦飞自己不想搞，等他搞了，齐梦飞又觉得吃亏，冲他发作，打这么狠，差点要了他的命。

　　齐梦飞懒得计较邱成的小人之心，他的当务之急是这个局面怎么收场，看看陈小安痛不欲生、寻死觅活的样子，齐梦飞明白他再怎么威吓利诱，陈小安都不可能放过他和邱成了，这件事的结局只有一个，就是把陈小安交出来，自己和邱成再去公安局自首。

　　邱成死也不干，他说齐梦飞疯了，这不是自寻绝路吗？绑架强奸，那可不是闹着玩的，至少劳教，弄不好，碰上陈米海这样有钱有势的人打击报复，判几年牢也是他们罪有应得。一想到要进监狱，邱成腿都软了，一把鼻涕一把眼泪地哀求齐梦飞，千万别干投案自首的蠢事，否则他们的一生就完了。

　　齐梦飞当然没这么傻，他还在考虑，有没有可能峰回路转，父亲曾经说过，他最相信这句古话：车到山前必有路。但眼下他真看不到哪儿有路。

　　陈小安在他们手里已经第六天，绝食也将近两天了。外面的风声又紧起来，班主任沈老师连续两次找到齐梦飞家，问他母亲为什么齐梦飞这些天老逃课，母亲气得要打断他的腿，他连家也不敢回了。

　　齐梦飞越想越忐忑，这天傍晚，他叫邱成看住陈小安，自己到蘑菇房外面去转一圈，侦察一下有没有可疑情况发生。还好，附近街道都很平静，连一个警察的影子也没看到。只是蘑菇房边上的一块废墟有人架着仪器测量，看样子这儿不久后要全部拆掉重建。还有两个拾荒者把捡来的东西摊在地上，分门别类。齐梦飞仍不放心，故意走到距离蘑菇房最近的小超市，买了一包烟，两盒饼干，几瓶可乐，没话找话地跟营业员闲扯几句，意思是这蘑菇房是不是也要拆了。营业员一副漠不关心的样子，懒洋洋地回答他：

"谁知道,我又不是市长,操这份心!"营业员的话把齐梦飞逗乐了,一下子开心起来。

往回走的时候,又看到那两个拾荒者,正在为什么事互相抱怨,边上的瓶瓶罐罐、报纸杂志堆了一地。齐梦飞随手捡起一张报纸看本地新闻,终于听明白那两个拾荒者说的事儿。原来,他们昨天辛辛苦苦整好的一车报纸杂志,堆放在附近一间小破房里,刚才发现不见了,连车子也被人推走了。这种地方还有小偷,这小偷居然要偷扔掉都没人捡的报纸杂志?这也太莫名其妙了。这两人因此互相埋怨,怪对方没看好这些东西。

齐梦飞也觉得那偷东西的人缺德,什么不好偷,人家捡的你也偷?但他不想多嘴,丢给这两人一人一根烟,转身离开。

齐梦飞回到蘑菇房,邱成不在,这小子居然扔下陈小安不知去哪儿了。要是陈小安跑了怎么办?齐梦飞吓出一身冷汗,幸好捆绑陈小安的绳子很结实,她像个粽子似的动弹不得,嘴巴封上胶带纸,发不出一点声音。邱成下手倒够狠的,也不怕把陈小安憋死。连续几天的折磨,陈小安感冒了,鼻子有点堵塞,她的呼吸异常困难,脸涨得通红。齐梦飞忙把陈小安嘴上的胶带纸扯开,问她说:"你没事吧?"

陈小安大口喘气,恶狠狠地瞪了他一眼。齐梦飞本想把陈小安身上的绳子也解开,但陈小安这一眼太狠了,像刀一样直插齐梦飞的胸口。齐梦飞心一颤,本能地缩回了手。

这是个很微妙的变化,只有齐梦飞自己知道。原先他恨陈小安,鄙视她,嘲笑她,折磨她,他都为所欲为,理直气壮。但自从邱成强奸了陈小安,不知怎么的,齐梦飞在陈小安面前就有点心虚了,他不敢直视她的眼睛,甚至不敢去看她的身体,仿佛是他自己强奸了陈小安。

门外传来脚步声,是邱成回来了。齐梦飞的怒气又冲上来,气呼呼地出去,怒骂邱成:"你找死啊?去哪儿了?陈小安跑了怎么办?"

邱成先是吓一跳，随后不以为然地说："她跑？哪这么容易。"

齐梦飞厉声警告他："你别给我牛皮哄哄的，她要是跑了，第一个倒霉的是你！"

邱成的脸色变了一变，想说什么，却没说出来。他默默抽了根烟，然后把烟蒂往地上一扔，用鞋底碾灭了，说："老大，有句话，不知该不该说。"

齐梦飞说："有屁快放。"

邱成却没马上就说，他鬼头鬼脑地看了眼关押陈小安的房子，把门反锁好，这才把齐梦飞拉到一个角落。"我知道老大你怨我，我把事情搞砸了，其实我不碰陈小安，这事也完不了，老大你仔细想想，是不是这个理？"

齐梦飞不耐烦了："别给老子绕弯子，你小子一肚子坏水，我还不清楚？想倒就倒出来。"

"到底是老大了解我。"邱成嘿嘿干笑几声，神秘兮兮地凑过来，"老大想过没有？要是陈小安她……她没有了呢？"

齐梦飞一开始没听明白："没有了？陈小安不是好好的在吗？你什么意思？"

"我就这意思，没有了，消失了，不存在了。"邱成诡秘地眨着眼睛。

齐梦飞恍然大悟，瞪着邱成："你想杀了陈小安？"

"死人是不会说话的，老大。"

齐梦飞的头发都竖起来了："杀人灭口，亏你想得出来！"

"我们下了盘死棋，老大，只有这一招能死里逃生。"

齐梦飞勃然大怒，一拳打在邱成脸上："你给我闭嘴，你这混蛋，不许你说这些。"

邱成给打蒙了，齐梦飞一只脚又踢过来，把邱成踢倒在地。"你给我听着，"齐梦飞对着邱成一边吼叫一边拳打脚踢，"你要是再动这种歪脑筋，老子先弄死你！"

邱成没料到齐梦飞这样翻脸不认人,一股恨意油然而生,但他从来不吃眼前亏,知道跟齐梦飞硬碰硬没好果子吃,便唯唯诺诺地爬起来,再也不敢说一个"不"字。

事情的风波似乎就这样过去了。夜里为防止邱成再去碰陈小安,齐梦飞把陈小安单独关在房间里,他和邱成躺在房间外的走廊上一块儿看守。邱成老实多了,买了两瓶啤酒孝敬他。齐梦飞喝完啤酒蒙蒙眬眬睡过去,却总睡不安稳。大约到了半夜,他被一股焦煳的气味弄醒,睁眼一看,真吓得够呛——关押陈小安的房间红彤彤的,有火光在摇曳,仔细一看,还真起火了。风势卷起火焰,毕毕剥剥作响,刚才的焦煳气味就是这阵风送过来的,应该是烧着了塑料一类的东西。

齐梦飞叫一声邱成,身边哪还有他的人影。想起陈小安还在房间里,齐梦飞慌了,他蹦起来去推房门,房门反锁着,急切间推不开。齐梦飞来不及掏钥匙,一脚踹开了房门,直冲进去。

房间里又是另一番景象。火是从水泥台子边烧起来的,浓烟滚滚,陈小安已从水泥台子上翻滚到地下,正在拼命挣扎,却怎么也挣不开捆住的手脚。她的嘴巴被胶带纸封住,发不出声音。火苗点燃了她的衣服,她惊恐而绝望地看着血红的火舌舔向自己的脸,要一口一口将她吞吃。

齐梦飞来不及多想,这火是怎么烧起来的,为什么就烧在陈小安身边。他的脑子里只来得及闪过邱成的那句话:"死人是不会说话的,老大。"齐梦飞浑身一震,下意识地就想转身跑走。

后来,齐梦飞曾一再回忆,当时是什么拉住了他的腿,使他停住脚步?这时,火势更大了,火光与浓烟都快吞噬整个房间了,能见度极差,基本上什么也看不见。唯一让他能看清的是陈小安的脸。没错,就是她身上燃烧的衣服映亮了她的脸,让齐梦飞看到了她的表情。千真万确,陈小安哭了,满是烟灰的脸上有两道亮闪闪的泪痕。这两道亮闪闪的泪痕犹如黑暗中划过的电光,给齐梦飞以巨大的震撼。随之,一声炸雷在齐梦飞心田炸响。

齐梦飞被炸醒了。他奔上去,扑灭了陈小安身上的火,又去扑边上的火。他把衣服脱下来,手脚并用。忙乱中他看到地上有好多燃烧的报纸杂志,还有汽油的味道。难怪火势这么大,他的袖子和裤腿也着火了。

他感到窒息,跟跄中碰到了躺在地上的陈小安,陈小安好像昏过去了,一动不动。齐梦飞知道自己必须冲出去,他抱起陈小安,这是他第一次这么直接地抱她,没想到她这么沉,但仍然温暖柔软。齐梦飞精神一振,抱着陈小安冲出了火海。

到了外面,呼吸一下子清新了,齐梦飞把陈小安放到地上,扯开封住她嘴巴的胶带纸,解开捆绑她手脚的绳索,又拍了拍她的脸,叫了一声陈小安。陈小安用一声轻轻的呻吟回答了他,然后就醒了过来。

齐梦飞不知该说什么,刚才的一切就像是在梦中发生的。突然,一个人影从角落里一闪而过,那人影他很眼熟。是邱成,落荒而逃的邱成。

一阵恐惧同时从齐梦飞的体内升起,他本能地大喊一声:"邱成——"

邱成停顿了片刻,但没转身,很快又朝前跑去,那奔跑的动作像录像带卡了一下,马上恢复正常。

"邱成,你去哪儿?你等等——"

邱成融入了黑暗之中,然后,他看到从他消失的地方涌现出许多的人影,那是远处的街道,消防车与警车也出现了,夜空下闪烁着红蓝相间的灯光,特别炫目,警笛的呼叫声更是震耳欲聋。

齐梦飞往前走了几步,又向后转,往相反方向走。同样,在相反方向走了几步后,他看到前方也是人影和车辆,他折向左边,再折向右边。他第一次发现他所处的这片废墟其实是一座孤岛,被整个巨大的城市包围着。

所以不分东西南北,只要他稍稍偏离这座孤岛,他就被喧嚣的城市俘虏了。

第四章

两个十六岁男生绑架强奸同班女同学，放火想烧死她，这个耸人听闻的恶性案件在全市迅速流传，很快就家喻户晓了。

高红梅的世界天塌地陷，她儿子居然是个强奸犯、杀人犯！还是流氓团伙"兄弟帮"的头目！齐梦飞被抓走后，警察上门，搜查了齐梦飞的房间，当场搜出他成立"兄弟帮"的有关证据。警察说，光凭这些证据，齐梦飞铁定是流氓团伙首犯。他的绑架强奸是有背景有原因的，不是凭空发生的。出现眼下这么大的案子，也是这个犯罪组织发展的必然结果。

除了邱成之外，涉及这个流氓团伙的学生，包括周永兴、林德生等人，都被叫到公安局，接受警察讯问，做了笔录。警察说，如果查出新的案情，不管是谁，该抓的他们一定抓。这话搞得学校和家长人心惶惶，因为不知道这个该死的齐梦飞还带他手下的那些兄弟做过什么坏事。名单被列入"兄弟帮"的学生家长，担惊受怕之余，更是对齐梦飞恨之入骨，他们把气都出到高红梅身上，高红梅外出，有人会突然上来辱骂她，还有人往她衣服上泼墨水，弄得一贯心高气傲的高红梅都不敢出门，躲在家里偷偷抹眼泪。

警察搜查完家里后，带走了他们认为有用的东西，齐梦飞找到的齐国耀的笔记本却留了下来，也许他们认为这个本子与齐梦飞案子没关系，记的都是二十几年前的旧事了。高红梅因此得以窥见齐国耀当年的心路历程，包括他一直没跟高红梅讲的隐私。高红梅被这意外的收获，或者说打击镇住了，她自以为最幸福的那段人生里，原来包藏着这么多的不堪。

如果回到他们两人关系实质性的起头，高红梅相信一切的偶然中都有必然。那个晚上在她宿舍里的醉酒，以及醉酒之后的激情欢爱看起来偶然，却是齐国耀的失败与她的坚持所带来的人生必然，他们的交集通过男女身体最亲密的接触，突然把彼此的命运固定了下来。

不久之后，他们结婚了。婚礼是齐国耀和"兄弟帮"的大聚会，齐国耀西装笔挺，脚蹬"老爷车"皮鞋，像个成功人士一样在酒席上宣布，"兄弟帮"彻底平反了，他说："我们在政治上打了翻身仗，我们接下去要在经济上也打一场翻身仗。这社会可不是陈米海他们说了算的时代了，兄弟们，咱们都加把劲吧。"婚礼现场欢声雷动，兄弟们纷纷举杯，似乎一个属于他们的美好时代真的到来了，他们可以实现当初结拜兄弟时的梦想，彼此抱团，互相扶持，有福同享，有难同当，在社会上出人头地。

那个晚上，人人差不多都喝醉了，王顺醉得最厉害，他滑倒在桌子底下，一个人抱着桌腿呜呜大哭。大家都知道他单恋高红梅，以为他看着高红梅嫁人，心里悲伤，又不好去劝说，免得他说出令人尴尬的话，冲了婚礼的喜气。但王顺烂醉中理智尚存，他呜呜哭着说："今天我是很伤心，不过高红梅你嫁给齐国耀我不嫉妒。我还替你高兴，因为你没嫁给陈米海这个小人……"

这句话说得太好了，也提醒了众兄弟。江涛说："是啊，我们怎么忘了这事，今天也是我们'兄弟帮'的大喜日子，我们老大齐国耀打败了陈米海。我们赢了！兄弟们，我们赢了！"

大家都欢呼起来，再次纷纷举杯。那一夜的婚宴，就在一片"我们赢了"的欢呼声中结束，充满了豪情。

高红梅的眼光没错，齐国耀是个非常聪明能干的人，一旦从幻想中醒来,脚踏实地回到现实,他的才干就有了用武之地。婚后,他开始努力创业。他没什么资本,也没资源可言,先做些小买卖,摆过水果摊,也卖过牛仔裤,都没赚到什么钱,后来发现跑运输能赚钱,便开起了卡车,全国四处跑,第一桶金来之不易,卡车从一辆增加到三辆。但好景不长,似乎命运偏偏要捉弄他,他的公司随之灾难频发:一辆车途中遭遇山洪,货物尽失;一辆车翻下山路,司机殒命;还有一辆车撞死了人。齐国耀穷于应付,每一个环节都经历了,打官司,赔偿,破产,关门,一切又从零开始。

为什么齐国耀注定这样多灾多难?高红梅问过自己,但她却从没后悔过,齐国耀也没泄气过,他跌倒了再爬起,又从打工开始,在王顺手下当过泥水工,办过水泥预制厂,开过建材公司,这样折腾了十来年,有了点小资本,他把目光转向了民间金融行业。此时,在他们生活的城市,乡镇企业风起云涌,民间资本极其活跃,出现了一种全新的融资手段,叫"宝塔会",大的"宝塔会"会众上千,通过高利息吸纳资金,再以更高的利息借给有急需的个人或企业,有几个没工作的家庭妇女干上这一行,发了大财。齐国耀比那些家庭妇女聪明多了,他入行较晚,但很快就成为"宝塔会"的老大,最辉煌的时候,他手头拥有上亿资金,来求他想把钱放到他的"宝塔会",或从他的"宝塔会"借钱的,在门口排成队,那架势,比国家开的银行还牛。

高红梅记得,陈米海就是在那时找上门来,他手头有一笔钱,数额相当大,想放到齐国耀的"宝塔会"里变成更多的钱。怕齐国耀记仇,陈米海先找她,请她帮忙。"这世道真变了,借钱给别人还要求人。"陈米海见到她,故作轻松地调侃说,听上去像是自嘲,实际上却酸溜溜的。

高红梅看不上陈米海这副小心眼,直截了当地回答说:"你觉得吃亏那就别借,不要得了便宜还卖乖。"

陈米海讨了个没趣,很是尴尬,以后再也不敢在她面前说三道四了。那也是高红梅最风光的日子,家里人来人往,人人都拎着大刀大刀的钱。在她家的客厅、卧室,整堆的钱都是用蛇皮袋装的,她与齐国耀走进走出,眼睛都不会看一眼,好像这些钱跟擦屁股的草纸一样。陈米海算是见过世面的人,见到这样的景象,他也目瞪口呆。

陈米海的嫉妒、仇恨,也许就是从那时被再度激发出来的,反正,在一个酒醉的夜晚,他向齐国耀透露了一个惊天秘密——他把巨额的钱放到齐国耀的"宝塔会"后,两人就有了来往,表面上算是捐弃了前嫌。他说当年齐国耀的"兄弟帮"被打成"反革命团伙",的确有人告密,这个告密者不是别人,正是齐国耀的老婆高红梅!

齐国耀一听就火了,说陈米海造谣,当场拎起酒瓶子要砸烂陈米海的狗头,要不是当时在场的王顺死命拉住,陈米海的脑袋真要开花了。齐国耀这样说是有理由的,陈米海追高红梅是人人皆知的事实,高红梅却嫁给了倒霉的齐国耀,而看不上前途无量的陈米海,这是陈米海人生最大的挫败和屈辱,但他对高红梅贼心不死,一直怀有企图,所以想拆散他们两个,自己插上一脚。

齐国耀骂的没错,但他还是中了陈米海的计。陈米海理直气壮地拿出了证据——当年高红梅的匿名举报信。这封信一直放在"兄弟帮"案件的档案里,归教育局保管,陈米海是直接接触这份档案的人。虽然用了匿名,高红梅的字迹还是非常容易辨认,齐国耀仔细读完这封信,心里的一片怒火顿时化作寒冰。

就是杀了他,他也不会相信高红梅会出卖他。她始终是他的崇拜者,虽然长得端庄漂亮,却从未得到他的青睐,在他心目中,她是死板而无趣的,所以他对她敬而远之,这反而激起了她的狂热,她都愿意为得到他的爱而受苦等待,这样的女人,怎么会置他于死地呢?

然而,事实就是事实,齐国耀面对这封告密信,不得不承认确实是高红梅干的。当年他曾发过毒誓,一定要弄死这个告密的,而且是对着高红梅说的。由于严英才老师的保密,这封信没被扩散出去,差不多无人知晓,他也查不到任何线索,后来甚至认为有关告密的传说只是子虚乌有。现在他清楚了,确实有告密者,只不过这个告密者隐藏得太深了,居然跟他同床共枕了十几年!

简直是一部反特片,女特务不光可以长得像阮霏那样妖娆妩媚,也可以如高红梅这般端庄正经,大义凛然。她更具欺骗性!

齐国耀的愤怒可想而知。高红梅还记得,那些日子齐国耀突然变得非常冷漠、怪异,他用一种讥讽的语调跟高红梅说话,用斜睨的目光打量她。问他为什么这样,他又不说。他们的夫妻生活更是变态,他一连几天不碰她,她去亲近他的时候,他毫无反应,好像突然之间废掉了一样。但有一天她在打扫房间,他没一点预兆地扑上来,把她压在沙发上,扯下她的裙子。她连鞋子都来不及脱,那场景跟强奸没什么两样。他恶狠狠地,命令她在嘴里喊叫陈米海的名字。她坚决不从,这更激怒他,揪她的头发,扇她的耳光。

"你喊啊,陈米海、陈米海! 你他妈的不是跟他一起搞我吗? 你应该跟他睡一块儿!"齐国耀边骂边打。

高红梅被打哭了。这是他们结婚后齐国耀第一次对她动手,但她那时还不知道事情的根源在哪里,她心里非常害怕,终于屈服于齐国耀的淫威,她喊出了陈米海的名字。这使得齐国耀愈加亢奋,他再次打了她,骂她臭婊子,他说:"老子不弄死你算是对你客气了!"

然后,不管高红梅还光着身子趴在沙发上哭泣,齐国耀提提裤子扬长而去。

这样的噩梦持续了将近半年,高红梅开始没想到这是齐国耀对她告密的报复,她还以为齐国耀是哪根筋搭牢了,为她与陈米海的陈年旧事吃醋,当然,也有可能因为这次陈米海请高红梅帮忙,把他的钱弄进"宝塔会",齐国耀便怀疑陈米海与高红梅藕断丝连,有着新的秘密。后来她知道了原委,一再替自己辩解，齐国耀却根本不听，继续折腾高红梅。

直到齐国耀勾搭上了阮霏，他才放过高红梅。他的心思全被阮霏吸引了，与得到阮霏相比，高红梅二十年前的背叛算得了什么？何况高红梅的辩解还是有几分道理的，她说她告密是为了把齐国耀夺回来，别人的出卖是恨，她是爱。

现在面对齐国耀留下的小本本，高红梅明白了，从某种意义上说，是狐狸精阮霏挽救了她被侮辱的命运，也挽救了她与齐国耀的婚姻。

说到阮霏，正应了那句老话——红颜薄命。她嫁的老公虽是干部子弟，却没什么能力，从部队转业到地方后，在一家国有企业当保卫干事。市场经济兴起，国企转制的转制，倒闭的倒闭，她丈夫所在的单位散伙了，他变成下岗职工，自己没什么专长，找不到工作，只能到私人企业当一个看大门的保安，这还是托了关系的。阮霏自己在商业局，旱涝保收的单位，原以为吃喝不愁，但商业系统的改革也汹涌而至，机关首先精简，阮霏一个高中毕业生，基本上是只大花瓶，机关不需要她，下放到商店当营业员。做了没两年，商店的地皮被开发商看中，要盖商品房，出了一笔钱，买断阮霏他们的工龄，打发他们全都回家去了。

一家三口，儿子要上学，进好一点的学校还要赞助费，只有阮霏老公当保安的一点点工资，这日子怎么过？生活的艰辛愁坏了当年的大美人阮霏，虽然她这时候的容颜在齐国耀看来，依然楚楚动人，风韵犹存。万般无奈下，阮霏也来找齐国耀，她把自己所能拿出来的钱全拿了出来，凑齐二十万元，交到齐国耀手里。"宝塔会"的利息至少两分，她每年可以拿到四万元的收入，在二十世纪九十年代末，这钱比她老公天天上班的工资要多一倍。她没非分要求，只要利息稳定，本金安全，她就心满意足谢天谢地了。

阮霏没想到，齐国耀给了她一个特别大的惊喜，他给她的是四分利，比"宝塔会"通常的标准翻了一番。也就是说，阮霏放在齐国耀这里二十万，齐国耀每年给她八万元,一下子解决了阮霏全家的生活问题,可以让她过上比较舒适而宽裕的日子了。

这还不算,在付款方式上,齐国耀也特别体恤阮霏,破例采用每月一付,给予阮霏特别的从来没有人享受过的优待。实际上这是坏了齐国耀自己定的规矩,也坏了"宝塔会"的规矩,给后来的管理混乱带来致命的后患。

齐国耀却顾不了这些,他只要阮霏喜欢。阮霏喜欢就是他最大的收获,任何代价都是值得的。

齐国耀第一次给阮霏送钱,专门到她家里。他选了个她和她老公都在的日子,把一大叠百元大钞放在他们面前,阮霏与她老公都感激不尽。她老公非要留齐国耀吃饭,席间拿出一瓶藏了好多年的茅台,与齐国耀痛饮。他喝得半醉,絮絮叨叨地回忆以前在部队的大好时光,那时的军人多吃香啊,只要一身普通军装,就让漂亮小姑娘双眼发亮,更别说穿四个兜的干部服了。他的意思是,当初阮霏看上他是很有福气的。没想到回地方后一切都变了,他最后悔的就是转业,要是他仍然留在部队,今天他不是团长也是副团长了,勤务员随叫随到,连洗脸水都帮你打好端到面前,哪用得着你动手。

齐国耀嘴上附和,两人谈得热烈,心里却厌烦透了。他替阮霏惋惜,真是鲜花插在了牛粪上,虽然这个男人要模样有模样,要资历有资历,但他在齐国耀眼里依然是牛粪,一个只会后悔的窝囊废,糟蹋了阮霏的大好青春。

第二个月,齐国耀也挑了个日子,是阮霏老公正在上班的工作时间,他拎了个小蛇皮袋过去,蛇皮袋里有十万元。齐国耀把这十万元码在阮霏面前,阮霏还没搞明白齐国耀的意思,她说:"这不是我的吧?你干吗拿这么多钱?"

齐国耀看着她说:"是你的,阮霏,只要你愿意,你要多少都是你的。"

阮霏的心被刺了一下,她知道齐国耀一直想得到她:"你想用钱买我吗?"

齐国耀一笑，说："你是无价的，我齐国耀不会这么庸俗。阮霏，我只是向你表明我的心，在我心里，你是最宝贵的，我可以把所有的都给你。"

阮霏摇头："齐国耀，你错了，高红梅是你最宝贵的，她最爱你。"

"是吗？你说高红梅，她最宝贵？哈哈哈哈。"齐国耀大笑起来，笑得眼泪都出来了，"你知道什么啊？阮霏，我当年倒的大霉，就是她告的密，她出卖的，这就是她的最爱！哈哈哈哈。"

阮霏简直不敢相信，但齐国耀说得有根有据，不容她不信。她的心软了，虽说爱是不能强求的，但不管怎么说，齐国耀确实是对她好，哪怕他给她带来过伤害，那也因为他爱她。现在这个局面，她欠齐国耀的就更多了。

"对不起，我不知道事情是这样的。"阮霏说。

"你不用向我道歉，"齐国耀拉住了阮霏的手，"该道歉的是我，我发过誓，这一生要保护你，让你幸福。可我没做到。"

"这不是你的错，是我命不好。"阮霏苦笑说。

"不，我要把你失去的都补偿给你，现在我有这个能力了。阮霏，你相信吗？"齐国耀握紧了阮霏的手，热切地说。

他的眼睛是放光的，居然还那么年轻，好像十六岁时他们刚刚认识那会儿。阮霏的心在狂跳，不是惊喜，是慌乱和不安。"过去的事都过去了……"阮霏喃喃低语，目光茫然，答非所问。

"在我心目里，你还是以前的你。"齐国耀搂抱住了阮霏。

阮霏倒在齐国耀怀里，浑身无力，面红耳赤："你别这样，我都老了，你会失望的。"

齐国耀吻了吻阮霏，他感觉他闻到了二十多年前在向阳农场，那个欢快地采摘地衣而被雨淋湿的女孩身上的清香。齐国耀胸腔发紧，心头撞鹿。他把阮霏抱到床上，手忙脚乱地脱去她的衣服。他太激动了，以至于有点语无伦次："你听着，阮霏，就是时间过去一百年、一千年，你永远是我的十六岁少女。哦，你听到吗？阮霏，阮霏，我和你千年等一回……"

齐国耀的手指在阮霏的肌肤上抚动，阮霏却起了层鸡皮疙瘩，她躲闪着想保留住身上最后一点遮羞物，以便把岁月对一个女人残酷的馈赠隐藏在幽暗处——那些东西对满脑子十六岁少女狂想的齐国耀是不公平的：松弛的皮肤、腰间的褶皱、变粗的汗毛、妊娠纹，还有剖腹产留下的疤痕……可齐国耀的意识已经模糊了，原本那摄人心魄的对阮霏的想象给他太高的期待，他觉得自己都要爆炸了。"千真万确，这就是阮霏，我想了二十多年的阮霏……"他不断鼓励自己，让当年的十六岁少女与眼前这个中年妇女形象重叠交错，那真是一场灾难，这个被他脱光而一丝不挂的女人变异成熟悉的陌生人。他急坏了，却无能为力。

齐国耀没想到他得到阮霏的结果竟然是这样，他什么也做不了，身体完全违背了他的意志，什么动静也没有。"我太激动，太紧张了……"他喘息着，简直羞愧难当，一边自己拼命努力，还是一事无成。

阮霏抹了把他背上的汗，安慰说："你都出汗了，别急。"

这使齐国耀更急了："怎么会这样？这不可能，不可能！"他满头大汗，眼神绝望而恐惧，像一匹受伤的狼一样。阮霏试图帮助他，也无济于事，这场梦想了二十多年的浪漫以失败告终。

这个打击对齐国耀的影响太大了，他不相信是真的，过了几天，他又做过一次尝试，他把阮霏约到一家高档宾馆，在房间里布置了鲜花，喷洒了香水，调暗了灯光，播放了音乐，但结果跟上次一模一样，他再度收获了男人的狼狈与耻辱，在他最爱的女人面前证实了自己的无能。

　　　甜蜜蜜，你笑得甜蜜蜜

　　　好像花儿开在春风里

　　　开在春风里

邓丽君的歌声此刻变成了嘲讽。二十多年前的甜蜜蜜，而今却苦不堪言。齐国耀抓起随身带来的小录音机，打开窗户，像扔一枚手榴弹似的扔出去。小录音机一路飞翔，在落地前还送来了最后的歌声：

啊……在梦里

梦里梦里见过你……

齐国耀差点崩溃。他真的怀疑自己废掉了，江涛怕他出事，给他找了个小姐。奇怪的是，他在小姐身上又恢复了雄风，一切正常。那一天，齐国耀从小姐身上爬下来，忍不住号啕大哭，把小姐吓得够呛。小姐问他是不是刚从牢里出来，想这事想疯了，才这么激动，以致克制不住喜极而泣。齐国耀甩了小姐三个巴掌，随后扔下两大刀钱，让小姐滚蛋。这钱是说好的价格的一百倍，挨了耳光的小姐不怒反笑，欢天喜地，千恩万谢而去。

那以后，齐国耀爱上了找小姐。开始还偷偷摸摸，瞒着高红梅。"宝塔会"进进出出的钱十分巨大，有人发财，也有人欠债不还，这时候他就派高红梅外出讨债，等高红梅一走，他公开把小姐带回家来。他新买了一套大房子，客厅和卧室里都堆满了钱，甚至连卫生间也堆着钱。这些钱马马虎虎地装在蛇皮袋里，像收破烂儿的捡回来的废纸，贱得毫无尊严。用他自己的话说："他妈的，钱就是王八蛋！"而对小姐们来说，这样的买卖太过刺激，你再怎么富有，哪怕你开银行，你也不可能躺在钱堆上做爱吧？在齐国耀家就这样，那张大床底下全是一蛇皮袋一蛇皮袋的钱，沙发边上，墙角，写字台底下，也全是一蛇皮袋一蛇皮袋的钱，通通是百元大钞。小姐们掉在钱堆里，肉欲奔放，激情四溢。

这期间，齐国耀在小姐们中间赢得了好名声，应该说，在当地的历史上，他这样的名声前无古人，后无来者。他出手极其大方，常常在完事后懒洋洋地挥挥手，让小姐自己去取钱。他躺在床头抽着烟，看着小姐从一只蛇皮袋里扒拉出几大刀，塞进包里背走。他像看一部精彩纷呈的电影，眼睛斜睨，似笑非笑，既带着蔑视又有几分满足。

由于他的慷慨，小姐们到他家都要背一只大包，以便可以多装些钱。没有一个小姐不爱死他的，而他却没爱过一个小姐，除了出钱大方，他对小姐们异常冷漠，每次一完事就把小姐赶走。从来没有一个小姐跟他过过夜，更不用说有第二次机会了。

高红梅没想到齐国耀变得这么快，她一直认为是钱太多了的原因，却不知道齐国耀的放纵和堕落与阮霏有关。这段在外人看来快乐无比的生活，也许在齐国耀这里是连死都不如。他对钱的厌恶是不是也从那时候开始的？以致后来他对"宝塔会"的经营毫不上心，出现危机后他也听之任之，直到他自己一手营造起来的金融王国雪崩似的塌陷，万劫不复。

高红梅的心一阵绞痛，替齐国耀悲哀，也替自己悲哀。多年来对齐国耀的恨意居然消散殆尽。她只是觉得齐国耀好可怜。

笔记本的最后，齐国耀用他漂亮的字体，抄录了一首他自己写的诗。齐国耀爱好文学，读高中时写过诗，后来四处打工，经历不少人事，他有一度还想重新拿起笔来写作。高红梅读过他的一些随想和短诗，写得确实不错。这也是高红梅看上他的一个原因，齐国耀是有内涵有梦想的人。

高红梅读着这首齐国耀唯一留存下来，没有标题的诗，忍不住潸然泪下。她知道这首诗是齐国耀写给阮霏的，但读着读着，她也被打动了，竟然觉得那也是写给她的——

　　他们夺走了你，我的爱
　　在十六岁那年，他们夺走了最美的你

本来,你是属于我的

像星星属于黑夜

像露珠属于黎明

像蜜糖找到渴望的嘴

哦,我的爱,你找到我

在我口中融化,如胶似漆

而今,他们把星星还给我,在白日

他们把露珠还给我

草尖上唯留干枯的痕迹

哦,我的蜜糖,我的爱

你已融化,一滴不剩

是在别人贪婪的嘴里

　　三天后,高红梅在拘留所见到儿子齐梦飞。这个在众人的传闻里像恶魔一样的男孩,看上去却萎靡而颓唐。可能预感到母亲会暴怒伤心,他先主动说了声对不起,说完后眼圈红了。但如果你以为他这是因为害怕而后悔,那你就错了。他其实早打定了主意,他说他会承担后果:"妈,你别担心,我自己的事我自己能处理。"

　　活脱脱齐国耀的腔调,确实是齐国耀的种。当年出了"兄弟帮"事件,齐国耀也是这种态度。高红梅气不打一处来,举手就想甩儿子一个耳光,儿子抬着头,眼睛斜睨着,像是期待又像是蔑视她这记预料之中的教训。多么熟悉的眼神,戏谑的、嘲弄的,又是吊儿郎当的,在那个革命年代给她带来过一丝叛逆的新鲜感。对了,今天她才想起"叛逆"这个词,她一直搞不明白,像她这样一本正经的女生，为什么对流里流气的齐国耀一见钟情，难以自拔，而且是骨子里的喜欢？原来她心里面的最深处，也有一丝叛逆的渴望，齐国耀是她内心的那个投影，她爱他，或许是爱另一个自己吧？

高红梅胡思乱想，巴掌迟迟没有落下。齐梦飞见母亲这个样子，知道自己伤透了她的心，老老实实垂下头去。过了好一会儿，母亲的巴掌仍然没落下来，却听见隐隐的抽泣声，齐梦飞抬头去看，只见母亲泪流满面。

齐梦飞原先构筑的心理防线就在母亲的泪水中垮塌了。他本来是准备一言不发的，不管母亲怎么骂，怎么打，他都忍受下来，确实是他闯了大祸，他认了。但母亲一句没骂，反而在他面前痛哭失声，这是齐梦飞最受不了的。他真想扑通一声跪下去，向母亲坦白一切。可惜他很快发觉，其实他并不是孝子，这一切只是在他的脑海里浮现，而不可能变成行动。这使他的心里更难受了。

还是高红梅先开口，她擦擦眼泪，拉着齐梦飞的手坐下，说："梦飞，我知道你是想替你爸报仇，你好傻啊，大人的事你哪搞得清楚。"

齐梦飞说："我清楚的，害我爸的是陈米海。要不是他，我爸这辈子不会这么惨，也不会四十一岁就死在外面。"

"陈米海害过你爸没错，可你知道吗？你爸也害过陈米海。"高红梅冷静地直视着儿子，她决定把儿子所不知道的一些真相告诉他。

齐梦飞愣了一愣，刚想说什么，高红梅阻止了他："你先听我说，你长大了，也该知道这些事了，至于你怎么看，你自己做决定吧。"

在高红梅的叙述里，齐梦飞得知了齐国耀笔记本里所没有记述的内容。为了便于齐梦飞理解，高红梅从齐国耀的发迹说起。

虽然备受打击，几经起落，齐国耀毕竟是有实力的男人，他等到了自己的机会，那就是做"宝塔会"，他是较早意识到民间融资有巨大市场的先知先觉者，也是胆子特别大的一个，很快闯出了一片天地。

陈米海见齐国耀的"宝塔会"越做越大,是个一本万利的买卖,他动心了。对他来说,这是非常适合他的发财的大好机会。为此,他不惜与齐国耀化敌为友,把自己的钱投进来。他先拿出二十万,很快就尝到了甜头。接着,他把两百万巨款放进了齐国耀的"宝塔会",陈米海两口子都是拿国家工资的机关干部,哪来这么多钱? 分明是受贿来的。齐国耀当时就跟高红梅说,这家伙肯定在学校基建项目里拿了王顺的贿赂,那可是要坐牢的。高红梅记得,齐国耀说这话的时候,嘴角露出一丝笑意,他当时可能已经在打陈米海这笔钱的主意了。

陈米海一无所知,他被巨大的利益迷惑住了,到哪儿去找这么省力的赚钱方法? 什么也不用干,每年坐在家里收钱,三年工夫,如果不出意外,你的本钱可以翻一番,从两百万变成四百万。按照这样的速度,七八年就能变成千万富豪了。

陈米海想成为千万富豪想疯了,他等不及七八年或更多时间。他知道现在这个社会一切都在变,时间是最靠不牢的东西,谁知道七八年后齐国耀的"宝塔会"还在不在? 要想捞一票就赶紧,最多三年,一次性捞个够。

但陈米海除了这几年受贿来的两百万,再也没别的钱,无米之炊怎么做成,是需要技术的。陈米海是聪明人,他想出了绝妙的办法。他让王顺以建筑公司的名义向银行贷款五百万,再把这笔贷款借给他,他付给王顺银行利息,而这笔钱他投到齐国耀的"宝塔会"里,一年就可赚到一百五十万。

陈米海每年从齐国耀这儿拿巨额利息,这些钱他一分也没花,甚至根本就没拿,只是履行了一下口头手续,便又全都交回到齐国耀手里,作为下一年的本金。两年多时间,他在齐国耀"宝塔会"里的账面资金呈几何级数膨胀,变成"宝塔会"里的第一大户。

但陈米海不知道的是,"宝塔会"的红火只是短暂而表面的,其实好景不长,齐国耀的风光没持续几年,危机就接二连三出现了,从他这儿以高利贷借到钱的企业遭遇困难，还不出利息，开始赖账，有的关门跑路。这种金融运作都是环环相扣，其中一环出了问题，势必影响到下一个环节。严格来说，"宝塔会"是注定玩不下去的，倒塌是迟早的事。齐国耀的高明之处在于他拆东墙补西墙的本领比别人大，还有一个就是不动声色，看上去经营得比以前还红火，骗过了所有的人，人人都说把钱放在齐国耀的"宝塔会"等于放进了保险箱，所以出事前，连高红梅都不知晓风暴已经临近。

陈米海后来认定齐国耀故意坑他是有理由的。陈米海总共七百多万本金，加上利息，三年到期的话，除去还给王顺的五百万，他的收益超过九百万。这全在齐国耀的账本上，每月齐国耀都给陈米海看一下账本，他的钱又呈几何级数往上增长到什么数字。这成了陈米海的鸦片烟、致幻剂，他在这些数字里沉醉不醒，乐而忘返。"宝塔会"崩盘后，陈米海曾深恶痛绝地对高红梅说："天地良心，我都成了千万富翁了，可我连一分钱都没摸过花过！"他说的是实话，他的财富都在纸上，风暴一来，烟消云散。

齐国耀在得知自己的"宝塔会"必然雪崩之前，作了些处理，把残存的钱悄悄退给至亲好友，这些人里面包括了阮霏和他原先"兄弟帮"的兄弟，唯独陈米海，他是最后一刻才告诉他的。这时候，他的账上已经连一分钱都没有了。

还有一点，齐国耀做得更绝，他对外的正式账本上都没出现陈米海的名字，也就是说，他之前给陈米海看的账本，是他自己掌握的内部账册。如果陈米海问他要钱，他完全可以断然否认有这么高的利息，最多把本金还给陈米海。

事情的结果也确实如此，"宝塔会"垮塌后，公安查封了齐国耀的新房，市里成立了清会组来处理遗留的债务问题。陈米海向齐国耀要钱，齐国耀大言不惭地告诉陈米海，他没把陈米海的名字记在账本上，是为了保护陈米海。否则，像陈米海这样的官员，在教育局的清水衙门里，哪来这么巨额的资本？这不明显要把自己往监狱里送吗？

　　齐国耀结结实实地玩了陈米海一把，他说，如果陈米海不答应，那也可以，他如实向清会组汇报，陈米海是"宝塔会"第一大出资人。陈米海简直要气疯了，不要说利息，就是本金，他自己有两百多万，加上让王顺从银行贷来的五百万，总共七百多万。齐国耀只肯承认陈米海给了他一百万，虽然陈米海手里有齐国耀亲笔写的七百多万收条，但齐国耀说，我如果如实告诉清会组你有七百多万，那等于把你陈米海送进了监狱。陈米海当然明白这事清会组知道了是什么后果。就这样，陈米海的六百多万本金硬生生地被齐国耀给吞掉了，那公开承认的一百万其实也拿不回来，更别说损失的巨额利息，都成了一串数字而已。这口气无论如何咽不下，但在当时的情况之下，不咽下又如何？陈米海郁闷得吐血，杀齐国耀的心都有了。

　　陈米海从千万富豪的梦想跌落到一贫如洗，还欠了王顺五百万，这使他怎么也不甘心。他也一不做二不休，对王顺从银行贷来的五百万拒不认账。因为这笔钱是王顺从自己的公司账号直接打给齐国耀的，当时他们三个人已各弃前嫌，为了共同的发财梦，好到差不多同穿一条裤子。

　　最终吃亏的是王顺，他需要陈米海给他项目，不敢跟陈米海翻脸。而陈米海也只给了他几个没多少油水的小工程，这里面就有学校实验楼改造、围墙重建等项目。王顺损失惨重，只能羊毛出在羊身上，对围墙偷工减料，以致埋下了祸根。

　　所以，从齐国耀这方面来看，很难说清他当年搞"宝塔会"是不是另有目的。如果说他是为了报复陈米海，那他显然成功了，但他也赔上了自己所有的代价，包括名誉、事业、家庭，甚至性命。当然，从高红梅的角度来看，她认为齐国耀只是在"宝塔会"快倒塌的时候顺便报复了一下陈米海，不能说他一开始就处心积虑，齐国耀还是想好好过日子的，他是有梦想有抱负的人，但这个时代太混乱也太荒唐，当他成功的时候，他已经不是原先的那个自己了。

　　齐国耀在后来的逃亡生涯里，不断写举报信举报陈米海，但他始终没把陈米海有七百万巨额资金投入"宝塔会"，从事非法金融交易的事给举报出来。如果他把这事举报了，现在陈米海肯定就在监狱里了。可他没有，他为什么这样做，看起来不可思议，其实是有原因的。齐国耀是为了保护老婆高红梅和儿子齐梦飞。陈米海的七百万他从账面上抹掉了六百万，清会组都不知道有这笔钱。齐国耀在出事前把这笔钱转到高红梅名下，又七转八转划到省城，准备换成港币后在香港给高红梅、齐梦飞买高额保险。他这一手做得非常高明，他们一家虽然负债累累，但高红梅与齐梦飞却有着优厚的生活保障，只是这保障眼前拿不到，要等到齐梦飞成年。

　　齐梦飞听到这里，眼睛亮了一下。这么说来，他们并不是欠债累累的穷光蛋，他们还有希望，父亲太了不起了。但高红梅接下来的话又让齐梦飞的目光黯淡了，高红梅说，买保险的六百万巨款在中间转手换港币时出了问题，齐国耀碰上了大骗子，那人后台很硬，是省城一个大官的儿子。他知道齐国耀的钱不干净，起了歹心，黑吃黑把钱全吞了。齐国耀哑巴吃黄连，有苦说不出。那人警告说，齐国耀要是不识好歹，把事情捅出去，他立马让齐国耀从世界上消失。齐国耀知道那人说到做到，他后来在逃亡中恨死了一切当权的，到处写举报信，都变得脑子不正常，像疯掉一样。

　　齐梦飞是记得，齐国耀在举报信里无一例外地呼吁，再来一次运动，把那些贪污腐败分子统统枪毙。齐梦飞当时不理解父亲为什么说这种话，现在他明白了。齐梦飞替父亲难过，也替那得而复失的六百万痛心。但他在心底里还是出了口气，原来父亲曾经狠狠地给了陈米海致命一击，难怪陈米海这么恨父亲。

　　高红梅见齐梦飞眼角有泪光，以为他被打动了，对齐梦飞强调说，齐国耀何等爱他这个儿子，自己再苦，也要让儿子过得幸福。虽然他没有成功，但他的心是真实的,齐梦飞千万别辜负了父亲的期望。

高红梅却没想到,她的话起了反作用,齐梦飞越了解齐国耀爱他,为他付出,他就越厌恶母亲,并且怀疑她的动机。她这会儿来跟他说父亲害过陈米海,目的是什么?难道要他同情原谅陈米海?她自己跟陈米海上床,背叛了丈夫,不觉羞耻,倒跟儿子说情来了,她真不要脸!

齐梦飞厌恶地转开了脑袋。他很后悔,当时为什么不跟邱成一道把陈小安给强奸了?他害怕吗?还是可怜她?为什么他就没想到他母亲已经被陈米海玷污了?他应该一报还一报,这样的报仇才爽啊!现在,他白白担当了强奸犯的罪名,还要因此被劳教或判刑,他实在也太蠢了!

齐梦飞怀疑是陈米海与陈小安故意陷害他。把他指控为绑架案的主犯,他认了,可他并没强奸陈小安,更没放火想烧死她,他也没在警察面前承认过,如果不是陈小安一口咬死,这些罪名怎么能落到他头上?对了,还有邱成,警察说邱成全招了,都是老大齐梦飞指使的,他只是个从犯。

火是邱成放的,他才想杀人灭口。因为齐梦飞不同意,他就自己干了。那两个拾荒者丢失的一车报纸杂志,肯定是他偷的,他又偷了汽油,浇在报纸杂志上。这混蛋这么歹毒,却是个脓包,事到临头,自己推得一干二净,还反过来咬他,那就把陈小安对他的指控坐实了。警察说,放在以前"严打",他这样的罪名是要被枪毙的。

高红梅见儿子别着脑袋,脸色铁青,知道自己的话说了也白说。儿子可能最恨的人不是陈米海,而是自己的母亲,所以他才会强奸陈小安来洗刷耻辱。

想到这里,高红梅不禁悲从中来,再次失声痛哭。"我知道你最怨恨的是我,我让你丢了面子,深受屈辱。你也跟你爸一样,你们男人都是自私透顶的东西,你以为你强奸了陈小安,你就替你爸报了仇,雪了耻,你就光荣了吗?"

齐梦飞还是背着身子,一动不动,对高红梅的悲恸置之度外。

高红梅已泣不成声了,说:"你这是害死你自己,也害死了我。你有没有想过,我也有自己的权利？我不需要你代表你爸来审判我！更不需要你用强奸一个无辜的女孩来为我报仇雪耻！"

高红梅说完,一擦眼泪,从房间冲了出去。这时,齐梦飞突然站起来,叫了她一声:"妈——"

高红梅站住了,但没转身,她听见齐梦飞嘟哝了句什么,结结巴巴的,声音很轻。高红梅迟疑了一下,让自己把脸转过来,看着齐梦飞。这一下,她终于听清了,齐梦飞在说:"我没强奸陈小安,我发誓。"

如同石破天惊一般,高红梅被一股神奇的力量撼动了,她无法形容自己的感受,只是像雕塑一样站着。儿子埋头从她身边离开,直到看不见他的身影,高红梅才突然想起,她应该拉住儿子,抱住他,痛痛快快地哭一场。

齐梦飞的这句话,无疑成了这桩绑架强奸杀人案的转折点。以高红梅的直觉,她相信儿子说的是真的。她马上去找办案的警察,但警察态度生硬,他们告诉高红梅,受害人和证人都指证齐梦飞犯了强奸杀人罪,白纸黑字,铁证如山,这个案子是翻不过来的。

所谓的证人就是邱成,他也被关在拘留所里,高红梅没法见到他,唯一能找的是受害人陈小安。但这种时候陈小安会见她吗？陈小安的父亲陈米海又会怎样对待她？一想起陈米海,高红梅的心不寒而栗。他们之间的纠结实在太多了,现今都已成为两代人的恩怨。这样的冤仇还解得开吗？

陈米海陷在深深的绝望、愤怒、愧疚与仇恨中,他的女儿,他这一生最心爱最自豪的珍宝,居然被两个小流氓给糟蹋了。女儿的贞操丢失了,更惨的是她心灵受到的伤害,永远无法弥合。像一件完美的玉器,他捧在手心里的,百般呵护,却被人抢去摔破,有了难看的裂痕。这是何等屈辱懊丧的事啊!

　　而这等屈辱懊丧,并非女儿自身该受的惩罚,恰恰是他给女儿带来的灾难。这也是陈米海难以面对的。从来都是父母给儿女带去祝福,他倒好,半辈子的努力,官没当大,千方百计捞来的钱又被齐国耀坑了,落得两手空空,现在,因着他与高红梅的奸情,唯一的女儿也被糟蹋。是他害了自己最亲的女儿,是他,他是罪魁祸首!

　　陈米海痛恨自己,如果能重新开始,他一定不会再去追高红梅,把她弄到床上,他应该躲她远远的,像躲避一个麻风病人一样。

　　可是,当初他能料想得到这些吗?他无非是个局限在有限时空里的凡人,他又不是先知。眼见自己的七百多万巨款,不,算上利息该有一千多万,全在齐国耀手中打了水漂,化为乌有,他的懊恼是何等大,还不能公开讨个说法,也不能把齐国耀送进监狱,否则,他更没指望从齐国耀手里弄回钱来。只要齐国耀活着,他这辈子就是欠他的,他还有点盼望。这是他当时的想法,他因此常去齐国耀家,向高红梅询问齐国耀的情况。心里实在不平衡的时候,他忍不住对着高红梅抱怨,高红梅就是在他的怨恨当中变得软弱的。

　　很难说他要把高红梅弄上床是出于报复,还是履行二十五年前单恋的心愿,他记得他当时是愉悦的,充满胜利感,有关金钱的想法被他摒弃在意识之外,他甚至觉得自己很高尚。有谁能够像他这样,对一个女人的爱,从开花到结果,可以花费二十五年的漫长时光。

　　但报复齐国耀的心思也不是绝对没有,否则,高红梅已然松弛的肉体不会带给他那么大的快感,不是纯粹肉欲的快感,是肉体与心灵一同感受的欢乐,简直称得上狂欢。他在这种狂欢的体验中先是挨了来自虚空的莫名一拳,接着听到了齐国耀的死讯。现在他明白了,冥冥之中确实有类似于命运这样相关联的东西,环环相扣,在你看不见的地方冷不丁冒一下头。

　　从这个意义来看,陈小安的悲剧,是不是从他把高红梅弄上床的时候就开始了呢？或者，更早些，在他追高红梅而不得，怀着嫉恨将齐国耀的"兄弟帮"打成"反革命小团伙"的那一刻就埋下了祸根？我的天！一切的根源在于他，那他不是自食其果了吗？不不，陈米海绝不承认！这不是他的错，是齐国耀、齐梦飞太邪恶了，他们父子两个本来就是魔鬼。他不能软弱，不能自责，必须要凶手去承担罪责，而不是自怨自艾。

陈米海铁定了心，只有严惩了齐梦飞，他才出得了这口恶气，对得起女儿也对得起自己。他是听女儿说过，齐梦飞没强奸她，但邱成指证说齐梦飞先强奸的，那就不能放过齐梦飞，他是这个案件的首犯，这是无疑的，每一桩罪恶他必须负主要责任。他们打她、侮辱她、批斗她、虐待她，这些令人发指的暴行都要算在齐梦飞头上。女儿还说，是齐梦飞冲进火海救了她。这他更不相信了，也许女儿给吓蒙了，根本分不清情况，事实是齐梦飞看到有人过来救火，害怕罪行暴露，慌乱中想把女儿抱走。这是掩盖犯罪事实，怎么能说是救她呢？

女儿是糊涂了，但他不能责怪女儿，她身上有烧伤，又发高烧，在医院住了几天。回到家后，她不吃不喝，痴痴地躺在床上，像傻掉了一样。他心疼得都想抽自己耳光，她为他吃了多少的苦，受了多少屈辱，一想到那两个小流氓在她身上胡作非为，陈米海就心如刀割，暗自落泪，他唯有向那两个小流氓讨还血债，来平复女儿的伤痛。

这个时候，他接到了高红梅的电话，高红梅竟然要见他，跟他谈谈齐梦飞的事。听着话筒里高红梅沙哑的声音，陈米海产生一种错觉，他以为高红梅已经精神错乱，这个电话是从精神病院打过来的。

陈米海不容高红梅多说，斩钉截铁地回答了一句："我们现在还有什么好说的吗？"就挂断了电话。

但高红梅不是这么容易拒绝的，他不接她的电话，她索性找到他家来了。这女人真是疯了，她怎么想得出来，她儿子对他女儿干了如此邪恶的事,她居然还敢厚着脸皮上门？幸亏他老婆不在,否则,这两个女人一见面肯定得打起来。

他本想把高红梅关在门外的,高红梅一个劲儿敲门,弄得整个楼道砰砰乱响。他又担心惊动了邻居,或者把睡在卧室里的女儿给吵醒了,只得咬牙切齿把门打开,让高红梅进来。

高红梅看见他,不是求他,而是先责问他,说:"你知不知道梦飞没有强奸陈小安？"

男女之间有没有肉体关系,他们的说话态度是最显而易见的。就因为他们睡过一张床,高红梅可以这样居高临下,毫无顾忌。陈米海气不打一处来,差点一脚把高红梅踹出门去:"你什么意思？"

"梦飞说他没有强奸陈小安,为什么你们都说是他干的？"

"高红梅,你给我滚出去!"陈米海吼起来。

高红梅愣了一愣,随即感觉自己不该这样责问陈米海,她缓和了一下语气,看着脸色发青的陈米海,眼圈红了:"梦飞是做了错事,但他不会说谎的,他没有强奸陈小安,是不是陈小安搞错了？"

"绝对不会搞错,你儿子齐梦飞就是强奸犯!"陈米海也看着高红梅,一字一顿地说。

高红梅哭了:"我求你了,陈米海。我知道你恨梦飞,可那也不能这样报复他,制造冤假错案啊!"

"谁制造冤假错案了？高红梅,你别在这里胡搅蛮缠,我告诉你,这案子是公安定的,你要闹找他们闹去。"陈米海不耐烦地去推高红梅。

"我没想到你这么狠心,你想置梦飞于死地。"高红梅死死抓着门框,哭得更伤心了,"陈米海,我早跟你说了,齐国耀欠你的债,我已经替他还给你了,你不能把我儿子也毁了啊。"

"那是你儿子先毁了我女儿。高红梅,你太过分了,你儿子干出这种恶事来,你不责怪他,倒上门来胡闹,我真是瞎了眼,没看出你高红梅是什么东西。"陈米海说到这里真的深恶痛绝。这个女人现在这么可恶,真奇怪,当年他怎么会觉得她是最漂亮最可爱的?他为她梦牵魂绕,一颦一笑都让他神魂颠倒!他好傻啊,他如今要为他的愚蠢付出代价了!

但他的这句话同样触到了高红梅的痛处,她愤而反击说:"陈米海,你才是什么东西!你口口声声说喜欢我,可以为我做任何事情,但害我最深的人也是你。当初就是你告诉齐国耀,说告密的人是我。你让齐国耀恨死我,差点弄得我家破人亡。"

"好啊,高红梅,你今天要算旧账了,那咱们就算算清楚吧。"陈米海怒不可遏,指着高红梅的鼻尖说,"那也是我向你学的,你爱齐国耀,你的爱就是出卖他,让他落难。我也一样,把你跟齐国耀拆了,你就归我了,难道我跟你做的不是同一回事吗?啊?"陈米海说着,嘿嘿笑起来,他那笑容里充满了恶毒:"瞧啊,这就是你的爱,我的爱,高红梅,你没权利审判我,至少咱们也是同一种人吧?哈哈,真是绝妙啊!哈哈哈哈。"

高红梅被陈米海的话刺中了,没错,她是因为爱齐国耀,才出卖了他。因为她的爱就是夺取,就是得到她想要得到的。如果她可以这样做,陈米海把她给卖了又有什么错呢?他也想得到她。我的天,难道我们的爱也是邪恶的吗?为什么?为什么是这样的?那个时代教会他们的东西,难道连最纯洁的爱情也被污染了吗?以至于他们去爱的时候,这份神圣的感情里已被注进了毒素?高红梅心里一痛,不敢想下去了,她突然觉得自己虚弱极了,再也说不出话来。

她的思绪回到了过去,齐国耀从陈米海嘴里得知当年写告密信的人是高红梅之后,他对她态度的转变。虽然齐国耀没说出这个原因,反而嫁祸她与陈米海有不正当关系,她记得齐国耀这样对她说过:"我不打你也不骂你,但我会让你感到比死都痛苦!"这就是齐国耀要给她的惩罚,那惩罚是什么呢？她开头以为是齐国耀对她的性冷淡，齐国耀从此不再碰她了，她怎么主动都不行。等她心灰意冷了，齐国耀却冷不丁扑上来，恶狠狠地强暴她。

那段时间她也故意躲开齐国耀，选择外出去讨债。等她走后，齐国耀四处找小姐胡搞，后来发展到把小姐带回家里。有一次她半夜回来，开门进去，卧室里灯光通明，一个小姐一丝不挂地躺在大床上，床上堆满了钱，全是百元大钞。齐国耀把这些钱抱起来，撒在小姐身上，小姐在钱堆里翻滚，直到被钱埋葬。这一男一女嘻嘻哈哈的，似乎对她的出现恍若未见。高红梅疯了似的冲上去，揪住小姐的头发，把她拖出去。这个小姐竟然跟她对打，力气比她还大，反过来把她推倒在地，然后若无其事地穿好衣服，把床上的钱装进背包，背起来扬长而去。齐国耀坐在床上，乐不可支地朝小姐鼓掌，似乎她表演了一场令他倾倒的好戏。

以齐国耀的心计，这样歹毒而又赤裸裸的报复也只有他想得出来。高红梅明知自己要挺住，却还是挺不住。那个夜晚，她从家里冲出来奔到江边，准备跳江自杀，一了百了。一个醉鬼撞见她，动了淫念，满嘴酒气地调戏她，后来抱住她要强奸她。高红梅不想死了，甩开醉鬼逃回家。一路上跑丢了鞋子，赤着脚，敞开着撕裂的衣服，披头散发，像从恐怖片里跑出来的角色。齐国耀见她狼狈而恐惧的样子，反而笑她死都不怕，竟然怕被强奸。

如果不是齐国耀的"宝塔会"资金链断裂突然崩塌，要不就是她死了，要不就是她把齐国耀给杀了，这是必然结局。但老天给了他们另一个结果，齐国耀一夜之间变成穷光蛋，原先在房间里堆得满满的钱，眨眼工夫就被人搬光了。钱还远远不够，她和齐国耀成了人质，成百上千的债主看管着他们，别说自杀，就是上个厕所也有人跟着。那几天，真是她人生最快活的日子，她有说不出的开心，仿佛这么多钱没了，是她最大的快乐。她成天笑嘻嘻的，别人都以为她疯了。

"宝塔会"清债完毕，所欠的债务是她和齐国耀几辈子都还不清的。齐国耀终于选择逃亡,留下她和儿子在家里。她并没害怕,日子怎么过还怎么过,当年读中学时的那股自信倔强劲儿又回来了,上班下班,人前人后,她面容淡然,腰杆笔挺,不卑不亢。有人恨死她,也有人佩服她。损失最惨的陈米海就是被她绝境中超常的镇定自若所吸引,重燃爱火,从追债人又变回到恋慕者。老实说,她那时是同情陈米海的,毕竟损失了这么多钱,毕竟这些钱又被齐国耀偷偷拿出去为她与儿子买保险。虽然没有成功,但那钱真真切切是陈米海的。高红梅由同情转而心动,是因为他没恨她,仍然爱她。她以为那就是真爱。

她和他躺到了床上,她应该庆幸,为自己保留住了那点矜持,她从中学起在他面前所拥有的一本正经的优越感。但随后齐国耀的死击溃了她,而陈米海的自私与冷酷也越来越显现出来。他在那次酒醉后强暴她的时候,她才明白他的爱早在二十五年的漫长时光里消耗殆尽,像一只蛀空了的果壳,剩下的只有肉欲的满足和索取。她再一次错了,错得如同哑巴吃黄连,有苦说不出。

陈米海不知道高红梅在想什么,痴痴呆呆的,对他来说,一切都结束了。"别以为我跟你上过床,我就欠你了。我那时是看你可怜,高红梅,你很可怜你明白吗?"陈米海的心里有无数的怨毒,要对着这个纠缠了他大半生的女人发泄出来。

高红梅停止了哭泣。好啊,终于都把心里话说出来了,都轻松了。她努力想笑一笑,却怎么也笑不出来。陈米海的话还是具有杀伤力的,像刀一样戳在她身上,她浑身的精气神如同千疮百孔的皮球全都漏光了。她特别软弱无力,于是,第一次,她在陈米海面前低下了头:"你尽管作践我,我无所谓了。陈米海,我就求你放过我儿子。"

就在这时,高红梅和陈米海都没料想到的事情突然发生了,通往卧室的门开了,一个人影出现在门口——她是陈小安!

陈小安穿着睡衣，一只手扶在门框上，她的脸上挂着伤，额头贴着纱布，一边的腮帮是红肿的，齐梦飞、邱成给她肉体上的伤害仍然触目惊心。

　　陈米海大惊失色："小安，你怎么醒了？你出来干什么？"

　　陈小安看看父亲，又看看高红梅，说："你们说的话我都听见了。"

　　陈米海突然羞愧得无地自容，他赶忙拦在女儿面前，想把女儿拉回卧室："不不，小安，你快进去，你的身体这么弱……"

　　"原来这是真的……"陈小安的眼泪流了下来。

　　高红梅不知陈小安说的是什么意思，但她的眼泪给了她希望，也许这就是女人的直觉，高红梅上前一步，扑通一声，对着陈小安跪了下来："小安，我求求你，你要说真话啊！"

　　叶美丽接到刘建东的邀请，去翡翠山庄参观一座房子。翡翠山庄是本市最高档的楼盘，由几十栋小高层、多层与别墅组成，这些房子经过精心规划，依山而建，下临潺潺溪水，风水极好。所住的人也都非富即贵。

　　叶美丽本不想去，因为她不清楚刘建东的用意，但刘建东的态度非常坚决，说这是他最后一次邀请，他们以后可能没机会再见面了。刘建东的话使叶美丽的心略噔了一下，左思右想，还是决定见一面，反正刘建东也不会对她怎么样。

　　叶美丽去了才知道，刘建东让她看的房子是一栋别墅。这栋别墅极为气派，石材贴面，看上去像古堡一般坚固，面积足有五百多平米，还有一个巨大的地下室，简直是酒窖，藏满了世界各地的红酒。都是刘建东这些年的收藏，他是个有心人，据他说，有几瓶顶级红酒比黄金还贵。

　　无疑，这是刘建东的私产，他一个副市长，哪来这么多钱购置豪宅？叶美丽虽然不怎么关心房产市场，但她再不懂行情，也猜得出来这栋别墅至少在一千万元以上。

刘建东带她参观完房子,打趣般笑笑说:"你都看到了,这就是我这辈子的主要成果了。我的副市长是虚的,这个才是实实在在的,你看得见,摸得着,还能传得下去的。"

刘建东的笑容里有一丝颓唐,他以前可不是这样的,他的气场很大,到哪儿都能把人镇住。虽然叶美丽认识他的时候是他最倒霉的年代,他有软弱胆怯,但仍然不乏风流,他向审查组交代自己为何奸污叶美丽,就很无辜地宣称:"谁让叶美丽长这么漂亮!"连审查组的人都觉得他说得真诚而理直气壮。后来他官复原职,再后来又步步高升,他的胆气越发壮了。在副市长的位置上主持文教卫工作,也是他最得心应手最风生水起的日子。

叶美丽谨慎地回应:"我不明白你什么意思。"

刘建东摆摆手,从保险柜里拿出一叠文件,递给叶美丽。是购房合同、产证、发票之类,上面写的是严杰的名字。

"这栋房子给严杰,我能为他做的就这些了。"刘建东说。

叶美丽慌了,连忙回绝:"不不,我们不能要。你已经给过我们房子了。"

"那套房子早旧了,面积也小,就算我给你的补偿吧。美丽,对不起,今天我要正式向你道歉。"刘建东向叶美丽欠了欠身子。

一切都超出了叶美丽的想象,刘建东怎么啦? 叶美丽感觉到有什么不对劲,但又说不出来。"都过去了的事,还提它干吗? 再说严杰也长大了。"

"是啊,他长大了。"刘建东叹息着,"他越长大,我越觉得对不起他。"

"可严杰他不会要这房子,我也没法向他解释。"叶美丽一想到严杰对刘建东隐藏的恨意,心里就感到恐惧。

刘建东把钥匙拿起来,交给叶美丽:"那你先替他保管吧,有一天等他需要了,你就把房子给他。"

叶美丽总是不踏实,说什么也不肯替严杰收下这房子。刘建东好说歹说,最后提出一个折中方案,房产证、钥匙等都暂时放在银行保险箱,由叶美丽保管,等将来有一天时机成熟了,再来处理。

刘建东真是老了,头发花白,眼角的皱纹深了许多,变化最大的是他言谈间的神情,前几年的锐气已经不见了,多了些沧桑,还有稍纵即逝的倦意。他也到了该退休的年龄了吧?叶美丽忽然对刘建东生出怜悯,似乎一下子就理解了他的苦心,便把保管房产证与钥匙的事答应了下来。

刘建东高兴坏了,兴致勃勃地打开一瓶据说是一百多年前的法国红酒,非要和叶美丽庆祝一下。叶美丽推辞不过,与刘建东喝了一杯。酒是好酒,叶美丽不会品酒,也喝出了这酒绵厚的醇香。

叶美丽的脸红了,在灯光下泛出一丝娇羞,这是他们两人这么多年来单独在一起时最好的气氛。叶美丽忽然有些心慌,以为会发生什么。如果真的发生了,她会怎么样?还是像以前那样拒绝吗?她知道,无论她的心灵还是肉体,都已经不反感刘建东了,她是可以接受他的,但这样一来,岂不是让她二十五年的坚守都白费了?

叶美丽心乱如麻,过后她才发现,一切不过是她的自作多情。刘建东根本没往这方面想,他心事重重,表情严肃,说出来的话也是沉甸甸的,好像是他这一生的总结。"我一点都不后悔,"他这样开场说,"认识你是我的幸运,虽然我们都付出了代价,但这个代价谁说不也是祝福呢?它给了我们一个儿子!"

刘建东喝了口红酒,继续说:"严杰,多棒的小伙子啊!看着他在我身边忙这忙那,每一样事情都做得这么出色,我常想,我这辈子够了,我做了件大错事,却得到一个别人求也求不来的奖赏,我还有什么好遗憾的呢?所以这几年我想明白了,我做的好多事,都是为了严杰。他现在虽然不了解我,将来他一定会懂的,美丽,到时候你也会懂的。"

叶美丽点着头,她实在是半懂不懂。刘建东的话多少有些悲观情绪,他可能快退休了,又出了学校围墙压死学生的事,据说牵涉到陈米海贪污受贿和一大批教学楼豆腐渣工程的问题,他自然也脱不了干系。叶美丽想安慰他几句,她恨了他几十年,临了发现他也是个可怜人,只不过他高高在上,看起来比较风光罢了。

"你也别多想了,一切都会好的。"叶美丽说。

刘建东被感动了,看着叶美丽,目光闪动。他把手伸过来,按在叶美丽的手背上。叶美丽一阵心慌,垂下眼去。但刘建东并没有进一步的动作,他拍拍叶美丽的手背,动作异常轻柔体贴。"谢谢,谢谢你,美丽。"刘建东说,"有你这句话,我已经心满意足了。"

刘建东亲自开车把叶美丽送回家,怕被同事撞见,叶美丽叫刘建东在距离学校宿舍不远的地方停车。但她没想到,她在这样的地点下车仍然是个致命的错误。恰巧,实在是恰巧,她的儿子严杰骑车回家,就从后面看见了他所熟悉的副市长的专车,又看见了从车上下来的母亲叶美丽。

严杰的愤怒无以复加,除了愤怒,更难受的是深深的羞辱感,好像有人当众剥光了他母亲的衣服,又给了他一记耳光。他刹住车,手脚冰冷,同时对行人们东看西看的目光极其惊惧,唯恐他们发现刘建东与叶美丽见不得人的秘密。但那辆车子却若无其事,一直等到叶美丽拐进宿舍大门才徐徐离开,而叶美丽也是不慌不忙,走进大门前还回头朝车子张望了一眼。瞧他们那副心照不宣的样子,不就是一对刚刚偷过情的奸夫淫妇吗?严杰不知道自己的脑海里,怎么会突然冒出这样一个恶毒的念头,把他自己也吓一跳。

回家后,严杰决定装出什么也没发生,跟以前一样该干吗干吗,但他的五官却不服从他的决定,眼睛总是偷偷往母亲身上瞟,鼻子像狗一样分外灵敏,听觉味觉触觉等等,全都下意识地调动起来了。所有的信息一下子汇总到中枢神经,使他明白无误地得出结论:母亲喝过酒了。这可是破天荒的事儿,因为母亲在他记事起,从没喝过酒。

晚上，严杰躺在床上，彻夜不眠。眼前出现一幅幅母亲与刘建东偷情的画面，像电影蒙太奇一样，父亲严英才惨死的镜头随时重叠在这些画面之上，空气里，弥漫着血腥味与浓郁的酒香……

　　他实在不想看，但脑子里好像有个开关一直开着，他就是关不了。严杰绝望极了，他想痛痛快快哭一场，爬起来去卫生间，刚打开水龙头，他的眼泪就喷出来了，泪水自来水混合在一起，竟然还是咸的，是他的泪太浓了吗？在哗哗的水声里，严杰哭得稀里哗啦，他觉得把他长这么大没哭过的眼泪全哭出来了。

　　他从卫生间出来，母亲卧室里的门响了一下，开了一条缝，母亲在里面问他："严杰，你怎么啦？哪儿不舒服吗？"原来母亲也没睡着。他在为母亲难过，那母亲呢？她是为自己与刘建东的幽会兴奋还是愧疚？

　　严杰含糊地回答了一句，意思是他没事，径直回到自己房间。对母亲，他只有怜悯，他相信母亲是被骗的，她太软弱了，一个弱女子屈服于刘建东的权势情有可原。或许，这么多年她与刘建东藕断丝连，也有他这个儿子的缘故，母亲送他上最好的学校，毕业后又进入市府办工作，他的人生一帆风顺，前程似锦，这一切难道都是他交了好运吗？

　　严杰想到最后，觉得自己都脱不了负罪感。灵魂的拷问真是痛苦啊，如果刘建东奸污叶美丽导致了父亲严英才的死，那么，叶美丽为了他而屈从刘建东的淫威，他们两个是不是又玷污了严英才的亡灵，让他死不瞑目？再进一步说，他今天所谓的市长秘书的风光，有多少是他母亲的肉体与死去父亲的屈辱换来的？他真是愧为人子啊！

　　严杰的心就这样被自己的思索和责问捅出无数个窟窿，血流光了，窟窿空荡荡的透亮，像冰一样寒冷。严杰觉得自己都快冻僵了。

　　接下来几天，严杰按部就班地做着他的事，去图书馆与老丁见了次面，通过老丁找到了躲藏在朋友家的王顺。在他的推荐下，王顺把有关揭发陈米海用受贿的钱去参与"宝塔会"非法金融交易的材料交给了日报社的一名记者。当然,与此同时,这份材料也会出现在市委书记和纪委书记的办公桌上。

这期间,严杰的工作一点也没松懈,他陪刘建东开了几个会,到外地短途考察了一个合作项目,还见缝插针地拉着刘建东去当地著名风景点游玩。这是他与刘建东脱离工作单独在一起的难得机会,刘建东显得非常放松,一路上兴致勃勃,跟他讲解了风景点的许多名胜古迹以及典故。这个气场很大的副市长,这时候完全成了学识渊博的和蔼长者,具有诲人不倦的品质,亲切而蛮有乐趣。严杰其实并不想听,就把步子迈得快一点,奋力去爬一座小山,刘建东紧随其后,一点也不肯服老。登上山顶的凉亭,刘建东气喘吁吁,他开心地拍拍严杰的肩,说:"小严,跟你在一起我都年轻了。"

他的情绪年轻,心脏却不年轻,没等他说完话,他的脸色变了,随即一阵心绞痛,他只来得及哆嗦着嘴唇,指指严杰帮他拎着的公文包,说:"快,快,小严……"

公文包里有他的救命药,严杰把药丸取出来,放在刘建东手上,刘建东的手也在哆嗦,想把药丸塞进嘴里都异常艰难,还是严杰帮他把药吞下。几分钟后,刘建东的脸色缓了过来,他捂着胸口说:"小严,有你在我身边,我不会有事的。"

有过这么惊险的一幕,他们不敢再往里走了,草草结束游玩,打道回府。刘建东的身体仍有不适,但市里工作忙,一回来就是千头万绪,也顾不上休息,几乎是带病坚持工作。

这一天,跟别的工作日没什么两样,严杰照例走进刘建东办公室,刘建东坐在椅子上闭目养神。他情绪不大好,学校处理围墙压死学生的问题还没解决,建筑公司濒临破产,负责人失踪,赔不了钱。陈米海提出由学校赔偿,教育局领导班子里却有人反对,以前陈米海在教育局一统天下,说一不二,这些人口服心不服,这次见机会到了,站出来顶撞陈米海,实际上对他落井下石。陈米海差不多众叛亲离,更加害怕,找学生亲属要求私了,却被学生亲属抓住了把柄,将矛头直接对向陈米海,他们已到市政府门口闹过两次,要求市里派人调查陈米海主政期间所建教学楼的工程质量,弄得刘建东非常被动。刘建东越想越恨,陈米海真是混蛋,拿了王顺的钱,屁股也不擦干净,搞不好这事连累到他,那就麻烦了。

何况陈米海的麻烦还不止于此,他女儿失踪案破了,是同学之间打击报复,却又涉及父辈恩怨。刘建东亲手处理过的"兄弟帮"事件,后来在"揭批查"运动中把他也陷进去。这是他人生最大的污点,如今随着陈小安案件的审理,相关的人事会不会也被曝光出来?

刘建东忧心忡忡,陈米海接二连三的倒霉事不是偶然的,肯定有人要搞他。但搞陈米海会是最后目标吗? 隐约间,刘建东觉得有一股看不见的势力在背后把黑手伸向他,这才是他最不安的。

严杰轻手轻脚合上门,安静地站在旁边等候,一直等到刘建东从思虑中醒来,睁开眼招呼他一声。严杰把今天的工作安排简略地向刘建东作了请示,刘建东很快恢复了快刀斩乱麻的作风,三下五除二,决定了要做的事,严杰答应着照办。他走到门口,像是想起什么,又站住了。

刘建东问:"小严,还有事吗?"

严杰拿出一份今天刚出的报纸,说:"陈米海贪污受贿,报纸上都报道了。"

刘建东大吃一惊,说:"是吗? 什么报纸?"

严杰把报纸递给刘建东,是本市的日报,在第二版本市新闻栏目里,发表了一篇记者的调查报告,标题为《豆腐渣工程激起民愤,背后浮现腐败大案》,文章从学校围墙倒塌压死学生说起,直指本市新建教学楼的质量问题,记者说,根据调查,这种情况相当普遍,根本原因是负责工程招标的管理部门存在严重腐败，主要负责人贪污受贿。有知情人已将掌握的证据向纪委举报，涉案的金额特别巨大。文章还抛出一个爆炸性新闻，说该主要负责人把受贿来的巨额资金投入"宝塔会"，从事非法金融交易，赚取暴利。

这个主要负责人分明就是陈米海！这下完了，陈米海在劫难逃了。刘建东读得胆战心惊，是什么人这么了解陈米海的秘密，掌握得这么详细？这个知情人会不会就是神秘失踪了的王顺？

但这怎么可能？纪委还没立案，市里领导也还没讨论过的事情，报纸就这样发出来了？这条线还是他分管的，他一再强调过，凡是涉及文教卫系统的大事，都必须经过他审阅同意，才可以见报。

刘建东懵懵懂懂的，心脏又难受起来，他克制着愤怒的爆发，还是骂了一句："乱弹琴！这么大的事，市里还没研究，他们怎么捅出去了？"

严杰答非所问："我听人说，市委周书记那边有话出来，说教育卫生这两条线最混乱，老百姓意见也最大，陈米海有后台，必须彻查，一定要查个水落石出。"

刘建东说："让他查吧。我得先查报纸的事儿，这是严重违反新闻纪律的。小严，给他们总编打电话，我要处分他！"

严杰拿起电话，拨了几个号码，却又放下了。

刘建东又急又奇怪，看着严杰说："拨啊，小严你拨啊……"

严杰摇头，说："不用拨了，刘副市长，这篇报道是你同意发的。"

刘建东完全惊呆了，不可思议地瞪着严杰："你说什么？我同意发的？绝无可能，我怎么一点印象都没有？"

严杰也瞪着刘建东，语气清晰而冷静："你可能忘了，刘副市长，是我亲手把文章给你看的，你同意发表。"

严杰的目光与刘建东的目光碰在一处，刘建东感受到了那里面的寒气，他忍不住打了个寒噤，一种很不祥的感觉像刀一样刺进来，心脏又是一阵绞痛："你说什么？你——"

刘建东的身体僵直了，一只手伸向公文包，他要去取那救命的药丸。严杰帮了他一把，把药瓶从公文包里拿出来，塞到他手里。他有一丝歉疚和后悔，似乎自己刚才那不祥之感亵渎了严杰，他可是他的亲生儿子，只不过他自己不知道而已。

刘建东颤巍巍地打开药瓶，出乎他意料，药瓶是空的，里面并没有药丸，一粒都没有。他记得昨天他还吃过药，里面的药丸还有半瓶，可一眨眼之间，药丸全飞走了，不见了。

刘建东心脏绞痛，呼吸困难，喉咙毛毛的痒痒的，以前气管受伤的毛病又犯了，那是严英才掐他的脖子落下的后遗症，多少年没复发了，这会儿也来凑热闹，好像怕他忘记他欠严英才的那笔旧债。

刘建东眼前一黑，坐立不稳，整个人倒了下去，扑通一声栽倒在地。他的视线也模糊了，朦胧中看见严杰向他俯下身来，严杰的脸很近，却看不清他的表情。只听见他的声音浮在空中，忽近忽远，缥缈得很："刘副市长，刘副市长——"

刘建东的面容有点可怕，他的心脏此刻肯定坏死了一大部分，使他的意识含混不清。他的嘴嗫嚅着，似乎在呼唤着严杰的名字，同样也是含混不清。

严杰突然害怕起来，难道这就是他想看到的结局，这个他所憎恨的人死在他面前，他的复仇计划就完美实现了吗？严杰想逃离，又被更深的恐惧拉扯，这耗尽了他的心力，他也双腿一软，跪倒在刘建东身边。

有白沫从刘建东的嘴角流出来，严杰本能地伸手去扶刘建东，他触碰到他温热的身体，这具身体上的肉感却又使他本能地放弃，好像他触碰到了他无法接纳的罪与污秽。

他感到恶心，有想吐的感觉，这使他的注意力分散了一小会儿。等他重新镇定下来，去摸一下刘建东，他发现刘建东的身体已经变冷了。

一直到死，刘建东的眼睛都睁开着。表情很古怪，似哭非哭，似笑非笑，看上去一半是痛苦，一半是欢喜。

齐梦飞的母亲高红梅扑通一声跪在陈小安面前，陈小安非常震惊。为了救儿子，一个母亲可以不要脸面，可以忍受屈辱，这她理解。但高红梅是在得知齐梦飞没有强奸她这样的实情之后来求她的，明明是她撒了谎，要置齐梦飞于死地，高红梅并没仇恨她，反而跪下来求她，这种态度令她意外，也令她内疚。

她是怎么把齐梦飞也说成强奸犯的？具体细节记不清了，那天晚上，一片火海中，她被齐梦飞抱出来，到处是浓烟和火光，然后是杂乱的人群，她神情恍惚，身上多处受伤，耳边听见警笛的鸣响，警灯闪烁的强光让她目眩。她突然想起自己是得救了，一阵激动，举起手朝警灯呼喊，却眼前一黑，昏了过去。

等她醒来，已经在派出所，父亲坐在她身边，有好几个警察正向父亲介绍案发现场的情况，以及从现场发现的犯罪证据。这些东西证明她被绑架，受到折磨，可能还遭受了性侵犯。一个警察拿出在现场搜到的她的短裤，说短裤上有血迹和精液。父亲听到这里愤怒地跳起来，要冲出去宰了那两个坏小子。警察劝住他，说这两个犯罪嫌疑人已被拘捕，关在拘留所，他们绝对逃脱不掉应有的惩罚。父亲茫然若失，越想越伤心，随后就蹲在地上，号啕大哭起来。

父亲的痛哭搅乱了她的思想，她脑子里一片迷糊。被强奸后，她就发起高烧，又绝食了两天，水也没喝一口，她的身体垮了。在昏昏沉沉里，她被警察询问案情经过，她回答得前言不搭后语，父亲在旁边帮她回答，既然齐梦飞是首犯，强奸少不了他，放火杀人也少不了他。警察叫她父亲不要插嘴，但从整个案情的分析来看，警察也认定这是场有预谋有计划的绑架强奸和杀人未遂案，这些嫌疑犯中，只有齐梦飞具备作案动机，所以，所有的犯罪行为他都参与，这是顺理成章的结论。

她迷迷糊糊地在笔录上签了字，因为脑子烧得太厉害，还有身上的烧伤，她在医院住了几天，把之前的事情全忘了。或者是她从心底里不愿想起，有关派出所的那一幕，在她记忆里模糊一片，要不是高红梅出现在她面前，对她下跪，她说什么也不会去触碰这个伤疤。

这之后，她对父亲提过，齐梦飞真的没强奸她，但父亲一听她这话就怒不可遏，当场把拿在手里的茶杯砸在地上，茶杯四分五裂，碎成无数细小的锋利瓷片，父亲的吼叫声也像碎瓷片一样锐利，铺天盖地："你住口！要我放过齐梦飞这个小混蛋，除非太阳从西边出来！我跟他不共戴天！"

怒火把父亲的理智都烧毁了，陈小安异常伤心。但她还是能理解父亲，他实在对齐梦飞太恨了，恨之入骨。她自己也一样，一想起这些天遭的罪，她的汗毛仍然会竖起来，对齐梦飞的恨意仍然会油然而生。即使不是他怂恿或同意，光看邱成那副猴急的猥琐嘴脸，他也应该料想得到邱成是会强奸她的，他居然听之任之，这不等于他是同谋犯吗？

陈小安最恨齐梦飞的就是这一点，这个她心里曾十分喜欢，说得上痴迷的放浪不羁的小男生，对她做什么她都会原谅，唯独这件事，她不能原谅他。

但事情的复杂程度又超出了她与齐梦飞两人的关系，那天高红梅上门，还给了她另外一个强烈震惊，就是高红梅与父亲的关系，她一直不肯相信，无论齐梦飞和邱成怎样说父亲坏话，她都认为那是造谣。父亲在家里从来都是好丈夫，对母亲百依百顺。他是公认的模范丈夫，他们家也是公认的模范家庭。可现在这个模范的外衣被揭开了，里面竟然不堪入目。她最亲最信任的父亲，不光与高红梅有婚外情，还卷入到对齐梦飞父亲的迫害中，这样看来，齐梦飞对她说的话莫非是真的？在她所掌握的知识之外，存在着一段历史,是她所不了解的。那时候的人,如同野兽一般彼此撕咬,他们发明各种刑罚折磨对方,就像齐梦飞在蘑菇房里折磨她一样。

陈小安决定去查找这个真相,否则,她无法面对自己的未来。为什么她会被卷进那段历史遗留下来的仇恨里,还有,齐梦飞是怎么知道那些批斗人折磨人的手段的?他像中了邪一样把他自己变成一个恶魔,事实上齐梦飞既没有强奸她也没有想烧死她,反而从大火里救了她,这完全是两个不同的齐梦飞,他为什么会这样?这是她非常想搞明白的。她对自己说,我就是恨他,我也要知道我恨他什么!

陈小安身体康复后回到学校上课,老师和同学都知道她出了什么事,想来安慰她,但又怕碰到她不好说出口的伤疤,反而伤害她,因此都不知说什么好。大家对她的态度很微妙,关心她,又回避她,说话总是言不由衷,没说几句就讪讪地转开话题,或者戛然而止,让陈小安很是无趣。

陈小安反而比以前要孤独了,这也好,她就把课余时间用在听古典音乐上,巴赫从头至尾听了个遍。还有就是上图书馆。图书管理员老丁对她挺关照,她要找什么资料,总是及时给她送来。老丁的准确与周到,常常让她吃惊,仿佛他早就知道她的心思和需要。这段时间,她就在老丁的帮助下,查阅到了许多"文化大革命"与"揭批查"运动的资料。

虽然这些资料没有具体到齐梦飞父亲齐国耀和她父亲陈米海他们的事情,但她很快就看明白了,那些正是他们生活的环境,一个癫狂了的时代。真是可怕,相比之下,齐梦飞对她做的实在不算什么。

戴铁帽:用钢条焊成三四十斤重的铁帽,游街或批斗时,让"反
　　　革命分子"戴上,一戴就昏厥。
戴马桶:把马桶套在被批斗者的头上,让他臭气熏天,不见天日。
吃狗食、舐猫槽:强令被批斗者吃狗吃过的东西,用舌头将猫

的食槽舔舐干净。

画黑脸、涂黑手：用锅头、烟囱灰或墨汁乱画脸和手。

顶你个肾：喝令被批斗者跪下，斗人者用膝盖猛顶被批斗者肾
部，致其当场失禁撒尿。

担椅枷：用办公椅把跪着的被批斗者笼住，上面再层层叠加椅
子施压，场面似表演杂技，批斗者从被批斗者的痛苦
中得到乐趣。

清醒头脑：大冷天，让被批斗者站着，然后将冷水一瓢瓢从他
头上浇下，直到内外衣服湿透为止。

吊沙包：用小铅丝把二三十斤重的沙包挂在脖子上，铅丝会嵌
进肉里。

扳鸽翅：把人的手反扳，用力打其肩，使其肩胛脱垂。

喷气式：将两臂往后吊起，双脚离地，长时间吊着，直到被吊者
不省人事。

空中飞人：把被批斗者悬吊，然后一人用刀割断绳子，另一人
在绳子断的一瞬间把被吊者用力推去，让人飞摔。

这些都是当时对付被批斗者的酷刑，其实还有好多，直看得陈小安毛骨
悚然，接连做了好几夜噩梦。

陈小安还看到大量批斗会的照片，那些人都在胸前挂着大木牌，名字上
打着大叉叉，他们戴的纸帽有半人高，写满标语，看上去特别滑稽。

有一份自杀的名人资料，也是老丁给她的，名单有好几百人，其中有些
是她听到过名字的，有些是她知道并喜欢的，因为她读过他们的作品，或看
过他们演的电影。

傅雷：著名翻译家，"文化大革命"中被红卫兵迫害、侮辱，与妻子双双在家自杀。

老舍：著名作家，被红卫兵批斗、毒打，自沉太平湖。

顾圣婴：钢琴家，在批斗会上惨遭羞辱，当晚与母亲、弟弟打开煤气全家自杀。

翦伯赞：著名历史学家，不堪批斗凌辱，与妻子双双吃安眠药自杀。

上官云珠：著名演员，遭受残酷折磨，跳楼自杀。

吴晗：著名历史学家，在狱中被迫害致死，死前头发被拔光。

严凤英：著名演员，"文化大革命"中遭受迫害，吞安眠药自杀，因被怀疑是特务，死后被割开喉管，挖出内脏，寻找所谓的发报机。

看到这里，陈小安呕吐了，她当场把秽物吐到图书馆阅览室的桌子上，好在当时阅览室里没其他人，老丁上来帮她把桌子擦干净，递给她一杯水，拍拍她的肩说："小姑娘，吓着你了。"

她很感激老丁，又为自己的失态难过，说："没什么，我没事的。"

老丁意味深长地看了她一眼，笑笑说："嗯，我相信你没事，看多了就习惯了。"

陈小安摇头："我不习惯。我是说，我不要习惯这些东西。"

"是吗？"老丁说，笑得更诡秘了，古怪的表情像一个不知从哪儿冒出来的巫师，"其实我们每个人都会变成像他们一样的人，要么批斗别人，要么被别人批斗。"

陈小安被击中了，这个看上去像糟老头的老丁似乎具有未卜先知的本领，早看透了她的秘密。她赶紧站起来，逃也似的离开了图书馆，连借的资料都来不及还。此后,她再没去过图书馆,在校园里见到老丁也绕着走。但她心里的一个意识被唤醒了,因为她想起了一本曾经看过的书,这本书很奇特,有许多地方她看不懂,却又觉得非常有吸引力,有些句子就进入了她的脑海深处,在某些时候冷不丁会浮现出来。今天,她因恐惧逃离之时,那本书里的一句话又清晰出现,在她耳边回响,敲击着她的心坎:"你里头的光若黑暗了,那黑暗是何等大呢!"是啊,有多少人里头的光黑暗了! 她现在知道了,那她呢? 她里头的光难道也要黑暗吗?

陈小安紧紧捂着胸口,感觉到一阵穿越时间而来的悠远的心痛。

齐梦飞的案子不久后开庭,陈小安作为受害人需要到庭做证。父亲陈米海觉得当着这么多人的面,压力太大,本不让她去,但她自己坚持要去。这很出乎父亲的意料,柔弱的陈小安,经过这番灾难,反而坚强起来了。

这段时间陈米海自己处境艰难,自顾不暇,刘建东一死,他失去了保护伞,纪委已在调查他贪污受贿、参与非法金融交易的罪证,风声一天紧过一天,说不定他还没把齐梦飞送进监狱,自己先进了监狱,因此,他有异常迫切的情绪,恨不得在法庭上一槌定音,置齐梦飞于死地,这样的话,他也不算输得太惨。

陈小安又见到了齐梦飞,他比以前瘦了许多,但精神还不错,站在被告席上,他有点吊儿郎当的样子,眼睛斜睨着,嘴角有一丝坏笑。陈小安心头一震,那个她熟悉的校园里的齐梦飞又回来了,回到了众目睽睽的法庭上。

公诉人念着长长的起诉书,从头至尾描述了齐梦飞成立"兄弟帮",密谋策划绑架案的经过,这是个黑社会性质的组织,恐吓、打人、强奸,甚至杀人灭口,是这个犯罪组织的必然结果。父辈的恩怨与纠葛被巧妙地回避,隐藏了背景的故事听起来确实是一桩纯粹的黑社会绑架强奸杀人案。犯罪动机也很明白,因为他们本来就是一群被社会带坏了的小坏蛋。陈小安看到齐梦飞认真听着,嘴角的那一丝坏笑僵住了,他的眼神不再是那种桀骜不驯的狡黠,而显得慌乱。显然,他也被自己的罪行吓住了。

他毕竟只有十六岁,跟自己一样,陈小安想。她的目光落在齐梦飞身上,齐梦飞似乎有所感应,转过来看了她一眼。但只是一眼,他的目光马上躲闪开了。她从他的目光里,看到了他对她的憎恶、恐惧,也许还有无奈与悲哀。

陈小安一阵心痛,她不得不承认,她还是喜欢他的,爱他的。哦,古人是说过,问世间情是何物。是啊,情是何物呢?她说不清,但她知道,她就是不能放弃对他的爱。

那天从学校图书馆离开,陈小安内心极为激荡。"文化大革命"中触目惊心的暴行使她看到人性深处的幽暗。"你里头的光若黑暗了,那黑暗是何等大呢!"无论是她的父亲陈米海,还是齐梦飞的父亲齐国耀,他们生活在那个时代,都被这样的黑暗吞噬过,以致他们走出那个年代以后,那黑暗仍然像影子一样跟着他们,难以摆脱。

简直就像病毒,如今,这片幽暗的病毒又侵蚀到他们这代人的生活,把她与齐梦飞也带入纠缠不休的仇恨里。难道这个仇恨就一直这样继续下去吗?陈小安问自己。她明白她必须挣脱出来,却没有勇气和力量。其实,我们人人都是软弱的,我们自己救不了自己。

陈小安异常伤心,理智告诉她,她无能为力,但隐隐中,似乎在她心里面非常遥远的地方,又有一个声音对她说,你不能放弃。

陈小安就这样一路上恍恍惚惚地走着。她回家经过的一个地方,是一户人家的住房,这天有好多人在那里聚会。她以前也常常经过,只是没怎么留意。今天很奇怪,不知为什么她突然留意到了,那里面在唱歌。窗帘拉着,但有缝隙,可以看见墙上的十字架,十字架下一群男女歌唱的脸。房间里面很暗,却好像有光一样,每个人的脸上都是透亮的,快乐的。她被吸引住了,站下来听里面传出来的歌声。那不是普通的歌,那是赞美诗:

你叫孤独的今天能回家

你用那永远的爱爱我们到永远

你总不撇下我

永远不丢弃我

在爱里没有惧怕……

　　好像有一只特别温暖的手在她身体里面轻柔地触摸了一下,陈小安突然觉到自己的心透亮起来,然后,眼泪就止不住流下来了。

　　她一直不明白自己为什么要哭,她就是想哭。歌声真的好听,她哭得稀里哗啦,心里却非常舒服,仿佛流出来的眼泪都是温暖的,让她全然释放。

　　很奇特的,这个歌使她想起她反复听过的《马太受难曲》,它们很不一样,但又好像有哪个地方是完全一样的,完全相同的,把她心里面最深的地方打开了,阴霾出去,光透了进来。

　　这一刹那她明白了,那光就是爱。是的,是爱,像歌里唱的,爱里没有惧怕。这是最使她感动的话了。陈小安觉到,此刻她就是被突如其来的爱所触摸,所浸泡,她有说不出的欢喜、快乐。

　　这是绝无仅有的体验,一个人可以哭得这么舒畅,这么释放,这么自由。哭竟然成了灵魂里的喜乐!

　　陈小安像换了个人似的,感觉有一股新生的力量在她里面生长。她也在这一奇妙的经历中,终于明白了她要做的事情。她必须直面,齐梦飞是如此深地伤害了她,她有伤痛,有绝望,有憎恨,可她也仍然还有爱。她的血还是热的,她的心没有冷硬。再大的灾难不能把爱的火苗灭绝。

　　那她还怕什么呢? 就像赞美诗里唱的,她记住了,爱里没有惧怕。因为有了爱,就除去了罪和惧怕。

你里头的光

庭长的声音把陈小安从往事里唤回来。现在轮到受害人发言了,全场一片肃静,所有的目光都集中到陈小安脸上。也许是担心女儿压力太大,陈米海挡了陈小安一下。但陈小安还是站起来,她低着头,像个做错了事的女孩子一样,双手抓着衣襟,局促不安。

法庭里连一根针掉在地上都听得见。终于,陈米海先开口了,他说:"我们对起诉书所陈述的事实没有异议,希望法庭严惩罪犯,绝不姑息……"但陈米海话音未落,一个轻微的声音响起来,很低,很微弱,怯生生的,却让所有的人都听清楚了。那个声音说:"不是这样的,齐梦飞没强奸我。"

所有的目光再次聚集在陈小安身上,盯着她嗫嚅的嘴唇,确实是从她嘴里说出来的。庭长说:"受害人,你再说一遍。"

陈小安还是低着头,重复了一遍:"不是这样的,齐梦飞没强奸我。"

哄的一声,法庭当场大乱,有人发出惊呼,有人在议论,还有人大声叫喊,受害人当庭否定原先的指控,这是十分罕见的。

庭长敲了几下法槌:"肃静,请肃静!"

在众人乱纷纷将要安静下来的时候,被突然打了一记闷棍而一脸茫然的陈米海醒悟过来,他一把扭住陈小安,恨不得把她拖出去:"你胡说什么?你疯了?"

陈小安回答说:"我没疯,我要说实话。"说完这句话,陈小安仿佛一下子来了胆气,垂着的头高高抬起来,看向庭长,镇定地说:"我要澄清事实,齐梦飞没有强奸我,他还救了我。从火海里把我抢出来的就是他,要不,我今天不会站在这里了。"

这个戴着高度近视眼镜的柔弱女孩子居然有如此大的力量,所有的人都觉得难以思议,仿佛在观看一个奇迹。是啊,她哪来的这力量? 她明明遭受伤害,却为罪犯辩护,她有何目的? 她又能得到什么?

人们惊愕中像炸了锅似的,法庭里再次沸反盈天。庭长及时举起法槌,连敲三下："休庭，休庭！"

齐梦飞被法警带走了，他走的时候，陈小安看见他眼角的泪光。他是感激她吗？他还恨她吗？她不知道。真像她自己也不知道她会不会彻底原谅他、饶恕他一样。但她觉得，她仍然爱他。只要有爱，就有希望。在爱里没有惧怕！

扑通一声，高红梅又一次对她跪了下来。这一次，她是喜极而泣。陈小安不敢受此大礼，逃也似的躲开。父亲大踏步冲过来，脸气得铁青，他的暴怒在没出法庭大门就劈头盖脑倾泻而出，他痛骂陈小安无知，冲动之下举手要抽陈小安耳光，被他老婆拉住了。

陈米海愤然转身而去，他留给陈小安一句异常绝望的狠话："我没你这个女儿！"

陈小安哭了，追着父亲的背影，一直追到大门外，她说："爸，你原谅我，你们以前的事情我都知道了，我不想成为你们那一代……"

陈米海没有回答她，在大门外的台阶上，有人拦住了他，是两个穿制服的警察。他们跟他说了几句话，掏出手铐给他铐上，把他带走了。

陈小安奔下台阶，去追那辆带走陈米海的警车。但警车开得比她快多了，一转眼就消失得无影无踪。

叶美丽考虑再三，选了个礼拜天，把严杰带到翡翠山庄那栋大别墅里。这时距离刘建东去世已有两个月了。

这两个月里，叶美丽常常想起刘建东，比二十五年里想起他的总和还要多。仿佛时间被压缩了，爱恨情仇更显得跌宕起伏，就如在看一部自己主演的电影，充满张力，也充满悲情和追忆。她恍然明白，她对刘建东，也许还是有感情的，或者说是有一点同情与怜悯的。

人们会看到刘建东的能力、气魄和手腕，他是个为达到目的不择手段的人。他在她身上犯下的罪孽，就是自我放纵的大冒险，怎么说严英才也是他的哥们。常言道，朋友妻不可欺。他却全然不顾严英才对他的信任，拿他妻子满足自己的情欲，这个悲剧是他一手造成的，实在可鄙可恨。但他也是个可怜人，这么多年，为了当年的那一下冲动，他付出了代价，尤其在得知严杰是他的亲生儿子后，他殚精竭虑，处处为严杰着想。他躲在幕后，几乎操尽了严杰每个成长阶段，任何一个做父亲的要操的心。他没得到儿子的一句感谢，他的儿子甚至根本就不知道有他这个亲生父亲的存在。

他在场面上活得风光，在儿子面前，活得卑微窝囊。叶美丽终于明白刘建东与她最后一次见面所说的话，为什么像告别。他把翡翠山庄的房产证和钥匙交给她，是做好准备的，就是有一天他走了，他积累的财富仍然可以确保留给儿子，而不落到他人手上。

刘建东犯了错，但也尽了责任。叶美丽想，我也得替刘建东尽这份责任，否则，他辛苦了大半辈子，冒这么大的险替儿子谋福利，结果他儿子根本就不知道他，更别说认他，那他也太冤了。

至于严英才那里怎么交代，叶美丽也想通了，刘建东已经死了，不存在他从严杰身上得什么好处，那就把真相还原出来吧，让真相自己去负责。叶美丽觉得，世界并不像《心经》说的全是虚幻，世界还是有真相的。

说出真相，她就从以前的禁锢中挣脱出来了。或许，摆在她和严杰面前的，是另一种自由的生活。是啊，她与儿子，都需要自由。

叶美丽带儿子参观了整栋别墅，严杰的震惊是可想而知的。他当然猜到了这栋房子的主人，就是死去的刘建东。刘建东把这么一栋价值不菲的大别墅送给叶美丽，可见他对叶美丽还是有几分感情的，不过也难说，或许只能证明刘建东的腐败贪婪与为所欲为。

叶美丽最后打开保险箱，把房产证放在严杰面前，严杰看到了自己的名字，而且是唯一的名字，他怔愣了一下，随即尴尬地笑笑，用一种故作轻松又不无嘲讽的语气对母亲说:"他是送给你的,我就免了吧。"

"严杰你听我说,"叶美丽一脸肃然,"这房子是你的,跟我无关。"

严杰脸上嘲讽的表情更明显了:"妈,要不要这房子是你的自由,又何必扯上我?"

"你错了,严杰,你是这房子唯一的主人,因为你是他的儿子。"叶美丽一字一顿说完后,避开严杰的视线,却又补充了一句,"亲生儿子!"

严杰嘲讽的表情凝固了,好一会儿,他喃喃地说了句:"你说什么? 能再说一遍吗?"

叶美丽于是重复了一遍:"你是他儿子,亲生儿子!"

严杰如五雷轰顶一般,脸色很可怕,看上去快哭了:"那我爸,我是说,严英才,他……"

叶美丽的眼泪涌上来:"我也希望你是严英才的儿子,我一直这样希望,好让我的罪过轻一点,但事实上不是。你是刘建东的儿子。"

严杰哭出来,拼命摇头:"不,不,不是的,妈,你搞错了,你一定搞错了。"

"我是母亲,哪有母亲搞错自己孩子的父亲的。"叶美丽含泪苦笑说。

严杰突然发作了,他砰的一声拍了下桌子,把桌上的东西全拍到地上。这还不够,他把拳头也疯狂地砸在桌子上,像一头绝望的困兽,对着叶美丽吼叫,那声音真是撕心裂肺:"你为什么告诉我这些? 为什么? 你不告诉我这些你就不能活了吗?"

"对不起,儿子,我希望你知道真相。"

"这不是真相,这是狗屁! 狗屁!"严杰疯了似的冲出房间。

叶美丽忙追上去:"严杰,你回来,我还有话跟你说——"

但严杰没有回来,他飞快地冲出别墅大门,沿着林荫道狂奔,好像后面有一个极其可怕的东西在追他,他必须逃得远远的。

叶美丽看着儿子冲过林荫道的一个路口,差点被一辆进来的车子撞到,车子一个急刹车,司机打开车窗想骂这个冒失鬼,但严杰不等他骂出来,从车子前面跑走了。

司机冲口而出的那句话就仿佛是骂给随后赶来的叶美丽听的:"妈的,找死啊!"

叶美丽心口一紧,来不及向司机道歉,气喘吁吁地奔往小区大门。严杰已奔出小区。叶美丽跑到街上,却不见了严杰的身影。

叶美丽站在街头,一时有点茫然。她往东走了几步,又折回来,往西也走了几步。她停在一家音像店门口,从店里面飘出邓丽君的歌声,恍若时空倒错:

> 好花不常开,
> 好景不常在。……
> 今宵离别后,
> 何日君再来。……

从不远处的十字路口,传来一阵嘈杂的人声,有一群人围在那里,好像还有一辆车。

叶美丽心里恍惚,下意识地顺着视线走过去,走近了,她看见围观的人群中间,那辆车子的车轮底下,躺着一个人。

水泥地上有一道鲜血蜿蜒而来。

这场景像极了二十五年前,榨菜厂的榨菜池底下,有一个人躺在那里,也有鲜血在地上蜿蜒而来。

2016 年 7 月初稿
2016 年 9 月改毕于上海

後记

找一找我们身上的后遗症

　　去年我去以色列，照例到耶路撒冷参观大屠杀纪念馆。纪念馆的造型很特别，三角形，寓意却深刻。作为以色列象征的大卫之星是六角形，由两个三角形组成。二战期间纳粹的大屠杀，全世界1200万犹太人被杀600万，两个三角形去掉一半。那消失的三角形如今矗立在耶路撒冷的山冈上，诉说着犹太民族的苦难，也诉说着全人类的悲剧。

　　最后一个展厅是纪念馆的高潮，称为"名字堂"。圆形的建筑穹顶挂满遇害者照片，像星星缀满夜空，地下是个水坑，如同深渊，参观者站在围栏边，俯瞰幽深的水面，头顶的照片把死难者的笑脸投影在水面上，与参观者的面影重叠，恍然处于同一时空之中。那一刻给我极大的震撼，我呆立在那里，静静注视自己的脸在那些死去的人当中，这些人有老人和孩子，无一例外地微笑着，笑得很甜，仿佛根本就不知道自己的生命中会有一场浩劫；而我，则身体僵硬，面容悲戚，像来自另一世界的旁观者，却与他们同处一个深渊。

　　导游露露是北京人，十几年前嫁到以色列，她告诉我们，犹太人造这个纪念馆,不是为了宣扬仇恨,而是要记住这个惨剧,永不遗忘。她说:大屠杀纪念馆是大家的习惯叫法,实际上它真正的名字是"名号纪念馆",语出《圣经旧约·以赛亚书》56章5节:"我必使他们在我殿中,在我墙内,有记念,有名号,比有儿女的更美。我必赐他们永远的名,不能剪除。"虽然他们死了,哪怕人们会遗忘,但上帝不会,他要记念这些遇害者,他们的名号永不被涂抹。

听到这里,我突然对这个苦难的民族有一种强烈的羡慕甚至嫉妒,他们被上帝记念,每一个名字每一个生命,都弥足珍贵。过去不会被遗忘,因为它进入了现实,更进入到永恒。我也突然想到,一个没有永恒观的民族,它不可能珍惜逝去的生命,记住一切苦难,并且超越苦难。它只会遗忘,麻木,自作聪明地装作什么事情也没发生。

写下这部《你里头的光》,为的是不再遗忘,也为的是寻找过往的苦难留下的现实伤痛。就像一个人得了病,看上去被时间医治,已然痊愈。但疾病的后遗症却在隐秘的身体里常常发作,代代相传,如同病毒进入基因,"文化大革命"暴虐化为集体无意识而融化在我们的血液里,我们都成了有着这种基因的转基因族类。

我愿意回到我自己,从我写的那几个人物身上,找一找我过往的病痛,找一找我现在仍留存在身体里的后遗症。只要不遗忘,只要我们的里头还有光,我们还有希望。

图书在版编目(CIP)数据

你里头的光 / 王彪著. —杭州：浙江文艺出版社，
2017.4
ISBN 978-7-5339-4820-7

Ⅰ. ①你… Ⅱ. ①王… Ⅲ. ①长篇小说—中国—当
代 Ⅳ. ①I247.5

中国版本图书馆CIP数据核字(2017)第058139号

策划统筹　邹　亮
责任编辑　陈　潇
装帧设计　钱　祯
责任校对　许龙桃
责任印制　朱毅平

你里头的光
王　彪　著

出版　浙江文艺出版社
网址　www.zjwycbs.cn
经销　浙江省新华书店集团有限公司
印刷　浙江新华数码印务有限公司
制版　浙江新华图文制作有限公司
开本　710毫米×1000毫米　1/16
字数　176千字
印张　13.75
插页　1
版次　2017年4月第1版　2017年4月第1次印刷
书号　ISBN 978-7-5339-4820-7
定价　29.80元